La Saga de Los Houlton

Libro 1: Iron Horse

Nathan L. Cole

TaTa Books
publishing

La Saga de Los Houlton: Libro 1 – Iron Horse

© Copyright 1999, 2025. Nathan L. Cole.

TaTa Books Publishing

Tapa blanda: ISBN 979-8-9940037-0-1

Tapa dura: ISBN 979-8-9940037-1-8

Ilustrador: Nathan L. Cole©

Editor: Francisco Javier Orozco Valverde©

Ilustrador Digital: Octavio Rodríguez©

Diseño de Portada: 100Covers.com

Impreso en E.U.A. y México

www.NLCole.com

CONTENIDO

Para Laura:

Mi esposa, mi amor y mi mejor amiga, que me ha apoyado en cada paso del camino. Te amaré por siempre.

- Nathan

Teraqueos

Nomad Plains

Terratius Realm

Amphibitius Realm

Mareviteaus Realm

Bisonteus Realm

Mines

Equiantus Realm

Aprosmarteus Realm

PRÓLOGO

El planeta Teraqueos cuenta con una gran variedad de entornos distintos que contribuyen a su riqueza y diversidad. En las regiones centrales se encuentra una sabana árida que, una vez al año, durante la temporada de lluvias, se transforma en un paisaje exuberante de color verde oscuro. Esta zona es el hogar de los clanes y las familias del pueblo Equiantus.

Al norte hay extensas llanuras cubiertas de hierba, y al oeste se encuentran misteriosos y prósperos pantanos. El suroeste de Teraqueos está marcado por una alta y larga cordillera, que sirve de frontera natural que separa el vasto desierto de los pantanos y los profundos océanos. Los océanos albergan algunas de las criaturas y comunidades más increíbles. Por último, a lo largo de las fronteras orientales, hay una vibrante selva tropical con un espeso dosel repleto de vida y una belleza cautivadora.

Los animales salvajes de esta zona se denominan behemoths, reptiles grandes similares a los dinosaurios de diferentes razas y especies. Varios de ellos han sido domesticados y entrenados durante los últimos mil años, como el behemoth de roca, el quantum y algunas especies de tyrianciacol.

Los habitantes de Teraqueos viven según su dominio o reino correspondiente, lo que les ha llevado a labrarse su propia existencia dentro de los impresionantes paisajes, entretejiendo sus culturas y tradiciones únicas en la esencia misma de este mundo sobrecogedor.

Sin embargo, no siempre fue así, pero es la única forma en que se pudo encontrar la paz.

Después de **La Guerra de los Reinos (DDGLR)**

Cada reino está ahora separado y organizado por su filo o raza humanoide, que están gobernados por el Consejo de Kingmen, cada uno de los cuales forma parte de uno de los siete reinos. Los reinos son los siguientes:

1. **El Reino Equiantus** (una raza parecida a los caballos): Establecido en la gran y famosa ciudad de Houlton. Una metrópolis con una arquitectura antigua de estilo asiático, se encuentra en medio de un paisaje de sabana seco y salpicado de arbustos, que se ha convertido en el centro no oficial de los reinos. El reino se extiende más allá de la propia ciudad, incluyendo varios territorios abiertos donde se pueden encontrar clanes específicos.

2. **El Reino Bisonteus** (una raza parecida a los búfalos): un pueblo de las llanuras que se encuentra en las praderas y pastizales del norte, y que vive en chozas de

adobe. Los habitantes de este reino son amantes de las tradiciones familiares y tienen una estrecha conexión con la flora y la fauna del planeta.

3. **El Reino Amphibtius** (una raza parecida a los sapos): viven en una ciudad pantanosa al oeste. Se sabe muy poco sobre su infraestructura, ya que son muy reservados.

4. **El Reino Terratius** (una raza parecida a los reptiles): son una raza muy sofisticada, elegante y con grandes conocimientos tecnológicos. Un pueblo que vive en la parte alta de las montañas del suroeste, que se extienden por el borde de las llanuras y separan los océanos de la sabana y los pantanos.

5. **El Reino Mareviteaus** (un reino oceánico submarino): gracias a su adaptación y conocimientos, han creado un ecosistema completo propio. Son un pueblo que no solo puede vivir, respirar y prosperar bajo el agua, sino que también puede entrenar a otros para que lo hagan. El único inconveniente de este reino es que se ven continuamente acosados por los candariain, criaturas invertebradas de tamaño pequeño y mediano, en realidad plagas, que surgen de las aguas profundas.

6. **El Reino Aprosmarteus** (una sociedad formada por

todos los inadaptados no deseados de otros reinos): Se encuentra en las cálidas tierras tropicales del este. Algunos viven en las copas de los árboles, otros en estanques de agua dulce cerca de las grandes cascadas y otros en cuevas que se encuentran en las colinas rocosas. Han establecido un orden caótico, por así decirlo. Una comunidad en la que cualquiera puede pertenecer.

7. **El «Reino Innombrado»:** su ubicación real es desconocida para la gente común, lo único que sabemos es que está custodiado por la sabia y elegante raza **Cornua Cerviteaus** (una raza parecida a los ciervos/alces) que se toma muy, muy en serio los secretos que allí se guardan.

Estos son los siete reinos de Teraqueos, todos ellos establecidos «Después de la Guerra de los Reinos». Dos años después (2 DDGLR), se estableció el Consejo de Kingmen para gobernar la sociedad, después de que los líderes se dieran cuenta de que no podían tener éxito ni sobrevivir sin los demás, tal y como pretendía el Creador.

Nuestra saga comienza unos cuatro siglos después de la Guerra de Los Reinos, donde encontramos al general Santos Houlton, del reino de Equiantus, en medio de un gran conflicto conocido como la Guerra Épica, luchando y defendiendo su posición contra el poderoso y feroz Príncipe Oscuro y su gran ejército de soldados, reunidos de todo Teraqueos...

Equiantus Realm

Capítulo 1

(Tiempo Presente – 427 DDGLR, en medio de La Guerra Épica)

La guerra continúa. Los ejércitos del Príncipe Oscuro avanzan hacia las fronteras exteriores del Reino de Equiantus. Muchas provincias siguen siendo leales a la dinastía Houlton, aunque el ensordecedor estruendo de las explosiones ya es habitual en todas ellas.

Las carreteras, antes tranquilas, y las ciudades, antes alegres, ahora yacen desiertas. Sus habitantes se ocultan, temerosos de perder sus tierras, sus hogares y a sus hijos a manos del terrible Príncipe Oscuro, que promete poder a quienes lo sigan.

El humo se eleva en el horizonte mientras una provincia exterior se derrumba bajo el implacable poder de los traidores y las fuerzas invisibles del Reino Innombrado.

El viento sopla sobre las polvorientas llanuras, arrastrando las sombras de sigilosas naves de combate que se desplazan en perfecta formación de ataque por el terreno arenoso.

La nave del Príncipe Oscuro surca el cielo como una fortaleza voladora. Su silueta recuerda a la de un caballero oscuro de ajedrez: elegante y formidable. Sus contornos angulares y su perfil imponente proyectan un aura de poder mientras desata un devastador ataque de torpedos y rayos láser, dominando sin esfuerzo los cielos con letal precisión. Quienes presencian su despliegue quedan sobrecogidos, fascinados por la mezcla de amenaza y elegancia, maravillándose de su fuerza y agilidad sin igual.

A lo lejos se escuchan los gritos de los generales curtidos en mil batallas que conducen a sus soldados contra el vasto ejército del Príncipe Oscuro, compuesto por guerreros de todos los reinos. La avanzada se acerca con rapidez a la base de la dinastía Houlton.

Aquella base —en otro tiempo un palacio de paz y belleza— es ahora una ruina irreconocible, al borde del colapso por los incesantes disparos de los veloci-pods. Estas criaturas robóticas, semejantes a los 'dragones sombru', son enviadas para arrasar cualquier objetivo. Se lanzan como misiles desde los torpedos de la nave del Príncipe Oscuro y, al impactar, su punta afilada se clava en el suelo. Entonces, un gancho en forma de garra de velocirraptor se despliega, y de la carcasa metálica emergen cabeza y patas: el veloci-pod robótico. Controlados desde el acorazado de un capitán, sirven no solo como armas, sino también como ojos, oídos y sensores en un radio de metro y medio.

Mientras las máquinas de guerra establecen un perímetro y sus rayos perforan las puertas principales, se distingue a un Equiantiano: un humanoide de aspecto equino, de unos cuarenta y cinco años. Es hijo del difunto Gran Maestro Houlton y, con más de veinte años de experiencia, se ha convertido en un general endurecido por incontables combates. Ahora lidera el equipo táctico, Iron Horse contra las fuerzas enemigas.

—¡Mantengan sus posiciones! ¡No dejen que rompan nuestro perímetro! —bramó el general Santos.

Cada soldado empuñaba un bláster láser, un corindón, una espada de rayos estilo katana y portaba un traje blindado de última generación. Estos exotrajes, forjados con aleaciones ligeras y fibras musculares artificiales, otorgaban fuerza, agilidad y una protección superior.

El general Santos y sus hombres resistían el asedio de los veloci-pods. Los rayos impactaban contra la base, arrancando fragmentos de piedra que golpeaban sus rostros, pechos y brazos.

—¡Manténganse firmes, equipo! —rugió Santos, encogiéndose mientras las piedras, convertidas en letales proyectiles, caían alrededor suyo.

El aire se impregnaba del humo acre de los disparos, quemando ojos y fosas nasales. Un silbido cruzó el campo de batalla cuando un grupo de discos metálicos giró en el aire antes de precipitarse cerca de la escuadra. Santos los reconoció al instante: explosivos.

Un destello cegador, seguido de un estruendo ensordecedor, sacudió el terreno. El equipo de élite de Equiantia había sido alcanzado.

Cuando el zumbido en sus oídos se desvaneció y el humo se disipó, el general Santos abrió los ojos con dificultad. Yacía en el mismo suelo donde, no hacía mucho, practicaba kata con su padre.

(30 años antes; 396 DDGLR)

—Espalda recta, respira lentamente, concéntrate —susurró al oído de Santos, que entonces tenía apenas diez años.

Al abrir los ojos, una gota de sudor le resbaló por la mejilla y cayó al suelo. La concentración, la respiración controlada y el dominio de sí mismo eran requisitos indispensables para practicar kata, una forma tradicional de artes marciales muy exigente, uno de sus pasatiempos favoritos cada tarde junto a su hermano gemelo, bajo la instrucción de su padre.

Miró a su derecha y, una vez más, se sintió desafiado: Dantias mantenía una postura casi perfecta, sin mostrar signos de cansancio. Su piel oscura brillaba bajo el sol, en marcado contraste con la pálida piel de Santos.

—Excelente forma, Dantias —dijo su padre—. Cabeza arriba, mira al frente, espalda recta... relájate.

Dantias parecía destacar en todo, y a veces Santos sentía que su hermano era más capaz que él. Aun así, ambos estaban igualmente equilibrados tanto física como mentalmente. Amigos, compañeros e incluso rivales, lo hacían todo juntos.

Kingmen Houlton permanecía de pie sobre el desgastado césped del jardín del palacio. El aire fresco estaba impregnado de historia y de un leve aroma a lilas. Una oleada de nostalgia recorrió su corazón al observar a sus dos hijos imitando cada uno de sus movimientos con disciplina.

Aquel mismo lugar había sido escenario de su propia formación. Allí, entre sombras y ecos, su padre le había transmitido la sabiduría ancestral de la dinastía Houlton. Los recuerdos lo envolvieron, devolviéndolo a su infancia, cuando se esforzaba por dominar el mismo kata. Casi podía escuchar la voz firme pero alentadora de su padre empujándolo a superar sus límites.

Mientras sus hijos fruncían el ceño en señal de concentración, Lord Houlton sintió una profunda conexión con su pasado: una mezcla de orgullo y melancolía. Recordó la chispa de alegría en los ojos de su padre cuando lograba comprender un movimiento difícil. Ahora él era el portador de ese legado, tejiendo el hilo de la tradición en la vida de sus propios hijos.

Una sonrisa se dibujó en su rostro. El futuro de la dinastía Houlton estaría, algún día, en buenas manos.

—Muy bien, chicos, ya es suficiente por hoy. Su madre los espera.

Los hermanos se inclinaron en señal de agradecimiento y corrieron hacia la terraza, donde la duquesa los aguardaba con una sonrisa. Vestía con elegancia incluso en los días familiares: un traje de satén azul zafiro que rozaba el suelo, mangas ceñidas y un broche de plata con el escudo de los Houlton, legado de su linaje materno.

Ser esposa del Gran Maestro no era tarea sencilla. La duquesa debía estar siempre lista para reuniones oficiales, lo que la convertía en la mujer más poderosa del reino, tanto política como administrativamente.

—Ven, muchachos, toma esto y compra la ración diaria de panú. No tardes; su padre no debe esperar —dijo, entregándoles tres monedas.

—Sí, duquesa —respondieron los niños al unísono.

Siempre se les había exigido llamarla "duquesa" en lugar de "madre". Ya estaban acostumbrados.

Bajaron corriendo los escalones de la terraza, atravesaron la entrada y llegaron a las puertas principales, custodiadas por guardias. Al abrirse, salieron a las concurridas calles de Houlton, ciudad vibrante y centro de comercio de metales preciosos desde la fundación del Consejo de Kingmen.

Las calles estaban llenas de vida. Carruajes de viento tirados por gigantes de roca avanzaban pesadamente. Estas criaturas, nativas de Teraqueos, eran fuertes, de piel áspera y colas cortas como troncos, utilizadas desde tiempos antiguos para transportar familias enteras. Aunque domesticados, seguían imponiendo respeto con su silueta majestuosa y el temblor del suelo bajo sus pasos.

El cochero saludó con la mano a los gemelos, que continuaron hasta Market Street. Allí podían encontrarse artesanías, herramientas, frutas, tejidos y joyas de todos los clanes del reino.

El aire pronto se impregnó del aroma del panú, un pan plano de arroz y cebada.

—Date prisa, compra el panú —insistió Dantias—. ¡Tenemos que conseguir perlas de azúcar!

—La duquesa dijo que no nos entretuviéramos. No quiero que me den con la vara por tu culpa —refunfuñó Santos.

—Será un momento. Además, podemos volver corriendo —respondió su hermano con entusiasmo.

Pese a sus dudas, Santos lo siguió. La calle Market Street lo fascinaba: clanes de herreros Clydesdale, vendedores de piedras y artefactos de los Dos Sangres, frutas y tejidos del clan Pinto, y las joyas y especias de los pies-ligeros, de quienes descendían los Houlton.

Entre puestos y tiendas improvisadas, llegaron a los del clan de los pies-pálidos, donde encontraron lo que buscaban: cuentas de azúcar.

—Has vuelto una vez más, mi joven amigo —los recibió un anciano de ojos azules y bondadosos, cabello gris recogido en una trenza que se mecía con el viento.

—¡Sí! Una bolsa de perlas de azúcar, por favor —dijo Dantias, empujando a Santos para que pagara rápido.

Tras agradecer, se apresuraron de regreso al palacio. Desde detrás de una cortina, una joven preguntó:

—¿Quiénes eran esos niños?

—Nadie en particular —respondió el anciano con una sonrisa—. Solo los gemelos que vienen cada semana por sus perlas de azúcar.

La muchacha los miró alejarse, zigzagueando entre carruajes de viento.

De vuelta en el palacio, los gemelos se bañaron, se vistieron con sus mejores galas y se reunieron con sus padres para la comida familiar. La mesa rebosaba manjares de todas las provincias, como dictaban los antiguos escritos. Antes de comer, daban gracias al -No Creado-, "Aquel que siempre ha sido y siempre será", fuente del primer pergamino y origen del mundo.

Después, limpiaban sus platos y se retiraban al dormitorio. Su padre los acompañaba cada noche, recitándoles las leyes de los pergaminos ancestrales: la palabra sagrada, transmitida de generación en generación.

Algún día, ambos ocuparían su lugar en la dinastía Houlton como Grandes Maestros, cumpliendo la profecía: *"dos cabezas reinarían como una sola".*

Escuchando la voz de su padre, firme y serena, los gemelos se quedaron dormidos.

Capítulo 2

(Tiempo Presente: 427 DDGLR, en plena Guerra Épica, 2 meses después)

Una explosión cercana sacó al general Santos de sus pensamientos. Era difícil descansar en aquellos días, con tanta tensión y destrucción a su alrededor. Miró frenéticamente a su alrededor para asegurarse de que su equipo seguía con él.

—Informen —ordenó a través del sistema de comunicación.

—Aquí, en el objetivo —respondió una voz en su auricular, seguida del informe de cada miembro del equipo **Iron Horse**.

Su escuadra estaba formada por los mejores guerreros, pilotos y expertos en tecnología de cada clan. Todos, leales a la dinastía Houlton, estaban listos para dar la vida. Santos se sintió aliviado al comprobar en su escáner de posición que cada líder dirigía a su grupo secundario y se hallaba ya en su puesto. Aunque era tarde, siempre estaban preparados.

Del clan Clydesdale provenía **Hammer**, levantador de pesas y experto en artillería. Además, era un artesano consumado:

forjaba a mano cada uno de sus **corindones**, las espadas de rayos láser empleadas en batalla.

Luego estaba **Ace**, de la caballería Equiantus, del clan Pinto/Obrero. Era uno de los mejores jinetes de quantum de todos los reinos.

Los **quantum** eran behemoth montables, más pequeños que los behemoth de roca pero veloces y ágiles, bípedos y desconfiados. Domarlos exigía paciencia e inteligencia, pues eran astutos, se asustaban con facilidad y siempre buscaban deshacerse de su jinete. Sin embargo, Ace había aprendido a dominarlos con seguridad y afecto, ganándose así su confianza. Y una vez que un quantum la otorgaba, permanecía con su jinete hasta el final. Ace era igual: leal hasta la última consecuencia. Un tanto impulsivo, sí, pero casi nunca fallaba.

Bliss, del clan nómada de los pies pálidos, no era alguien con quien se pudiera jugar. La única mujer del equipo y la más pequeña, se destacaba como una líder incomparable. Motivada por una venganza personal contra el Príncipe Oscuro —tema del que nunca hablaba—, era además la mejor tiradora del grupo. Aunque a Ace no le gustara admitirlo, la mayoría de las veces ni siquiera necesitaba sistemas de puntería.

Por último, estaba el **Profesor**. Sin él, el equipo no sería lo que era. Experto en tecnología, había desarrollado gran parte del equipamiento que Santos empleaba en la guerra. Su carácter paternal resultaba especialmente evidente hacia el propio general.

Afuera, la batalla seguía rugiendo. Santos percibió un estruendo en el extremo sur del edificio. De inmediato, él y su equipo secundario se desplegaron, descubriendo que estaban rodeados por **veloci-pods**, armados para la destrucción total.

Santos cerró los ojos, respiró hondo y se preparó para cargar. Pasaron segundos eternos. Finalmente, se irguió y ordenó avanzar.

Los equipos secundarios respondieron al unísono. Hammer y los suyos flanquearon por el este; Ace y sus jinetes de quantúm, por el oeste; mientras Bliss brindaba fuego de cobertura desde la terraza del segundo nivel de la fortaleza. Santos irrumpió de frente con su unidad, disparando y cortando mientras abrían paso.

Los **veloci-pods** resultaban enemigos molestos. Robóticos y con forma de raptores, atacaban con garras y fauces aceradas al tiempo que disparaban los blásters montados en sus hombros. Su armadura no resistía ni un bláster ni un corindón, pero eran numerosos y feroces.

Sus cámaras sensoriales infrarrojas transmitían imágenes en tiempo real a la fortaleza voladora del Príncipe Oscuro, revelando así la posición del equipo **Iron Horse**. Además, estas bestias mecánicas podían transformarse en veloces aerodeslizadores, listos para ser montados por la infantería.

Durante meses, Santos y los suyos habían intentado piratear sus chips de memoria para reprogramarlos y volverlos contra el enemigo, sin lograr todavía descifrar su código.

Explosiones y ráfagas láser llenaban el aire. Hammer, rugiendo, disparaba sin descanso: treinta, cuarenta, cincuenta ráfagas, un bláster en cada mano.

—¡Vamos, escoria veloci! ¡Tengo lo que buscan! —vociferó.

El general Santos atravesó las líneas con su escudo retráctil de brazo, un campo de fuerza personal acoplado a los antebrazos de la infantería. De un solo envite derribó a cuatro o cinco. Uno tras otro, los veloci-pods caían.

Parecía que sería una victoria rápida: Bliss mantenía el perímetro limpio con disparos certeros. Pero de pronto, los ojos de todas las máquinas se tornaron rojos y, en sincronía, se agazaparon. Habían activado un protocolo nuevo y desconocido: **la autodestrucción**.

Al ver los ojos parpadeando, Santos comprendió lo que se avecinaba.

—Bueno, eso es nuevo —murmuró.

El suelo retumbó con la explosión simultánea.

El estruendo lo ensordeció, el polvo lo cegó. El general perdió noción del espacio, incapaz de distinguir arriba de abajo, luchando por abrir los ojos mientras entraba y salía del estado de conciencia.

(404 DDGLR - 23 años antes)

Al abrir los ojos, solo pudo distinguir un rostro borroso inclinado sobre él, riéndose.

—Ja, ja, ¿no dijiste que eras el mejor con el bastón han-bo? —se burló Dantias con una sonrisa—. Ven, te ayudo a levantarte.

Al ponerse de pie, Santos comprendió que Dantias le había ganado. Ambos hermanos, a punto de cumplir diecinueve años, disfrutaban entrenando juntos, probando distintos estilos de combate. Una vez más, como solía ocurrir, Dantias había tomado la delantera.

—¿Sabes? A menudo me pregunto por qué entrenamos tanto —comentó Dantias.

—¿A qué te refieres? —preguntó Santos.

—Pues eso. ¿Por qué entrenamos tanto si nunca vamos a usar lo que aprendemos? Los dos sabemos lo que padre nos ha repetido una y otra vez...

—Ah, ¿te refieres a las historias de los pergaminos antiguos? —lo interrumpió Santos.

—Sí. Que cuando se estableció el Consejo de los Kingmen cesaron todas las guerras, y cada reino quedó separado por su "filo", es decir, por su tipo o especie —respondió Dantias.

—Bueno, eso trajo paz y unidad a los Reinos. ¿Por qué habría de ser algo malo? —replicó Santos.

—No digo que sea malo, solo que no entiendo por qué entrenamos y practicamos tanto para algo que, al final, nunca sucederá —insistió Dantias.

—Entrenamos para estar preparados. Y si nunca usamos lo aprendido, mejor. Además, míralo por el lado positivo: hacemos buen ejercicio, ¿no? —respondió Santos con una sonrisa.

—Cierto... ¿quieres volver a intentarlo? —propuso Dantias.

—Vamos, será mejor que nos preparemos para la comida familiar —dijo Santos entre risas—, pero la próxima vez te ganaré.

Le dio una palmada en el hombro a su hermano y ambos se encaminaron juntos hacia la casa.

(Un mes después)

Una mañana temprano, al despertar, Santos oyó voces elevadas que provenían de la sala del consejo. Se vistió con rapidez, salió de su habitación —pues cada hermano tenía la suya—, bajó las escaleras y recorrió el largo pasillo.

El palacio era inmaculado y majestuoso. Los techos se alzaban increíblemente altos y el salón principal se extendía a lo largo de una vasta galería. Tapices con escenas de cada provincia colgaban de cortinas doradas, mientras que mesas de madera tallada se cubrían con manteles de lino fino. Cada entrada estaba adornada con elegantes puertas dobles esculpidas a mano, en las que se grababan episodios históricos.

La planta baja olía siempre a pino fresco. Agujas importadas de las provincias del norte —pues el aroma no era propio de la región— se colocaban con cuidado en placas aromáticas especiales que difundían su fragancia por todo el recinto.

Una brisa ligera entraba por las ventanas entreabiertas que recorrían el pasillo principal, dejando que la luz del sol iluminara las estancias del palacio.

Cuando Santos llegó al final del corredor, se detuvo ante las puertas de la sala del consejo: las más exquisitas y ornamentadas de todo el palacio. En sus tallas se narraba la formación del Consejo de los Kingmen. A cada lado de las puertas, de arriba abajo, estaban grabadas las primeras leyes —el Decálogo—, traducidas de los antiguos pergaminos a la lengua original. Y decían así:

En el poste izquierdo de la puerta se leía:
I. No hay otro dios más que el Creador.
II. No hagas ni te inclines ante ídolos.
III. No uses mal el nombre del más Antiguo.
IV. Mantente puro ante el Creador.
V. Honra siempre a tus antepasados.

En el poste derecho de la puerta se leía:
VI. No asesinarás.
VII. Sé fiel en el matrimonio.
VIII. No robarás.
IX. Di siempre la verdad y defiéndela en todo momento.
X. No desees lo que otros tienen.

Al asomarse por la rendija de las puertas, Santos distinguió a todos los Kingmen reunidos en la mesa del consejo.

A la cabecera estaba su padre, sentado con la espalda recta, concentrado y pensativo: el Kingmen del Reino de Equiantus.

A su derecha se encontraba Lord Hyram II, Kingmen del Reino de Bisonteus, cuya imponente presencia recordaba a la de un búfalo. Los Bisonteus eran célebres por su destreza en la caza, su arquitectura de ladrillos de barro y su fama de guerreros formidables. Incluso sentado, Lord Hyram parecía elevarse sobre los demás.

Los guerreros Bisonteus se distinguían no solo por su tamaño, sino por las trenzas en su cresta y melena, que indicaban la sabiduría y los años de servicio: una trenza por cada año. Sus barbas, además, se adornaban con cuentas que tenían un significado sagrado. Cada cuenta dorada simbolizaba un año de servicio, y, como pasaban de generación en generación, reflejaban también el linaje y la herencia familiar. Lord Hyram II lucía doce cuentas propias y veinticinco heredadas, lo que lo convertía en uno de los miembros más respetados del consejo.

A su lado se hallaba Kingmen Catodus, del reino de Amphibtius: un humanoide de aspecto anfibio, con facciones de sapo. Los Amphibtius eran curiosos, amables y acogedores, aunque su tono natural de voz, áspero y gruñón, hacía que no siempre lo parecieran. Santos sonrió al recordarlo:

—Estás muy pálido, chico —le había dicho Catodus un día, al verlo entrar en los terrenos del palacio—. ¿Nunca sales al aire libre? —preguntó con sequedad, dándole un golpecito en la pierna con la base de su lanza, usada a modo de bastón.

Aunque era un anciano respetado, apenas llegaba a mirar a los ojos al joven Santos. Sin previo aviso, le mostró una pequeña bolsa de caramelos de néctar de lirio del pantano, exclusivos de su pueblo. Le lanzó uno y, con su dedo corto y grueso, hizo un gesto de silencio en los labios. Santos aún se reía al recordarlo.

Más allá estaba el rey Aylo Kuang, del reino de Terratius, una raza reptiliana elegante y refinada, conocida por su brillantez tecnológica. Su pueblo había creado los carruajes flotantes, hoy utilizados en todo el continente. Aunque compartían sus avances con los demás, nunca olvidaban sus propios intereses. Aylo se mantenía en silencio, observador.

A continuación se encontraba Lord Systrico, del reino submarino de Mareviteaus, enfundado en un voluminoso traje robótico terrestre. Su aspecto era singular: tenía la cabeza transparente, dejando ver su cerebro físico que brillaba en tonos violáceos y cambiaba de color al hablar. Los tentáculos que le colgaban a los lados de la cara se movían con sus emociones, reflejando de manera viva su estado de ánimo.

Por último, de espaldas a la purada, estaba Sir Cysilian, del joven reino de Aprosmarteus. Su pueblo acogía a aquellos que no encajaban en otros reinos. Cysilian era inconfundible: brazos de águila con garras afiladas, piernas felinas, rostro de halcón y dos alas que, plegadas, lo cubrían como una capa. Su ojo amarillo brillaba inquieto, mientras que el otro permanecía oculto bajo un parche de cuero. Nadie conocía con certeza la historia de cómo lo había perdido. Elegante y desaliñado a la vez, solía dejar plumas y restos sobre la mesa al marcharse, para disgusto del personal del palacio.

Estos Kingmen tenían el deber solemne de leer, interpretar y legislar según los antiguos pergaminos. Tras la Gran Guerra de los Reinos, solo se rescataron unos pocos cientos de ellos de entre las ruinas. Muchos narraban la historia, cultura y arte de cada reino, e incluso se halló una carta redactada en aquel trágico día, con la esperanza de que las generaciones futuras reconstruyeran la prosperidad perdida.

—¡El reino de Aprosmarteus debe respetar nuestras fronteras y dejar de avanzar hacia el norte! —bramó Lord Hyram II.

—¡Nadie ha invadido su reino, Lord Hyram! —replicó Sir Cysilian—. Nosotros no exigimos registro a los ciudadanos. Todos son libres de ir y venir como deseen.

—¿Entonces por qué llevan armas? —exclamó Hyram, golpeando la mesa—. ¡Debe existir un orden justo y una integridad fronteriza!

Cada primer día de mes, los Kingmen se reunían en la alta cámara para promover la unidad, el comercio y la prosperidad. El Gran Maestro Houlton intervino:

—Desde la creación de los Cinco Reinos, y la incorporación del sexto, hemos gozado de paz. Queridos amigos, el orden y la concordia deben seguir siendo nuestro objetivo.

Luego, miró directamente a Sir Cysilian:

—¿Se compromete, en nombre de Aprosmarteus, a responder a la legítima preocupación del Reino de Bisonteus?

—Por supuesto —dijo Sir Cysilian con una sonrisa burlona—. Pero ya sabe que tenemos fama de no obedecer órdenes. No por rencor, sino porque así somos.

El Reino de Aprosmarteus había sido fundado como refugio para los inadaptados de los otros cinco reinos. Se les permitió asentarse en la selva para evitar aplicar la temida ley del destierro. Esta pena era irreversible: despojaba al individuo de su honor y linaje, y lo condenaba a vagar por los páramos o perderse en el reino desconocido. Solo se habían registrado dos casos, y por mandato legal jamás se volvieron a mencionar.

—Entonces, ¿podemos llegar a un entendimiento? —intervino el Gran Maestro—. Aprosmarteus es libre de seguir su naturaleza, pero debe respetar las normas que rigen a los demás reinos.

—Así queda decidido —cerró Lord Systrico—. El orden del día ha concluido.

Todos respondieron al unísono:

—Sí.

Con ello, la sesión terminó.

Santos, que saludaba con una reverencia a cada Kingmen, escuchó a Aylo Kuang detenerse frente a él:

—Me alegra verte, joven Houlton. ¿Estás al día con tus estudios?

—Por supuesto, señor —respondió Santos.

—Bien. Los necesitarás cuando te unas al consejo —añadió con una sonrisa.

Santos se inclinó:

—Sería un honor, oro por estar a la altura de mi deber.

—¿Deber...? —respondió Aylo Kuang—. Recuerda que servir en el Consejo Real es un honor en sí mismo. Lo aprenderás pronto.

Y se marchó, dejando a Santos pensativo.

Su padre apareció enseguida:

—Santos, hijo, ¿cómo estás? ¿Dónde está tu hermano?

—No estoy seguro, yo... —empezó a responder.

—¿Tu madre está en el mercado? ¿Qué planes tienes hoy? —lo interrumpió el Gran Maestro Houlton, antes de añadir apresuradamente—. Debo reunirme con los líderes provinciales. Espero regresar pronto.

Santos guardó silencio. Sabía perfectamente dónde estaba Dantias, pero no quiso cargar a su padre con más preocupaciones.

(Campamento nómada; provincia exterior)

—¡No, basta! —rió Namid—. Vas a romperlo.

—¡Oh, claro que no! Ya sabes lo bueno que soy con... esto... —dijo Dantias, olvidando por un instante el nombre.

—Arco y flechas —le corrigió ella.

—Exacto. Pero ¿no es más fácil un bláster? Solo apuntas y disparas.

—No todos tenemos tu equipo sofisticado. Además, mi arco nunca se queda sin munición. En cambio, tú necesitas cápsulas para tu pistola láser. ¿Qué pasa si se te acaban? Y, por cierto, ¿no están prohibidas? —replicó Namid con sarcasmo.

—Bueno... sí. Supongo que tienes razón —admitió Dantias, justo antes de que la flecha cayera torpemente al suelo.

—Vamos, será mejor que te lleve a casa —dijo Dantias, intentando conservar un poco de dignidad.

Desde hacía meses, Dantias se escapaba al amanecer para visitar a la tribu de los pies pálidos. Santos lo sabía, pues en ocasiones lo había seguido en secreto. Así descubrió que su hermano se encontraba siempre con Namid, la nieta del anciano que solía venderles cuentas de azúcar cuando eran niños.

Namid había crecido: piel cálida como café con leche salpicada de pecas, ojos color marrón, profundamente llenos de inteligencia y amabilidad, cabello largo en tonos bronceados y castaños que brillaban al sol. Su fuerza interior y la gracia de sus movimientos la hacían destacar. Al tensar el arco, sus músculos se delineaban bajo la luz, proyectando una imagen de confianza y belleza.

Cuando regresaban al campamento, su abuelo los observaba en silencio. Aunque los bendecía, no dejaba de ser cauteloso: Dantias era un Houlton, un príncipe Equiantus, y en las provincias externas aún circulaban rumores.

Se decía que los Houlton explotaban a los clanes pobres, imponiendo impuestos desmedidos y manipulando registros para aparentar riquezas. Algunos incluso murmuraban que el primer Gran Maestro Houlton había asegurado su lugar en el consejo traicionando a sus propios hermanos. Nadie podía confirmarlo, pero las dudas persistían:

«¿Es realmente beneficioso el Consejo de Kingmen para la gente común?»

Dantias rompió el silencio con una sonrisa:

—¿Podré verte pasado mañana?

—¿Y qué dirán tus padres? —preguntó ella con picardía.

—Ya sabes lo que piensa la duquesa... —respondió con fastidio—. Y mi padre apenas sabe nada de mí. Siempre ocupado con el consejo. Santos es el interesado en la política, yo no.

—Pero eres un príncipe. Algún día tendrás la oportunidad de liderar y traer unidad entre tribus y provincias.

—¿Unidad? —rió con amargura—. Mira a tu pueblo: explotados, marginados. ¿Qué unidad puede haber?

—Precisamente por eso. Podrías alzar la voz, aprender nuestras políticas y luchar por la unión.

Ella lo abrazó y lo besó en la mejilla. Dantias suspiró, apoyó su frente en la de ella y sonrió.

Al despedirse, los soles se ocultaban y las tres lunas se alzaban sobre las montañas, alineándose con sus tres picos más altos. El horizonte ardía en colores mientras la brisa fresca acariciaba el rostro. Era como contemplar un cuadro celestial pintado cada tarde.

CAPÍTULO 3

(TIEMPO PRESENTE, 427 DDGLR, EN PLENA GUERRA ÉPICA)

Al mirar hacia el horizonte, las lunas nuevas brillaban intensamente. Desde el interior de su fortaleza voladora, el Príncipe Oscuro retiró la mano del botón de autodestrucción.

El humo se elevaba desde la zona donde luchaban el general Santos y su equipo. Era tan espeso que no se veía nada más en el suelo.

—Como dije, acabaremos con esta guerra rápidamente, sin piedad para ninguno de ellos —dijo el Príncipe Oscuro en un tono breve y directo.

Al oír esto, su tripulación bajó la cabeza, avergonzada, pero respondió:

—Sí, mi señor Príncipe.

—No nos he traído hasta aquí para dar marcha atrás ahora, no os volváis débiles —dijo el Príncipe Oscuro.

—Si lo destruimos todo, ¿de qué seremos señores? —susurró un controlador técnico de Amphibtius.

—¿Qué dijiste? ¡Quien hable en contra del Príncipe Oscuro encontrará su lugar entre los caídos y los marginados! ¿Me he explicado claramente? —gritó el capitán Amin, segundo al mando del Príncipe Oscuro.

El capitán Amin era un soldado Terratius extraordinariamente fuerte, con una media máscara hecha de titanio que parecía haber sido creada como uno de los primeros modelos para los veloci-pods. Le faltaba un dedo en la mano izquierda, quedándole solo tres largos y escamosos, con garras en forma de gancho en la punta de cada uno. La encimera metálica chirrió ligeramente cuando pasó las garras de su mano derecha por ella mientras se dirigía hacia el técnico que había hablado fuera de turno.

—Encuéntralos. Confírmalo y hazlo —le dijo el Príncipe Oscuro directamente al capitán Amin, mientras se daba la vuelta y se alejaba. Su capa fluida lo seguía como una sombra por el pasillo hasta sus aposentos, y las puertas correderas herméticas se cerraron con un silencioso susurro detrás de él. La tensión flotaba en el aire.

(Mientras tanto, en la enfermería del equipo Iron Horse)
El general Santos respiró profundamente y recuperó la conciencia. Tosió y se giró sobre su costado. La sangre goteaba lentamente de sus oídos, nariz y comisura de los labios. Aunque había perdido a varios de sus equipos secundarios y había recibido un duro golpe, parecía haber sobrevivido. Tenía una conmoción

cerebral, pero estaba vivo. Tres soldados médicos acudieron en su ayuda y le ayudaron a quitarse la armadura del pecho y el escudo del brazo.

Mientras le quitaban con cuidado la placa del pecho, notaron algo inusual en la armadura de Santos. Era más ligera y tenía piezas articuladas en los laterales, con una infraestructura incorporada, lo que la diferenciaba bastante del resto de las armaduras del equipo. Sin que el resto lo supiera, el Profesor —muy hábil en el desarrollo de tecnología, armaduras y armas para el equipo Iron Horse— había estado probando prototipos con el general Santos durante varios meses.

Santos volvió a respirar profundamente, esta vez con más facilidad, mientras continuaban quitándole la armadura. Ahora estaba muy agradecido por la insistencia del Profesor en que la llevara puesta.

El Profesor no solo ayudaba a desarrollar nuevas armaduras y tecnología o daba consejos, sino que era parte de la familia. Estuvo allí cuando el Gran Maestro Houlton exhaló su último aliento.

Cuando Santos cerró los ojos, todo volvió a su mente: el sonido, el olor de la habitación, la rigidez y la pesadez en el aire.

(403 DDGLR) Tres años antes de la fundación del equipo Iron Horse.

—Agh... eh... —se oyó un profundo jadeo procedente de Santos, que yacía en el suelo agarrándose el estómago. Jadeando en busca de aire, sus oídos comenzaron a zumbar ligeramente.

—Respira profundamente. La clave está en respirar correctamente. Cuando recibas un golpe, "ki-ushhh", exhala. Cuando des un puñetazo, respira profundamente y luego, "ki-ay", exhala con fuerza —dijo el gran maestro Houlton mientras enseñaba las antiguas técnicas de combate de la familia.

Santos se puso de pie y se inclinó con respeto. —Sí, padre —dijo.

Santos estaba agradecido por las enseñanzas recibidas durante los últimos meses. Últimamente, Lord Houlton pasaba menos tiempo con el consejo y dedicaba más tiempo a sus hijos. O al menos a Santos, ya que Dantias se mostraba bastante indiferente últimamente. Llegaba tarde a casa, no le interesaba la comida familiar ni nada en absoluto. A Santos incluso le costaba conectar con él, parecía que su mente estuviera en otro lugar. Santos tenía una idea de dónde estaban los pensamientos y la presencia de su hermano.

—Ahhgh, tos, tos, tos —Lord Houlton intentó ocultar el dolor en el costado y la dificultad para respirar.

—Te lo dije, no deberías salir al aire libre por la noche, no es bueno para tu tos —dijo la duquesa mientras salía al porche trasero, con vistas a los jardines de la familia.

—Debo insistir en que entres y descanses —dijo con firmeza.

—Ven, hijo mío, vamos adentro a tomar un té —dijo Lord Houlton con una sonrisa forzada.

—Te ayudaré, padre —dijo Santos, con mirada preocupada.

—Tonterías, todo va bien, no te preocupes. Vamos —pero el Lord Houlton hablaba con medias verdades.

Ambos se dirigieron hacia el palacio y subieron por el camino, pasando junto al profesor, que también los miraba con gran preocupación. Cuando llegaron a la sala de estar, les sirvieron el té de la tarde.

Era un salón hermoso. Había tres sofás y dos sillas altas con respaldo enfrentadas, cada una colocada de tal manera que tenían su propio rincón o lugar en la habitación. Si te sentabas en cualquiera de ellos, nunca le darías la espalda a los demás. Al acercarse la noche, era muy elegante porque la ventana occidental estaba situada de tal manera que los últimos rayos de luz de los dos soles, uno rojizo-anaranjado y el otro con su bruma púrpura, brillaban a través de ella. En las paredes, los cristales de cuarzo que decoraban el cristal de la ventana proyectaban brillantes arcoíris.

La duquesa tenía el control absoluto en estas situaciones. A decir verdad, el Gran Maestro había ido empeorando poco a poco debido a una enfermedad. Los médicos le habían dado unos meses de vida, pero esta información solo la conocían los médicos, la duquesa, uno o dos miembros del consejo y el profesor, que había servido a la familia durante más de tres generaciones.

Por esta razón, Lord Houlton había estado pasando más tiempo con Santos. Los miembros del consejo le animaron encarecidamente a que no renunciara, sino que se tomara una licencia forzosa de sus obligaciones mensuales y semanales. El estrés adicional era inútil y no deseado en ese momento, y en su estado actual era incapaz de realizar las tareas necesarias. Su mente estaba ocupada con otras cosas.

(Más tarde esa noche)

Bajo la luz de las lunas nuevas, con una antorcha en la mano, Dantias entró por la entrada lateral de los aposentos, como se había convertido en costumbre en los últimos meses. Apagó la pequeña llama de la última antorcha justo fuera de la puerta. Una vez más, se encontró a sí mismo escabulléndose entre los guardias de la puerta trasera y se dirigió al comedor para tomar un bocadillo antes de ir a sus aposentos. Cogió unos frutos secos y una pieza de fruta de una cesta que había en la mesa central y se dio la vuelta para subir las escaleras traseras que conducían a su habitación. Entonces, salió de entre las sombras la duquesa, de pie, con los brazos cruzados, mirándolo fijamente con las fosas nasales dilatadas mientras respiraba profundamente. Sorprendido, Dantias dio un paso atrás con cautela.

—¿Dónde has estado? ¿Por qué llegas a estas horas de la noche? ¿No tienes vergüenza? Tu padre está muy enfermo —le preguntó secamente.

Sin que él lo supiera, ella lo había estado observando a él y a sus actividades nocturnas durante las últimas semanas.

—No... eh... nada, duquesa —tartamudeó Dantias—. Solo estaba comprobando las torres de seguridad, en la frontera lejana —dijo con más confianza.

—No me mientas, muchacho. Sé que estás tramando algo. Te he visto estas dos últimas semanas, llegando tarde, a la misma hora, sin tener consideración por tu familia, especialmente por tu padre. ¿Dónde has estado? —La duquesa insistió en obtener una respuesta.

Lo único que recibió fue una mirada fija y silenciosa.

Esperó... Aun así, no obtuvo respuesta.

—No voy a tolerarlo más. ¿Me has entendido? —dijo con firmeza.

—Sí, mi duquesa —respondió Dantias con la mirada fija, sin bajar los ojos ni un centímetro.

—Ven aquí, hijo mío —cambiando completamente de tono—, me alegro de que estés en casa, eso es lo más importante. Vamos, descansa un poco, debes de estar cansado —dijo la duquesa mientras lo abrazaba con fuerza, le besaba en la mejilla y lo despedía.

Dantias se alejó y subió las escaleras. Sentía una gran frustración en su corazón hacia ella. Realmente quería deshacerse de ella, estar lo más lejos posible.

La duquesa se quedó de pie, inclinándose hacia adelante con ambas manos directamente sobre la mesa, conteniendo las lágrimas. No eran lágrimas de dolor o de pena, sino de frustración y enfado. Estaba decidida a averiguar qué estaba tramando su hijo y a ponerle fin, costara lo que costara. Su familia era demasiado importante.

«¿Qué dirían los demás miembros del consejo si se enteraran de que uno de sus prometidos hijos estaba involucrado en un comportamiento poco ortodoxo?», pensó. No lo toleraría.

Luego se dirigió a la sala de estar, donde se sentó en su silla más elegante, de respaldo alto. Un pequeño crujido de las ramas dryas que ardían en la chimenea frente a ella rompió el silencio. Se sentó a reflexionar, a preguntarse, a planear.

De niña, disfrutaba de la emoción de colarse en los grandes salones del palacio, con su oscura cola de caballo rebotando al ritmo de cada alegre salto; sabía muy bien que los hijos de los guardias del palacio no debían jugar en esos lugares.

Los pasillos abiertos, adornados con intrincados tapices y brillantes candelabros iluminados por velas. Para una niña pequeña, era como un reino mágico de maravillas y fantasía.

Su padre, firme y orgulloso, era uno de los guardias más leales de la dinastía Houlton. A menudo la sorprendía en medio de sus aventuras. En lugar de regañarla, la levantaba con sus fuertes brazos y la hacía girar, y sus risitas de alegría resonaban como una canción en el aire.

Al ser la única niña entre seis hermanos traviesos, ocupaba un lugar especial en el corazón de su padre, una joya brillante en medio de un gran tesoro de niños.

Mientras que a sus cinco hermanos se les inculcaba desde pequeños el sentido de la responsabilidad y el deber, ella disfrutaba de la libertad de vagar y jugar, sintiéndose como una princesa, bañada por el inquebrantable afecto de su padre.

Mientras estaba sentada, contemplando el fuego, la duquesa recordó los innumerables momentos que pasó corriendo por los exuberantes jardines, donde las vibrantes flores bailaban con ella al compás de la brisa. Su padre solía unirse a sus caprichosos juegos, aunque sabía que iba en contra de las reglas del palacio. Los demás guardias no lo denunciaban una y otra vez, mostrándole una indulgencia que no mostraban a los demás, debido a que su esposa, la madre de la duquesa, había fallecido al dar a luz, dejándole solo con seis hijos que criar, siendo su hija la más pequeña, sin ningún recuerdo de su madre.

En aquellos días no era fácil crecer como lo hizo ella, pero eso no solo la convirtió en una mujer fuerte y decidida, sino que también le inculcó un sentido del deber fuerte y profundo, siempre luchando por más, empujando a su padre hacia adelante, esforzándose por verlo contento con ella y con la vida.

Aunque eso llevó a su padre a su ruina definitiva, en su mente. Trabajando en el mismo puesto, en la misma casa, en lo mismo toda su vida. Ella no, ella había labrado su destino, ahora era la esposa del Kingmen del reino y líder de la dinastía Houlton.

Mientras estaba sentada en su silla de respaldo alto, le llamó la atención el vívido contraste entre su infancia despreocupada y la forma estricta en que criaba a sus hijos. Ella había florecido bajo el calor de la exploración y el juego, con el afecto de su padre iluminando su camino.

Sin embargo, ahora, como madre, se encontraba atrapada en la red de las expectativas, exigiendo nada menos que la perfección a sus hijos.

Las lágrimas corrían lentamente por su rostro y sus manos temblaban mientras se llevaba el pañuelo a la boca. Miró por la ventana hacia la noche, mientras un ligero resplandor del fuego iluminaba su rostro. Estaba decidida a desvelar este misterio y acabar con él.

A medida que el fuego se apagaba y se consumía lentamente, apenas se la oía mientras se susurraba con severidad a sí misma en la oscuridad: —La profecía se cumplirá, mis hijos son los elegidos.

Cornua Cerviteaus Race

CAPÍTULO 4

(APROXIMADAMENTE 500 AÑOS ANTES)

Era una época gloriosa antes de la gran Guerra de Los Reinos. Teraqueos rebosaba de vida y cada reino estaba gobernado por su respectivo rey o anciano de la dinastía. Era una época en la que los Pergaminos gobernaban la tierra y los ancianos de la dinastía interpretaban sus leyes. Una época de paz, unidad y prosperidad económica mundial.

Cada reino era un territorio abierto y los ciudadanos podían pasar o cruzar de un lugar a otro sin restricciones, ya que no había fronteras. Todos los ciudadanos estaban registrados según su especie y eran libres de construir su hogar donde quisieran.

Ya fuera en las llanuras del norte, las selvas del este, los pantanos del oeste, la costa de los vastos océanos y ríos, o la alta cordillera que se extiende desde el suroeste hasta las llanuras. Separaban las tierras de la sabana de la dinastía Houlton, convirtiéndola en el centro natural del terreno del planeta. Todas las áreas estaban abiertas para la construcción de viviendas, granjas para la producción o mercados para la compra y venta de productos.

En el extremo más alejado de las tierras de la dinastía, había un gran salón blanco, que se había convertido en el centro no oficial de todos los reinos. Un glorioso salón hecho de mármol blanco, cortado y pulido a mano. Solo uno de estos doce pilares, que se alzaban alrededor de las afueras del edificio, pesaba más de una tonelada.

A la entrada de este magnífico edificio había enormes puertas arqueadas que se elevaban hasta más de seis metros de altura. Proyectaban una sensación de intimidación y grandeza debido a su enorme magnitud. Aquí, durante siglos, los ancianos de la dinastía se reunían para interpretar los escritos de los pergaminos sagrados y luego crear y establecer las leyes que traían paz y orden continuos a todos los que vivían allí.

Leyes para la compra y venta, tiempos y ritmos de la música sonora que garantizaban estimular el crecimiento en todos los sentidos, recetas de los platos más deliciosos que se pudieran imaginar, instrucciones para clases que enseñaban a crear algunas de las obras de arte más extravagantes jamás producidas. Las leyes e instrucciones abarcaban todas las formas de vida imaginables, desde la limpieza personal hasta las formas más beneficiosas de sembrar y cosechar los mejores cultivos, para cada estación y cada tipo de suelo existente. Incluso había instrucciones sobre cómo crear, mantener y establecer un reino submarino habitable. Todas las áreas debían estar bajo la ley, nada quedaba fuera o se escapaba a la guía y la mirada vigilante de los ancianos.

Pergaminos y más pergaminos, traducidos, escritos y transmitidos de generación en generación. Los escritos más antiguos databan de antes de que nacieran los abuelos de los ancianos, y algunos estaban escritos en una lengua antigua que ahora solo unos pocos podían leer. La gran sala blanca era una biblioteca de pergaminos, reglas y leyes que nadie cuestionaba, sino que todos aceptaban y practicaban, una sociedad genuinamente grandiosa en la que todos eran aceptados, apreciados y considerados un beneficio para todos los que vivían allí.

En la parte más alejada de la sala había una mesa de madera larga, sólida y firme, con doce sillas iguales en apariencia y elegancia. Talladas de los árboles más gruesos de las selvas tropicales del reino oriental, eran una obra de arte en sí mismas.

Los doce ancianos estaban sentados en sus sillas de madera de respaldo alto, a veces discutiendo o cuestionando si su traducción de los pergaminos antiguos contenía las palabras y frases más adecuadas. Otras veces, un gran silencio llenaba la sala, una pesadez que flotaba en el aire mientras cada anciano leía, escribía y meditaba sobre su trabajo. Se tomaban su trabajo muy en serio. Cada uno revisaba y volvía a revisar el trabajo de los demás. Si una palabra o incluso una sola sílaba se consideraba mal interpretada, destruían el documento escrito y volvían a empezar desde cero. Los pergaminos debían estar escritos e interpretados correctamente, todo dependía de ello.

Una noche, un anciano, no sabemos cuál, porque eso no es lo más importante, estaba revisando algunos pergaminos de la bóveda profunda. La bóveda profunda era donde se guardaban los pergaminos más antiguos y preciados. Esta cámara contenía elementos conservadores del aire y resistentes al agua, y era donde se conservaban todos los pergaminos y documentos originales hasta que pudieran ser interpretados, para luego ser utilizados para establecer o promulgar leyes.

Mientras el anciano leía y releía el pergamino, se sentía desconcertado por su contenido. Después de leer el pergamino varias veces, estaba ansioso por que uno de sus colegas también diera su interpretación del mismo.

Era ya tarde, la hora en que el trabajo llegaba a su fin y había que guardar todo en su lugar y dejarlo hasta el día siguiente para revisarlo de nuevo. Era el momento de irse a casa, descansar y dar por terminado el día. Sin embargo, esa tarde no fue así. Mientras el anciano leía el pergamino una vez más, comenzó a escribir, luego a leer y luego a escribir de nuevo. Cada vez le inquietaba más lo que sus ojos y su mente encontraban escrito en la lengua antigua de este viejo pergamino que ahora tenía ante sí. Era uno de los cuatro ancianos que sabían leer y escribir la lengua antigua, pero ya no quedaba nadie que supiera cómo sonaba.

Rápidamente convocó a Lord Estracks, uno de los únicos miembros del consejo de ancianos que sabía leer lenguas tan antiguas.

Lord Estracks era de la raza Cornua Cerviteaus, un pueblo elegante, poderoso y a la vez refinado. Cuando entraban en una habitación, era imposible no sentirse pequeño ante la forma en que se comportaban, con tanta confianza, sabiduría, gracia y autoridad.

Los de su raza tenían unos poderosos músculos en las piernas y unas astas bellamente adornadas, cada punta de las cuales revelaba y representaba cinco años de sabiduría.

Lord Estracks era el más anciano y sabio de todos ellos, con sus astas que revelaban veinticinco puntas. Sin decir una sola palabra, uno sentía que debía inclinarse ante su presencia, ya que esta exigía respeto.

—Por favor, acérquese, tengo algo de gran interés, Lord Estracks —dijo el anciano en un susurro alto.

Lord Estracks, el más respetado del consejo de ancianos, llevaba más de cien años interpretando y ayudando a redactar las leyes gubernamentales a partir de los antiguos pergaminos. Se volvió y miró al otro extremo de la larga mesa de madera, casi molesto o incluso incomodado por esta demanda de su tiempo, ya que era hora de irse a casa, tomar su habitual cena y luego descansar.

—Por favor, mi gran señor, se lo ruego, no le decepcionará —insistió el anciano.

Una hermosa sombra de majestuosas astas se proyectaba sobre las estanterías de la biblioteca mientras el sol poniente se asomaba por las ventanas de arriba. Lord Estracks se movía con gran elegancia mientras recorría la sala. Su túnica le seguía de una manera perfecta y silenciosa.

—¿Qué pasa? —preguntó Lord Estracks.

—He estado leyendo este pergamino, traduciéndolo, interpretándolo y meditando sobre su significado. He encontrado algo muy interesante, pero también bastante inquietante. Por eso, deseo contar con su consejo y su opinión —explicó el anciano.

Mientras Lord Estracks examinaba el inquietante documento, sus ojos se agrandaron y una mirada de preocupación se apoderó de su rostro mientras leía el pergamino. El texto traducido decía lo siguiente:

«*Llegará un día, en una época de gran necesidad, en que dos serán como uno. Dos cabezas gobernarán como una sola. Uno será como dos y establecerán el orden y someterán a todos a su autoridad*».

—¿Qué significa esto, mi señor? —preguntó el anciano.

—Es una profecía. Da esperanza sobre este... acontecimiento futuro —dijo Lord Estracks.

—¿O es una advertencia? —susurró el anciano—. Debemos llevar esto al consejo de inmediato, esta información debe discutirse inmediatamente.

—Me temo que no todo debe ser revelado, amigo mío. Si esto sale a la luz ahora, en tiempos de paz y unidad, me temo que destruirá siglos de orden y sacará lo peor de todos nosotros —afirmó Lord Estracks con nerviosismo.

—Lo siento, mi señor, pero no debemos, no podemos, ocultar esta información a nuestros homólogos. Es nuestro deber mantener el orden preservando nuestra integridad —afirmó con firmeza el anciano.

Lord Estracks lo miró fijamente a los ojos, con una advertencia en su mirada. No era de los que se repetían ni explicaban sus razones. Siempre decía lo que pensaba y pensaba lo que decía. Al ver la renuencia del anciano a apartarse de su razonamiento y de este curso de acción, habló.

—Haga lo que deba hacer, pero nada bueno saldrá de esto —dijo Lord Estracks mientras miraba a lo lejos.

—Lo llevaré al consejo, a primera hora de mañana, después de nuestra reflexión y meditación matutinas —dijo el anciano con determinación.

Lord Estracks suspiró, asintió con la cabeza y se quedó en silencio. Ambos se separaron y se dirigieron a sus casas. Lord Estracks no pudo, ni se atrevió a dormir esa noche, pues al día siguiente el destino de todos estaría en juego.

A la mañana siguiente, tal y como habían acordado, Lord Estracks, su compañero y el resto de los ancianos de la dinastía se reunieron en sus respectivos lugares alrededor de la gran mesa de madera.

Era un día como cualquier otro. Todos se pusieron de pie y recitaron el juramento matutino, citando las diez leyes antiguas.

Tal y como estaba escrito en la historia, los primeros pergaminos fueron entregados por el propio Creador, hacía casi tres mil años.

A continuación, los ancianos procedieron a alabar al Único por encima de todo, que es el principio y el fin de todas las cosas, con su armonía de meditación, un tono grave, intrigante y armonioso, que sonaba maravilloso al resonar en la gloriosa sala.

Luego se sentaron, cada uno en su lugar alrededor de la gran mesa, mientras se servía el té de la mañana. El anciano Cornua Cerviteaus permaneció de pie, como era costumbre. Esto llamó la atención sobre él, ya que todos se sentaron en sus lugares estableciendo la igualdad entre ellos. El anciano permaneció allí, sosteniendo el pergamino en su mano derecha. Cuando los otros diez ancianos se volvieron y lo miraron, comenzó a hablar. Lord Estracks se mantuvo en silencio, mirando hacia adelante, esperando lo ahora inevitable.

—Mis honorables compañeros ancianos. Tengo una noticia importante, aunque inquietante, que compartir con todos ustedes. Es de suma importancia, por lo que les informo de ello inmediatamente —explicó el anciano.

—Por favor, continúe —dijeron y asintieron con la cabeza en señal de acuerdo.

—Ayer, cuando el día y las actividades estaban llegando a su fin, encontré algo escrito en uno de los pergaminos más antiguos de la bóveda profunda. Mientras traducía, interpretaba y meditaba sobre el pergamino, que ahora tienen ante ustedes, me topé con un hallazgo interesante.

—Bueno, ¿qué es? Dilo —dijo uno de sus compañeros anfíbios.

—Aquí está escrita una profecía que creo que es para nuestro futuro. Un futuro incierto. Está escrita en una lengua muy antigua y dice así:

«Llegará un día, en una época de gran necesidad, en el que dos serán como uno. Dos cabezas gobernarán como una sola. Uno será como dos y establecerán el orden y someterán a todos a su autoridad».

—¿Se ha confirmado esta traducción? —preguntó el anciano Bisonteus mientras todos se volvían para mirar al Lord Estracks.

El señor Estracks asintió con la cabeza en señal de confirmación.

Se quedaron sentados en silencio durante un largo rato, reflexionando sobre lo que acababan de oír. Se miraban unos a otros sin decir palabra, como si cada uno sabía lo que pensaban los demás, pero nadie quisiera decirlo en voz alta. Entonces, tras lo que parecieron muchas horas, pero que solo fueron veinte minutos, uno de los ancianos se puso de pie, carraspeó y dijo con tono firme:

—Mis queridos ancianos, mis iguales, mis amigos. Muchos de nosotros hemos reflexionado sobre estas palabras tan importantes y significativas. Deseo poner sobre la mesa lo que todos estamos pensando. ¿A qué dinastía se aplica esta profecía?

¿De dónde vendrán estos grandes líderes? ¿Será del reino de Amphibtius, del reino de Mareviteaus, del honorable reino de Equiantus o de los poderosos guerreros del reino de Bisonteaus? Les aseguro, y les presento con el mayor respeto, que mi pueblo de la dinastía Terratius aportará no solo autoridad e integridad, sino también equilibrio. Honor, paz y bienestar. ¡Nuestra sociedad prosperará y será conocida como la más grande que jamás haya existido!

Mientras pronunciaba esta declaración, todos los demás ancianos se pusieron rápidamente en pie y declararon lo mismo en nombre de su pueblo. Este grupo, antes pacífico y unido, ahora se señalaba con el dedo, se acusaba y se hablaba con dureza y a gritos.

Mientras la discusión se intensificaba gradualmente, Lord Estracks se sentó, miró a su leal amigo y negó con la cabeza. El anciano comprendió entonces por qué Lord Estracks había recomendado mantener esta información en secreto. Ya no había motivo ni búsqueda para mantener la paz. En un instante, siglos de paz se esfumaron, destruidos por unas pocas frases. Se encaminaban hacia un camino sin retorno. El orgullo, el más oscuro de los poderes, se había apoderado de sus corazones y sus egos habían tomado el control.

Este oscuro poder, como un ataque rápido, secreto y devastador, estaba destrozando a los ancianos y sus reinos. La razón, el entendimiento y el aprecio mutuo que una vez tuvieron ahora estaban estrangulados. Era como un nadador en las profundidades del mar, jadeando en busca de aire o del mar por algo que no estaba allí, cuando ya no quedaban fuerzas en su cuerpo, sintiendo cómo la resaca lo arrastraba suavemente hacia abajo. Lord Estracks miró al techo mientras tomaba una larga y desesperada bocanada de aire.

A medida que continuaban, el debate se convirtió en un caos incontrolable, con puños golpeando la mesa, sillas volcadas y gritos descontrolados.

Lord Estracks, con cuidado y rapidez, sin que los demás se dieran cuenta, cogió el pergamino y, con cautela y calma, lo enrolló mientras trataba de no llamar la atención, lo guardó en un cilindro protector, lo escondió bajo su capa y se escabulló. Él y su colega sabían que no había vuelta atrás, y planeaba proteger esta profecía para las generaciones futuras. Planeaba intentar mantener a raya este oscuro poder. Hasta que llegara el momento adecuado, escondería el pergamino y desaparecería.

No fue antes de que la profecía se extendiera a cada tribu y grupo. Rápidamente, este oscuro poder se apoderó de los corazones de todos los ciudadanos. La unidad se convirtió en arrogancia. La arrogancia se convirtió en discordia, la discordia se convirtió en frustración y la frustración se convirtió en odio. Este odio se extendió por las ciudades, las provincias, los campos y las escuelas. Fuera del gran salón, la gente bombardeaba sus majestuosas puertas con piedras. Cada raza, cada persona, declaraba, incluso exigía, que de su pueblo saldrían los elegidos.

A medida que pasaban los días, una madrugada, Lord Estracks, dentro del ahora oscuro gran salón, tomó rápida y constantemente tantos pergaminos como pudo y los trasladó a la profunda bóveda inferior. Esperaba que su plan protegiera la historia de esta sociedad que una vez fue grande y la preservara lo mejor que pudiera. Con la esperanza de que las generaciones futuras tuvieran las respuestas y soluciones a sus difíciles preguntas. Un día, otros, como él, surgirían y desearían el conocimiento, la verdad y la paz. Sin embargo, sabía que ese día estaba muy lejos en el tiempo. Apiló tantos pergaminos como pudo, muchos de ellos traducidos, en la gran bóveda. La puerta era enorme y pesada, casi demasiado pesada para que una sola persona pudiera cerrarla. En el interior de la cámara había una cerradura especial que, una vez girada, solo podía abrirse con una llave, que él llevaba colgada al cuello. Giró la cerradura, dio un último empujón a la puerta y la cámara quedó sellada. Una cierta sensación de tranquilidad lo invadió, sabiendo que ni siquiera el fuego podría abrir la puerta. Había hecho todo lo posible por preservar la verdad.

Tras semanas de discusiones alrededor de la mesa que antes estaba unificada, Lord Estracks, el anciano que antes era fuerte y decidido, se sentó solo en el gran salón. Lo único que podía oír ahora eran los golpes contra las grandes puertas y los gritos de aquellos que exigían que se les entregaran los pergaminos. Gente de todos los reinos conocidos exigía y luchaba ahora por lo mismo. Unidos solo por el miedo y el caos. La paz ya no los unía, sino que el miedo los separaba. Se sentó en silencio, sabiendo que él había sido la causa de este caos. Ahora sabía que la Gran Guerra de los Reinos había comenzado.

A lo lejos se veía un vórtice de humo que se elevaba en espirales desde los edificios y casas en llamas de las zonas periféricas.

Meses después, lo único que quedaba eran escombros. Los edificios yacían en ruinas y eran todo lo que quedaba de esta sociedad, que en otro tiempo había sido floreciente y grandiosa y había perdurado durante más de un milenio.

Capítulo 5

(Tiempo Presente: Guerra Épica)

Con la mirada fija en la pantalla de la computadora, el general Santos reflexionaba sobre los acontecimientos del día. Leyó los datos que tenía delante y se sintió abrumado por la ira y la tristeza mientras evaluaba las pérdidas del equipo.

Muchos de los equipos secundarios habían caído en combate, lo que reducía su número aún más que tras el ataque anterior. Apretó los dientes y cerró los puños. Luego, respiró hondo y volvió a controlar sus emociones mientras se concentraba en su respiración, sentado con las piernas cruzadas en el suelo. Al despejar su mente, lo único que podía oír era el gemido de un quantum en la distancia.

Los sonidos de los disparos habían cesado, por ahora. Los soldados descansaban en sus cuarteles, algunos durmiendo, otros comiendo su ración diaria de panú y otros simplemente quietos. Esperando. Esperando la próxima oleada de ataques. Ace, Bliss y

Hammer estaban agazapados en sus posiciones. Sin charlas por radio, sin hablar, solo esperando.

Mientras respiraba profundamente, la mente de Santos se desvió hacia un momento similar de su pasado, un momento de dolor, tristeza y pérdida.

(403 DDGLR) - Dos años antes de la fundación de Iron Horse.

—¡Ay! —se oyó un fuerte grito y luego el estruendo de platos de metal y una taza de té rompiéndose contra el suelo.

La duquesa entró corriendo en el dormitorio principal del palacio con un tono de voz enfadado, asustado y severo.

—¿Qué has hecho? ¡Idiota! —le gritó al agotado profesor, mientras este se arrodillaba para ayudar al Gran Maestro Houlton a levantarse del suelo.

—¡Aléjate de él, ya has hecho suficiente! —exclamó la duquesa.

—Lo siento mucho, duquesa, le serví el té de la tarde y, cuando se levantó para cogerlo, tropezó y cayé sobre mí, tirándolo todo al suelo —explicó el profesor.

—¡Tonterías! ¡Lo único que haces es empeorarlo! ¡No sirves de nada, de nada! ¡Se supone que debes curarlo! Pero tú, tu medicina y tu ciencia no han servido de nada, ¡solo ha empeorado! —gritó la duquesa.

—Lo estoy cuidando lo mejor que sé —le aseguró el profesor a la duquesa, casi suplicándole tolerancia y comprensión, aunque sabía que no las obtendría.

—¡Fuera! ¡Fuera de aquí! —gritó la duquesa una vez más mientras se arrodillaba en el suelo junto a su frágil y caído esposo.

—Perdóneme, Alteza —dijo el profesor con mucho cuidado mientras se inclinaba y salía de la habitación.

Al salir por la puerta, se cruzó con los gemelos, ahora genuinamente preocupados. Santos y Dantias estaban justo fuera de la puerta del dormitorio, entreabierta. Los gemelos eran ahora jóvenes fuertes y sanos, ya no eran niños, pero seguían siendo cautelosos en esta parte del palacio.

Esta habitación era de gran importancia, ya que todos los Grandes Maestros habían vivido en ella. Según los registros del árbol genealógico, cuatro generaciones de Grandes Maestros de la dinastía Houlton.

Entraron silenciosamente en la habitación y se arrodillaron junto a su madre, la duquesa, sin decir una palabra. Se movieron rápida y silenciosamente para ayudar a su padre a levantarse. Cada hermano tomó un lado y lo acostaron en el alto y cómodo colchón de la alcoba.

La cama estaba tallada a mano en nogal, una madera dura conservada desde antes de la gran guerra. Tenía unos postes bellamente ornamentados. En la parte superior de los postes se podían ver las esculturas de los grandes 'Wind Walkers', jinetes del viento, los de la antigüedad, antes de la Guerra de los Reinos.

Tenían un aspecto elegante con sus cascos, armaduras y espléndidas alas extendidas, simulando guerreros en vuelo. Cada guerrero esculpido tenía una pose diferente, pero todos sostenían su espada en una mano y su escudo en la otra, apuntando hacia el cielo. Eran los grandes ancianos del Reino de Equiantus, nadie podía igualar su sabiduría y fuerza. En el cabecero, de tono madera natural, pintado con reflejos dorados que ahora estaban ligeramente descoloridos y desgastados por décadas de uso, había una escena de árboles impresionantes y un amanecer luminoso que representaba la victoria.

Las paredes de la habitación estaban revestidas con tapices y en todas las superficies había jarrones de gran elegancia. La habitación estaba iluminada con lámparas de aceite que se encontraban sobre mesitas de noche redondas y pesadas de madera. Una enorme ventana daba a los jardines, que presumían de tener las mejores vistas del palacio. Sin embargo, ahora la ventana estaba cubierta con pesadas cortinas que bloqueaban la vista e impedían que la luz del sol penetrara en la habitación.

Cuando Santos y Dantias acostaron a su padre en la cama, se dieron cuenta de que era tan delgado que los huesos de la espalda y las costillas le sobresalían a través de la bata. Su única comunicación fue una mirada silenciosa entre ellos.

—Gracias, hijos míos. Qué torpe soy, debo de haber vuelto a tropezar —dijo lord Houlton con voz débil y entrecortada.

—¿Necesita algo, señor? —preguntó Santos antes que su hermano.

—¿Quizás una taza de té? —respondió lord Houlton.

—Ya basta de té por hoy. Chicos, váyanse. Él necesita descansar —respondió la duquesa con dureza.

Mientras salían de la habitación, se oyó un leve silbido mientras su padre recuperaba lentamente el aliento.

Hubo un tiempo en que los aposentos principales eran una de las salas más extravagantes y gloriosas del palacio. Ahora era un lugar lúgubre, envuelto en un olor rancio, una tumba en potencia. El profesor había dicho que él y el equipo médico habían hecho todo lo posible por tratar al lord Houlton. A pesar de sus esfuerzos, señor Houlton había ido empeorando semana tras semana durante varios meses. Ahora parecía que solo era cuestión de tiempo. Lo único que podían hacer era esperar.

Los hermanos caminaron lentamente por el gran salón y luego por la amplia escalera que conducía a la entrada principal. Ambos estaban sin palabras y con el corazón encogido. Una vez fuera, caminaron por la avenida principal y luego por el camino lateral que rodeaba los jardines del lado oeste del palacio. Allí se encontraron en un lugar que les resultaba muy familiar.

El jardín era muy frondoso, con arbustos, flores y cerezos. Aunque los árboles solo florecían una vez al año, tenían una belleza elegante. Justo debajo del árbol más grande, la hierba se había erosionado hasta convertirse en tierra y arena, al igual que la mayoría de las zonas más allá de las puertas del palacio.

La ciudad de Los Houlton era un lugar árido y seco para vivir. Los trabajadores del palacio regaban los jardines a diario, a veces dos o tres veces al día en verano, para mantenerlos sanos y verdes.

Este lugar, esta zona, era muy familiar para los gemelos. Aquí, el suelo estaba pisoteado por la práctica continua de kata, el combate y los ejercicios de entrenamiento que su padre les había enseñado desde que tenían uso de razón. Había una cierta energía en él.

Los soles se ponían por el oeste y las tres lunas comenzaban a asomar por las montañas. Los hermanos estaban abrumados por la enfermedad de su padre. El dolor y la preocupación grabados en sus rostros los hacían parecer perdidos a medida que las sombras se alargaban. Entonces, sin decir una palabra y movidos por un instinto compartido, se quitaron simultáneamente sus túnicas exteriores. Las doblaron con precisión y las colocaron sobre el banco de madera con patas de piedra donde su padre se había sentado innumerables veces antes.

Dantias se giró mientras miraba por encima de su hombro izquierdo. Vio la musculosa espalda de su hermano, cuya piel blanca brillaba ligeramente con el reflejo del sol poniente. Santos, con los ojos cerrados, respiraba profundamente, con las orejas hacia atrás. Escuchaba el más mínimo movimiento. Con un movimiento sólido y fluido, Dantias se giró y le propinó una perfecta patada circular a la cabeza de su hermano. Santos, sin siquiera abrir los ojos, se agachó, se giró y respondió con un puñetazo; el kumite había comenzado.

Pateaban, golpeaban y contraatacaban. Cada uno con precisión. Uno, dos, golpe, patada, respiración, contraataque, repitiendo en un movimiento suave y constante. Lo habían hecho más de mil veces antes. Se movían con elegancia, sin que ninguno superará al otro, iguales en todo lo que hacían.

Lo único que se oía era el susurro de sus ligeros gi y su respiración profunda mientras se movían. Sus uniformes de entrenamiento o gi estaban elegantemente bordados con el escudo familiar sobre el hombro izquierdo. El gi colgaba holgadamente justo por debajo de la cintura, pero se ajustaba lo suficiente como para que se oyera un ligero chasquido cuando se movían. Los pantalones combinaban con el color gris azulado claro de la chaqueta. Cada hermano era idéntico en muchos aspectos, pero al moverse, casi parecía una coreografía, se podían apreciar ligeras diferencias en su arte. Santos era un poco más firme y preciso, midiendo cada movimiento en su mente justo cuando lo ejecutaba. Mientras que Dantias golpeaba primero y luego reajustaba su técnica sobre la marcha. Una ligera nube de polvo se levantó a su alrededor.

La potencia y la fuerza de cada movimiento crecían con intensidad. Cada puñetazo, cada patada era más rápido, más fuerte y más preciso. El sudor les corría por la frente mientras continuaban con lo que ahora parecía una eternidad. Más rápido, más fuerte, más ágil, ahora con un grito de guerrero, Dantias asestó un fuerte golpe en la cara de su hermano, haciendo que este trastabillará hacia atrás. Recuperando rápidamente el equilibrio, Santos se lanzó hacia adelante con un puñetazo de contraataque, también con un grito de guerrero. Sus gritos resonaron en todo el patio.

Los guardias del palacio se sintieron atraídos por el alboroto, pero se mantuvieron al margen y observaron desde la distancia, sin querer interferir. A medida que continuaba el combate, se volvió más intenso.

Santos se movió con una patada alta y Dantias se agachó y barrió con una patada mientras su hermano lo derribaba con fuerza sobre su espalda. Sin pensarlo, Dantias saltó sobre él y, con un fuerte puñetazo en la cara, derribó a Santos de espaldas. Un puñetazo frontal en la cara, un codazo en el lado de la cabeza. Uno, dos, tres, mientras golpeaba repetidamente a su oponente. Santos logró recuperar un poco de lucidez en medio de esta tormenta de golpes y miró hacia arriba a través de sus brazos, que le cubrían la cara. Un pequeño hilo de sangre le goteaba en los ojos y logró asestar un golpe preciso en la nariz de Dantias, preparando su cabeza para un rápido golpe en la garganta. Aunque Dantias reaccionó con un ligero movimiento hacia atrás, fue suficiente para que un luchador experto como Santos se moviera rápidamente. Giró a su hermano para apartarlo de él y, en un instante, Santos se colocó detrás y envolvió sus piernas alrededor de la cintura de su hermano, agarrándole la cabeza y el cuello por detrás. Santos ahora tenía la ventaja. Los hermanos respiraban con dificultad, Santos intentó apretar muy ligeramente, pero incluso el más mínimo movimiento le causaba un gran dolor. Dantias luchaba por respirar. No conseguía respirar profundamente y descubrió que solo podía respirar de forma corta y superficial. Mientras se ponía el sol, el sudor de ambos y la sangre de Santos goteaban al suelo. Un fino rayo de sol incidía sobre su frente mientras temblaba de ira, manteniendo su postura y sin permitir que su hermano se moviera. Los ojos de Dantias comenzaron a cerrarse ligeramente mientras su cuerpo se relajaba y su respiración se ralentizaba hasta detenerse.

Los guardias, ahora a unos 30 metros de distancia, observaban con caras preocupadas y luchaban por decidir cómo reaccionar. Entonces, de repente, un grito emanó del balcón del cuarto principal.

—¡Noooo! ¡Chicos, vengan, ahora! —gritó la duquesa con todas sus fuerzas.

Santos soltó rápidamente su agarre. Dantias se sacudió, jadeó en busca de aire, rodó y se incorporó hasta quedar sentado en el suelo. Mientras se miraban fijamente, la conmoción y la incredulidad llenaban sus ojos. Ambos respiraron profundamente, tratando de calmarse, y cada uno se volvió y vio el resplandor de los últimos rayos de sol brillando en el rostro cansado y aterrorizado de su madre.

En silencio, se levantaron de un salto, pasaron corriendo junto a los guardias, que miraban fijamente hacia el balcón, sin siquiera inclinarse o besar el poste de la puerta, como era costumbre al entrar en el palacio para mostrar respeto, y se dirigieron a la escalera principal. Corrieron tan rápido como pudieron y subieron los escalones de dos en dos. En el último poste de la barandilla, se dieron la vuelta y corrieron de regreso al lugar donde habían dejado a sus padres unas horas antes.

Allí vieron a la duquesa, que estaba arrodillada junto a la cama del gran maestre, llorando en silencio y profusamente. Esto era impactante en sí mismo, porque no recordaban haberla visto llorar nunca.

Cuando la duquesa los miró, se quedó atónita. Sus dos hijos no llevaban la ropa exterior, uno de ellos sangraba por la nariz y tenía un corte sobre el ojo izquierdo. El otro tenía la camisa por fuera, los pantalones sucios y manchados de barro. La suciedad del suelo y el sudor de su cuerpo habían formado una fina capa de barro en algunos puntos de su pecho y espalda.

Ya angustiada emocionalmente, se sintió invadida por la rabia, se puso de pie de un salto y corrió hacia ellos tan rápido que solo se oía el susurro de su largo vestido. Se quedó en medio de la habitación mirándolos con ira.

—¿Se han vuelto locos? ¿Cómo pueden ser tan egoístas? —exclamó mientras les daba una fuerte bofetada a cada uno en la cara. Los hermanos no se atrevieron a moverse, reaccionar o bloquearla, ya que sabían que no era lo más conveniente.

Se miraron con ira y odio en los ojos. Santos respondió rápidamente primero.

—Perdónanos, duquesa. Hemos actuado como tontos —dijo Santos en tono serio.

Dantias se quedó rígido y no dijo nada.

—Lávense la cara, arréglense. Ahora. Háganlo rápido. Su padre los quiere a ambos a su lado. Ha llegado el momento —dijo con severidad.

Sin dudarlo, ambos hermanos se acercaron al lavabo que había sobre la mesa. Levantaron la jarra, vertieron agua en el lavabo, se lavaron la cara y se quitaron la suciedad y el barro. Luego se secaron la cara con las pequeñas toallas azules que les habían proporcionado.

Santos se dio cuenta de que su padre yacía inmóvil boca arriba, con los ojos cerrados y respirando lenta y superficialmente. Se oía un leve susurro al otro lado de la habitación.

Cada hermano se acercó a la cama del Gran Maestro. El camino les pareció eterno. Pensamientos, recuerdos y emociones llenaban sus corazones y sus mentes. ¿Qué podría preparar a una persona para un momento como este?

Se oía un pequeño violín solitario que tocaba suavemente en el jardín, bajo el balcón. Era un sonido suave y relajante que calmaba la tormenta que se desataba en sus pensamientos y sus mentes.

Dantias se situó a la izquierda de la cama y Santos a la derecha. Mientras se arrodillaban lentamente junto a la cama, podían sentir la presencia de su madre justo al pie de la cama, observándolos y criticando cada uno de sus movimientos.

Entonces, lord Houlton abrió los ojos, miró a sus hijos y sonrió. Sus manos temblaban mientras intentaba levantarlas. Cada uno de los hijos extendió la mano y tomó una de las de su padre.

Lord Houlton estaba ahora demasiado débil para hablar, pero lo intentó con todas sus fuerzas.

—Tú... tú... tú, los dos —susurró.

—¿Sí, padre? —respondieron al unísono.

—Tú... tú... tú, mis hijos. Yo... yo... los he... querido... y... —Lord Houlton respiró hondo y continuó con voz débil—. ...y... los he enseñado... todo... lo que sé.

—Sí, padre, te estamos muy agradecidos —le aseguró Santos.

—Te... bendigo... —dijo.

Dantias miró a su hermano al otro lado de la cama, buscando seguridad. ¿El Gran Maestro estaba bendiciendo solo a su hermano o a los dos?

Santos respondió a su hermano con una mirada y un gesto de asentimiento.

—Te... bendigo... y a ti... mis... —dijo lord Houlton con voz aún más débil.

Dantias miró a su padre, impasible, mientras esperaban a oír lo que diría a continuación. Con las pocas fuerzas que le quedaban en los brazos, lord Houlton levantó las manos de sus hijos, como si intentara juntarlas.

Con un sonido sibilante, dijo una sola palabra:

—Jun...tos.

Entonces, los brazos del Gran Maestro cayeron a los lados y exhaló su último aliento.

Dantias retiró la mano de la de su hermano, se puso rápidamente de pie y salió de la habitación.

Sorprendentemente, la duquesa no hizo ningún ruido.

Santos comenzó a llorar en silencio. Apoyó la cabeza en la mano de su padre y permaneció arrodillado junto a su cama, llorando.

Las velas y las lámparas brillaban suavemente en la habitación mientras el violín, con su canción de consuelo, llegaba desde el jardín.

El Gran Maestro Houlton, líder del reino, había pasado a la otra vida.

CAPÍTULO 6

(402 DDGLR - 1 AÑO DESPUÉS) UN AÑO ANTES DE LA FUNDACIÓN DE IRON HORSE.

¡Te arrepentirás de esto! —le gritó Dantias a su madre mientras salía corriendo de la casa.

Las cosas habían cambiado desde el fallecimiento del Gran Maestro Houlton.

La duquesa había ejercido y obtenido plena autoridad sobre la dinastía Houlton.

El Consejo de los Kingmen había acordado que uno de los hijos, o ambos, debían ser los siguientes en la línea de sucesión para gobernar como Gran Maestro.

Sin embargo, la ley establecía que el antiguo Gran Maestro debía bendecir a su sucesor o sucesores con una declaración. Como no hubo ninguna declaración oficial audible sobre sus hijos, aunque la orden había sido implícita, toda la autoridad, las tierras, las pertenencias, la voz y el puesto en el consejo del Gran Maestro pasaron a manos de su esposa, la duquesa. Ella era ahora una de las máximas autoridades reinantes de los reinos.

Mientras Dantias corría, los guardias del palacio observaban incrédulos. La duquesa se mantenía firme en la puerta, con el rostro severo y afligido. No había emoción alguna en su rostro, ni remordimiento, aunque una sola lágrima le recorría la mejilla. Observaba cómo uno de sus hijos elegidos salía corriendo del palacio, por el camino que conducía a la puerta trasera, el paso preferido de Dantias para entrar y salir del palacio.

Dantias se secó las lágrimas de los ojos mientras corría por la provincia trasera, poco iluminada, de la dinastía Houlton, las tierras de su padre. La rabia de Dantias se hizo cada vez más fuerte, lo que lo impulsó a correr más rápido. Nunca se había sentido tan traicionado, nunca había sentido tanta ira. Corrió para encontrar a Namid antes de que fuera demasiado tarde.

(Más temprano ese día, a última hora de la mañana)

—No, para, sabes que no me gustan —dijo Namid con una sonrisa.

—Oh, vamos, pruébalos. No puedes decir que no te gusta si nunca lo has probado —insistió Dantias mientras intentaba que ella probara un pastel bichoso.

Son pasteles, pero tienen un sabor adquirido, debido a su textura y relleno similar al acarid, que deja un fuerte sabor en la boca después de comerlos. Eran el snack favorito de Dantias, que los comía todos los domingos por la tarde después de visitar el templo.

La costumbre era que todos los domingos por la mañana, cuando salía el sol, iban al servicio de reverencia y luego había un almuerzo familiar en el parque central, seguido de un postre en la pastelería.

El pastel era tan ácido que sabía bastante agrio.

—Ni siquiera quiero probarlo, huele horrible —dijo Namid con firmeza.

—Bueno, te lo estás perdiendo, están bastante buenos —dijo Dantias mientras sonreía, lo lanzaba al aire, lo atrapaba con la boca y se lo comía de un bocado. Había un ligero gesto de insatisfacción en sus ojos por la acidez, por lo que ella seguía sin estar convencida de que valiera la pena probarlo.

Era temporada anual de "La Feria del Mercado", dos años después de que comenzaran su romance prohibido, que no era tan secreto. Estaban enamorados y, por lo tanto, ambos ajenos a las consecuencias. Ahora caminaban con mucha más confianza, en ocasiones incluso en público. Ahora mostraban su amor a última hora de la tarde, disfrutando de la compañía del otro en la Feria del Mercado, donde todo el mundo podía estar presente y estaba. Es la única época del año en la que todas las fronteras están abiertas y nadie tiene restricciones.

La Feria del Mercado era un evento divertido e intrigante que tenía lugar cada año durante dos semanas. Servía como feria mundial en la que estaban representados todos los reinos.

Había puestos, atracciones, actuaciones y presentaciones especiales. Había producciones teatrales, coros con los mejores cantantes de cada reino, junto con bandas y grupos musicales que representaban lo mejor de lo mejor de cada reino con todo tipo de instrumentos y estilos musicales. Había recitales de poesía, exhibiciones de danza y espectaculares muestras de arte.

Cada evento cultural representaba a los mejores artistas de cada reino. Se tardaba meses en ser seleccionado para presentar en la Feria del Mercado.

Cada reino celebraba concursos locales y, una vez seleccionados los ganadores por el comité de la Feria del Mercado, se les concedía el gran honor de recibir una invitación, un boleto de bronce, para presentar su trabajo en la feria. La Feria del Mercado era el evento más grande dentro de los Reinos, junto con los Juegos Planetarios, dedicados a los mejores y más hábiles tiradores, jinetes de criaturas y juegos deportivos de cada reino.

—¿A dónde quieres ir ahora? —preguntó Namid.

—Bueno, ya hemos visto casi todo y nos hemos subido a casi todas las atracciones, y tú no vas a probar los pasteles bichoso. Así que, dime tú. ¿Qué te gustaría hacer? —respondió Dantias con una sonrisa.

—Sí, ha sido un día muy intenso. Me impresiona que hayas aguantado tanto. Pensé que te rendirías después de que Hlok te ganara en el juego del martillo —se rió Namid.

Hlok era un amigo del clan Clydesdale, dedicado a la forja de metales. Aunque era dos años más joven que Dantias, Hlok era el doble de tamaño, mucho más alto y más fuerte que él. Desde muy temprana edad, Hlok había sido capaz de levantar las bolsas de minerales y metales especiales que sacaban de las minas. Físicamente hablando, no había competencia.

—Sí, fue una tontería de mi parte siquiera intentarlo. Esos chicos han sido más grandes y fuertes que yo desde que teníamos ocho años —respondió Dantias con una sonrisa burlona—. Vamos a tomar algo y a ver si podemos ver a uno de los últimos artistas.

—Suena bien. Hay una última presentación más subiendo por acá en el camino, en el Domo de Teatro, quizá lleguemos a tiempo. Esperemos que la fila no sea muy larga —respondió Namid.

Justo fuera del domo había una caseta de bebidas. Dantias tomó un par de bolsas de bebidas, pagó y rápidamente se puso en la fila mientras las últimas personas entraban al domo por las puertas laterales.

La Feria del Mercado era maravillosa porque todos los eventos eran de acceso gratuito, todo el día, todos los días.

Mientras subían por el camino, justo fuera de la puerta, Dantias se fijó en que uno de los trabajadores voluntarios llevaba una insignia diferente en la banda del hombro. Los trabajadores siempre llevaban una banda azul y roja para identificar a los asistentes que estaban allí para ayudar, orientar o asistir a cualquiera que necesitara ayuda. También estaban allí para ayudar a mantener los eventos ordenados y organizados. Los Kingmen habían establecido un sistema en el que cada reino respetaba a los demás y existía una verdadera unidad, sin que se cometieran delitos en ninguno de ellos. Al menos, ninguno que se hubiera denunciado.

Este trabajador voluntario llevaba una banda de otro color, el suyo era dorado, similar a los que llevaban los guardias del palacio.

Dantias se subió la capucha de su prenda exterior, se cubrió y bajó la cabeza y entró con Namid.

Desde las sombras, el gran presentador gritó mientras las luces se atenuaban.

—¡Damas y caballeros! ¡Prepárense para sorprenderse, deslumbrarse y asombrarse! ¡Lo que van a ver esta noche es el mejor y más maravilloso espectáculo de criaturas y talento que jamás se haya reunido bajo un mismo techo! ¿Están listos?

—¡Sí! —rugió la multitud mientras estallaba en vítores.

El domo era un estadio excepcionalmente grande, diseñado con capacidad para cerca de 2000 personas. Con filas de 100, rodeando el escenario principal en el centro. Había un camino de madera que conducía a la plataforma principal desde el otro lado de la cúpula, el camino parecía desaparecer detrás de una gran y gruesa cortina roja y negra de donde salían los artistas, uno por uno.

Las luces y los sonidos dentro de la cúpula eran de una calidad excepcional. Desde el techo, unas cuerdas sostenían enormes equipos de iluminación y audio. Cada luz parecía un láser individual que apuntaba directamente hacia la plataforma central principal. Otras luces cambiaban de color, otras parpadeaban al ritmo de la música alta, todo en perfecta sincronía. Era extremadamente emocionante.

—¡Parece que hemos entrado en el mejor espectáculo del día! —gritó Namid, con la voz ahogada por la música ensordecedora.

Dantias le sonrió, sin poder oír una palabra de lo que decía, a pesar de estar sentado justo a su lado.

Presentación tras presentación, cada uno de los reinos se representaba con las más bellas muestras de arte y habilidad. Acróbatas, gigantes y entrenadores cuánticos y sus jinetes, excelentes cantantes y bailarines increíbles, cada uno más impresionante que el anterior.

(Mientras tanto, fuera, detrás del Domo de Teatro)

—¡Oye, Aryan, átalo! ¡Se va a soltar!

Cuando Aryan se giró y miró por encima del hombro, se dio cuenta de que uno de los artistas no había hecho el nudo correcto en la cuerda de su quantum, que se había soltado fácilmente del poste. Rápidamente saltó la valla, se deslizó entre los barrotes del corral y consiguió agarrar por los pelos la cuerda suelta.

—¡Por poco, amigo, buena atrapada! —gritó el padre de Aryan desde el otro lado.

Aryan era del clan Pinto-trabajores. Su familia se dedicaba a la cría, el entrenamiento y la presentación de los quantúm. Era un oficio que se transmitía de generación en generación, desde los tiempos de su padre, el padre de su padre y el padre de su padre. La familia y sus jinetes eran los mejores del reino.

Cada año, Aryan y su familia llevaban unos 20 quantum y sus jinetes entrenados a la Feria del Mercado para una de las partes más impresionantes del espectáculo.

Los jinetes no solo podían montar sin manos, sino que también podían ponerse de pie sobre el lomo de uno de ellos y sobre la cola de un quantum. Montar un quantum era extremadamente difícil porque son criaturas complicadas, que siempre buscaban la manera de deshacerse del jinete. Sin embargo, cuando confiaban plenamente en su jinete, le permitían adoptar cualquier posición, siendo la más difícil la de montar sobre la cola, debido al estilo de andar y los movimientos del animal, que requerían un equilibrio experto.

Una joven pinto, con un hermoso rostro color leche, corrió hacia Aryan.

—Lo siento mucho... Estaba terminando de vestirme y maquillarme porque soy la siguiente en salir al escenario. No lo até bien —explicó.

—No pasa nada, lo agarré antes de que se soltara —dijo Aryan.

—¿Te van a dejar montar en el espectáculo de este año? —preguntó ella coquetamente.

—¿Yo? Ja, no. Este año no. Ese es tu trabajo. Yo solo soy el entrenador, ustedes son las artistas. No es lo mío. Les dejo las luces y la fama a todos ustedes —respondió Aryan.

—Oh, vamos, sabes que eres el mejor. No sé por qué tu padre no te deja montar y mostrar tu talento. La gente vendría de todas partes solo para verte montar. Yo puedo montar mi quantum porque él confía en mí. Pero tú, tú puedes montar a todos ellos, tienes un don —explicó ella.

—Bueno, gracias. Aprecio el halago, pero es mejor así. Yo los entreno, tú los montas y todos cobramos. Ahora será mejor que te pongas en marcha, sales después de que terminen los bailarines y los tamborileros —respondió Aryan.

(De vuelta en el Domo de Teatro)

El Domo de Teatro se oscureció de repente y una fina capa de humo se extendió por la arena, mientras una sutil música iba creciendo y, poco a poco, las luces se volvieron amarillas y se intensificaron.

Los bailarines más elegantes emergieron, uno por uno, de las sombras. Eran del reino de Mareviteaus, el pueblo submarino. Lo más sorprendente era que esta curiosa raza tenía la capacidad de respirar tanto bajo el agua como en tierra. Se movían con elegancia mientras entraban y salían de su círculo coreografiado. Sus ropas brillaban ligeramente, como las criaturas invertebradas de las profundidades oceánicas. A medida que giraban cada vez más rápido, la música se intensificaba y los tambores tribales resonaban en la distancia.

Hubo de nuevo un destello y un remolino de luces y un fuerte estruendo cuando los diez tambores tribales resonaron al unísono.

En un abrir y cerrar de ojos, los bailarines desaparecieron, como en un truco de magia. De repente, un círculo de jóvenes fuertes del reino de Bisonteus apareció en la plataforma, tocando sus tambores en perfecta sincronía. A medida que los ritmos se hacían cada vez más fuertes, las vibraciones eran tan intensas que el público sentía los tambores graves en el pecho. Se abrieron las cortinas y unos 20 quantum y sus jinetes salieron al trote y formaron un círculo alrededor de los tambores.

Cada uno se puso de pie sobre el lomo de su bestia, con linternas de humo azules y amarillas en cada mano.

No había otro lugar donde se pudiera ver un espectáculo tan increíble con tantos reinos juntos, mostrando sus habilidades y talentos.

Uno de los tamborileros que estaba más cerca del centro del grupo de jóvenes enormes parecidos a búfalos destacaba entre los demás.

Dantias sacó de su bolsillo un pequeño cilindro con un catalejo, que había quitado de su pistola láser esa misma mañana antes de salir del palacio. Al mirar a través de él, pudo ver a los tamborileros aún más de cerca. Tal y como había sospechado, era él.

—¡Eh, mira! ¡Es Kiowa! —exclamó Dantias en voz alta, inclinándose hacia Namid y entregándole el delgado tubo.

—¿Qué? ¡¿No, en serio?! —respondió ella.

Dantias le sonrió y señaló hacia la plataforma, unas 70 filas más abajo. Ella miró y se sorprendió al ver que era él. Se distinguía del resto, no solo porque era más alto y musculoso que los demás, sino también por su cabello trenzado y las tres cuentas de plata que llevaba en la barba. Era el hijo mayor del Kingman Hyram II.

—¡Qué maravilla! ¡Conocemos a uno de los artistas y es uno de los mejores! —dijo Namid con gran emoción.

Namid y Kiowa se conocían desde que eran jóvenes. Cada dos meses, los comerciantes de Bisonteus venían desde las fronteras exteriores para compartir y comerciar en Market Street, donde el abuelo y el padre de Namid tenían su puesto comercial. Siempre traían miel dorada y púrpura que recolectaban de los árboles coalatia, árboles de color púrpura oscuro con la corteza más dura, que era la más difícil de penetrar. Se necesitaba mucha experiencia y cuidado para recolectar la miel sin dañar los árboles ni molestar a los hermosos Tyrianciacols que vivían allí.

El Tyrianciacol, un gigante volador, ligeramente más grande que un águila. Su cuerpo estaba cubierto de escamas, que le daban el aspecto de plumas gruesas y cortas. Esta magnífica bestia tenía un pico corto y puntiagudo que utilizaba para abrir la corteza de los árboles. Esto le permitía alimentarse de insectos y miel con su lengua larga y delgada. Sus alas parecidas a las de un dragón y sus patas parecidas a las de un vaptor que le permitían volar, con antebrazos cortos que tenían tres dedos con garras que colgaban debajo de sus alas para agarrarse. Una larga cola fluía detrás de él, curvándose debajo de él cuando descansaba, lo que aumentaba su innegable presencia.

El pueblo Bisonteus llevaba generaciones recolectando miel. Como la miel era un elemento habitual de su dieta, su piel y su cabello siempre tenían un ligero brillo púrpura.

Dantias conoció a Kiowa años atrás, cuando empezó a escaparse para ver a Namid y comprar perlas de azúcar.

—¿Crees que contarán su historia sobre el dragón Tyrianciacol? —susurró Namid en voz alta al oído de Dantias.

—¡Espero que sí! ¡Es una historia legendaria tan genial! —gritó Dantias en respuesta.

El quantum cambió de formación y velocidad y corrió aún más rápido. Los jinetes dieron una voltereta hacia atrás simultáneamente sobre el quantum que corría detrás de ellos. Puede que no pareciera una acrobacia complicada, pero es muy difícil en muchos aspectos.

En primer lugar, había que coordinar el salto de un quantum y el aterrizaje en otro. En segundo lugar, había que adoptar la postura adecuada para ejecutar la maniobra. En tercer lugar, había que aterrizar con los pies en los pequeños tablones de la silla de montar y, por último, hacer que pareciera que todo era muy fácil. Solo aquellos que tenían experiencia con los quantum se atrevían a intentarlo.

Un quantum solo confía en un jinete, rara vez en dos. Para que esta acrobacia se ejecute correctamente, no solo hay que entrenar con los compañeros del equipo durante horas y días, sino también con el otro quantúm, para que cuando el jinete aterrice sobre él no intente sacudirlo o empujarlo.

Fue una demostración absolutamente increíble de dedicación, entrenamiento y sincronización. Entonces, de repente, los tamborileros hicieron sonar sus tambores con un estruendo y los jinetes se detuvieron. Los jinetes y los quantum se inclinaron y se retiraron.

Surgieron intérpretes del altamente creativo y talentoso Reino Bisonteaus tocando instrumentos similares a flautas y instrumentos de cuerda que se parecían al arco de Namid, pero con varias cuerdas más envueltas alrededor formando un arpa.

Entonces, tal y como Dantias había esperado, comenzaron a contar la historia del legendario dragón Tyrianciacol. La había oído recitar antes por los comerciantes de Market Street una tarde.

Con un silbido, salieron volando de una abertura en el suelo pequeños Tyrianciacols amaestrados. No se podía confiar en los salvajes para volar cerca de la gente. Salieron volando. Uno, luego dos, luego cinco. Eran criaturas tan hermosas y majestuosas. Con este tamaño, eran más pequeños que los cuantos bebés. Las majestuosas criaturas volaban al ritmo de los tambores.

Para sorpresa del público, comenzaron a contar la historia a través de una canción en perfecta armonía. Los hombres cantaban en tono grave y luego las mujeres bisonteus, que descendían del techo con arneses alrededor de la cintura, cantaban las notas agudas y medias.

La letra del cuento era cautivadora:

(Estrofa 1)

En una tierra donde las leyendas campan a sus anchas. Hay una historia grabada en piedra, sobre una criatura feroz y audaz. Un dragón con un corazón de oro.

(Estribillo)

Oh, escucha el sonido de los tambores tribales, mientras la aldea se erige sobre tierra sagrada, este antiguo amor, esta antigua guerra. El espíritu del dragón se eleva.

(Estrofa 2)

En la dorada bruma del crepúsculo. El dragón volaba por caminos antiguos. Un guardián para los necesitados. Un faro de esperanza, un credo noble.

(Estribillo)

Oh, escucha el sonido de los tambores tribales. Mientras la aldea se erige sobre tierra sagrada. Este antiguo amor, esta antigua guerra. El espíritu del dragón se eleva.

(Puente)

En el resplandor del fuego, sus espíritus se elevan. Los ecos de los antepasados llenan los cielos. Con cada golpe del tambor nativo. Honramos las leyendas que están por venir.

(Verso 3)

A través de las batallas libradas en días pasados, el dragón voló por el cielo, con ojos ardientes y poder intrépido. Luchó por la justicia día y noche.

(Estribillo)

Oh, escucha el sonido de los tambores tribales. Mientras la aldea se erige en tierra sagrada. Este antiguo amor, esta antigua guerra. El espíritu del dragón se eleva.

(Puente)

En el resplandor del fuego, sus espíritus se elevan. Los ecos de nuestros antepasados llenan los cielos, con cada golpe del tambor nativo. Honramos las leyendas que están por venir, ¡honramos las leyendas que están por venir!

Con el fuerte sonido de un solo cuerno, los tambores golpearon, ¡bum, bum, bum! La multitud se puso de pie para vitorear, era el espectáculo más espectacular que la multitud había visto jamás.

CAPÍTULO 7

(MÁS TEMPRANO ESE MISMO DÍA EN EL PALACIO DE LOS HOULTON)

Ha pasado ya un año desde el fallecimiento de mi esposo. Debemos aprender a trabajar juntos y, una vez más, insisto en que cada reino debe mantener sus fronteras cerradas. La Feria del Mercado está en marcha y servirá como nuestro evento anual de unidad. Si permitimos más cruces, se romperá el orden —afirmó con firmeza la duquesa.

Desde el fallecimiento del Gran Maestro Houlton, ella había sido nombrada Gran Duquesa.

Aunque era conforme a las leyes, los demás miembros del consejo no estaban contentos con la forma en que se habían gestionado las cosas durante el último año.

—Mis grandes maestros, sé que últimamente no hemos estado de acuerdo en todos los temas.

—Si es que hay alguno —dijo Kingmen Cotodus, del reino Amphibtius, mientras se inclinaba para susurrarle algo a Lord Hyram II con una sonrisa burlona.

La duquesa miró con ira a Kingmen Cotodus, pero ignoró la interrupción y continuó.

—Sé que últimamente no hemos estado de acuerdo en todos los temas, pero tengan la seguridad de que los reinos seguirán disfrutando de un mayor orden y paz si permanecen dentro de sus fronteras.

La unidad es una prioridad, pero no podemos volver a los viejos tiempos en los que todas las personas podían desplazarse libremente entre los reinos. Por el bien de nuestra cultura, por el bien del reino, debemos dejar las fronteras tal y como están, tal y como afirmó mi difunto esposo, su colega de confianza, en su último informe escrito.

La duquesa comenzó a recitar el informe de memoria: —Por el bien de todos y la unidad de los reinos, yo, el gran maestro Houlton, coincido con el consejo de Kingmen en que lo mejor para todos es que las fronteras entre los reinos permanezcan cerradas.

La duquesa hizo una pausa antes de continuar: —La verdadera unidad es defender lo que nuestro gran maestro ayudó a establecer, no podemos perder eso.

—Bien dicho, duquesa. Sin embargo, me temo que estamos perdiendo el tiempo con asuntos tan insignificantes como estos, cuando hay cosas mucho más importantes que deberíamos discutir —explicó Aylo Kuang, Kingmen del Reino Terrartius, mientras se ponía de pie. Su brillante traje tecnológico relucía bajo la luz del sol que entraba por las ventanas.

—¿A qué asuntos se refiere, maestro Aylo Kuang? —preguntó la duquesa con un desdén escalofriante.

—El hecho es que, desde hace un año, usted ha estado dirigiendo nuestro consejo en nombre de su difunto esposo, el Gran Maestro Houlton. Entiendo que la ley lo aprueba y no tengo nada que objetar al respecto —afirmó Aylo Kuang.

—Entonces, ¿cuál es el problema, señor? —preguntó la duquesa mirándolo fijamente.

El Kingmen Aylo Kuang se dirigió a la cabecera de la mesa y se detuvo en la esquina delantera derecha.

—El problema es este. Todos los miembros de este consejo y todas las personas de la dinastía Houlton, desde los que trabajan en este palacio, en estos terrenos, hasta sus propios hijos, lo habían entendido, y creo que esto también la incluye a usted, alta duquesa.

Su tono se volvió más severo mientras respiraba hondo y continuaba, con voz llena de convicción y frustración—. Creían que, tras el fallecimiento de nuestro gran líder y amigo, sus dos hijos ocuparían el lugar que les correspondía y dirigirían este consejo hacia una nueva era.

Santos, que había estado presente en todas las reuniones del consejo desde el fallecimiento de su padre y estaba sentado en el rincón más alejado de la sala, se puso de pie y se dispuso a hablar. Sin embargo, antes de que pudiera pronunciar una sola palabra, su madre se dirigió directa y firmemente a todo el consejo, no solo al maestro Aylo Kuang.

—Mis queridos Kingmen, gracias por plantear esta gran preocupación. Yo también me preocupo por este tema, profundamente en mi corazón. Desde el fallecimiento de mi difunto esposo. Deseo abordar el tema ahora —hablando como si pidiera permiso para continuar. Cuando los demás miembros comenzaron a asentir con la cabeza y Kingmen Aylo Kuang regresó a su asiento, ella comenzó a hablar.

—Mis queridos colegas, grandes hombres de sabiduría y justicia. Somos un equipo que busca el bienestar de todos, ¿no es así? ¿Y cuál es el camino para asegurar que lo que nuestros antepasados han previsto se cumpla? Que nosotros, el Consejo de los Reinos, mantengamos y nos aferremos a lo que sabemos que es cierto. Que cada uno de nosotros es importante y que la diversidad de este grupo nos asegura que la paz y la unidad siempre se mantendrán.

Como usted ha revelado con tanta sabiduría y seguridad, mi gran señor Aylo Kuang, aquello en lo que cada uno de nosotros ha pensado o cuestionado, pero nunca ha expresado con tanta valentía como usted hoy, la relevancia de la cuestión es ¿por qué la duquesa está ayudando a servir y trabajar junto a nosotros, que no necesitamos instrucciones, en lugar de los legítimos sucesores de la dinastía Houlton? Esta es una afirmación verdadera y audaz.

Ustedes, los grandes men del consejo, no han tenido en cuenta lo único que aprecio en mi corazón, el anhelo de alguien cuya vida entera ha sido servir al gran y maravilloso Gran Maestro y preparar a sus hijos para que un día ocupen el lugar que les corresponde, cumpliendo la antigua profecía de que "dos cabezas gobernarán como una sola." ¿No es esta una tarea difícil, agotadora y pesada? Oh, sí, pero la acepté de buen grado, teniendo siempre presente que, si fracasaba, el futuro de todos nosotros podría estar en peligro. ¿Quién más iba a recorrer esa delgada línea entre el honor, el deber y la preparación? ¿Quién más ha sacrificado sus deseos y sueños con el único anhelo de ver que, algún día... Un día glorioso, todo su arduo trabajo, paciencia y pasión darían lugar al futuro de una gran nación, si me permiten decirlo, señores, un mundo maravilloso.

He apreciado todo esto profundamente. Con el único pensamiento, deseo y esperanza de que, mediante la preservación de este consejo, yo, con su ayuda, mis grandes maestros, preserve el cargo de Gran Maestro para aquellos que llevan el nombre de Houlton. Por lo tanto, siguiendo la gran tradición que establecieron nuestros antepasados, solo un miembro con sangre pura de la casa dirigirá una dinastía.

Este, mis grandes señores, es mi único deseo y mi única agenda. Gracias a mi servicio a este gran consejo, todos podemos trabajar juntos para mantener pura la línea de sangre y el consejo seguro y unificado.

Hizo una pausa dramática. El silencio invadió la sala del consejo.

—¿O estoy equivocada, mis grandes señores? Y si es así, por favor, perdónenme —dijo la duquesa bajando la cabeza al terminar su grandilocuente declaración y volviendo recatadamente a su asiento a la cabecera de la mesa.

Cada uno de los Kingmen se miró entre sí en silencio, de acuerdo con lo que acababan de oír. Luego, de un solo movimiento, todos se pusieron de pie y respondieron al unísono: —Sí, sí.

Todo el consejo golpeó con los nudillos sobre la mesa, manifestando su unidad y acuerdo. La duquesa se puso de pie de nuevo y, con un gesto humilde, hizo una reverencia e inclinó la cabeza hacia todos ellos.

En ese momento, un guardia del palacio entró sigilosamente en la sala y se dirigió silenciosamente al lado de la duquesa, inclinándose hacia ella y susurrándole al oído. Ella se voltió hacia él y miró al guardia sin emoción. Él inclinó la cabeza y se retiró rápidamente de su presencia.

—Mis queridos señores, me han informado de que mis servicios son necesarios en otro lugar en este momento. Les ruego que me disculpen, pero debo retirarme por hoy. Espero con gran interés nuestro próximo encuentro la semana que viene —dijo con gran amabilidad.

—Por supuesto, alta duquesa, estamos a su servicio. Que se encuentre bien —dijo Aylo Kuang.

Todos los Kingmen le hicieron una reverencia mientras ella se deslizaba rápidamente fuera de la sala, sin siquiera mirar a Santos al dejarlo atrás.

La duquesa caminó rápidamente por el pasillo y salió por las puertas al patio delantero, donde la recibieron cuatro guardias del palacio. Luego subió a su carruaje de viento, que la esperaba, y se alejó por las puertas principales acompañada por su escuadrón personal de guardias, y se adentró en el camino.

Santos salió a la terraza y, con la puesta de sol en sus ojos, la vio alejarse.

CAPÍTULO 8

(TIEMPO PRESENTE — GUERRA ÉPICA)

Santos, de pie en la plataforma de aterrizaje del segundo piso, que solía ser una hermosa terraza sobre los jardines más inmaculados. Contemplaba el horizonte mientras los soles se ponían. Se quedó en silencio, reflexionando. El informe de datos no dejaba de rondarle la cabeza.

—¿En qué momento empezó todo a ir mal? —pensó para sí mismo.

El rastreador del intercomunicador de su traje pitó. Entonces, oyó una voz a través de su comunicador: —General Santos, cambio.

Santos se detuvo y suspiró, sin ganas de responder.

—General Santos, cambio. ¿Me recibe? —repitió la voz.

—Estoy aquí, le recibo —respondió Santos—. ¿Qué pasa, Hammer?

—Señor, puede que tengamos un problema. Quizá quiera venir aquí y verlo por sí mismo —afirmó Hammer.

—Ahora mismo voy —confirmó el general Santos.

Dando la espalda a la puesta de sol, caminó por el pasillo y bajó por la amplia escalera que conocía tan bien. Al tocar la barandilla y bajar cada escalón, se sintió invadido por pensamientos y sentimientos nostálgicos. Todo le resultaba demasiado familiar, pero nada en el palacio era como antes. Los hermosos pisos de mármol y las grandes puertas de madera, los pasillos adornados con tapices muy detallados, ahora eran la base de control de misiones establecida para el equipo Iron Horse. Su lugar de seguridad y refugio durante esta guerra en curso.

Santos dobló la esquina y entró en la armería secundaria y la sala de control.

—General en cubierta —gritó un soldado con voz severa y respetuosa. Toda la sala se puso en pie y saludó a su líder.

—Descansen, equipo, como estaban —dijo Santos mientras se acercaba a la larga mesa.

La mesa estaba cubierta de artículos. En un extremo había monitores en los que varios miembros del equipo técnico observaban las cámaras del perímetro de la base. En el centro de la mesa había escudos de brazo que no funcionaban correctamente. Algunos soldados intentaban determinar el fallo y hacer que volvieran a funcionar correctamente. Los soldados levantaron la vista por el rabillo del ojo cuando Santos se acercó, tratando de no llamar la atención sobre el problema que tenían ante sí.

—¿Cuál es la situación? —preguntó Santos, dirigiendo su pregunta a Hammer, que se encontraba al otro extremo de la larga mesa.

—Bueno, el último impacto fue enorme, señor. Mi equipo se refugió en el lugar hasta que pudimos retirarnos y reagruparnos aquí. De regreso, descubrimos esto, lo inmovilizamos y lo trajimos con nosotros.

Santos miró el veloci-pod, que yacía sobre la mesa. Tenía los ojos muy abiertos, pero ahora eran de un color púrpura intenso en lugar de rojo sangre. El equipo de Hammer lo había atado con cables. Cada cable estaba atornillado y fijado a la mesa, por si acaso el veloci-pod intentaba moverse.

Hammer continuó: —Nos dimos cuenta de que los ojos parpadeaban y, en lugar de ponerse rojos como los demás y explotar, se volvieron morados, y el pod simplemente se congeló. Decidimos que valía la pena correr el riesgo y actuamos, saltamos sobre su espalda, lo sujetamos y aplicamos la técnica rápida que el profesor nos había enseñado el otro día, y bueno... parece que funcionó.

La técnica a la que se refería Hammer era algo que el profesor había explicado al equipo dos días antes. El profesor había descubierto un defecto en los receptores internos del veloci-pod.

Detrás de la cuenca del ojo del lado izquierdo de la cabeza, había un hueco de aproximadamente una pulgada, y precisamente en ese punto, a unas dos pulgadas de profundidad dentro de la cabeza, había una placa de circuito que se conectaba al cerebro central del veloci-pod. Si se insertaba un cuchillo o una pieza de acero en la placa de circuitos, se podían sobrecargar los circuitos y provocar un breve apagón del sistema y, cuando el pod reiniciara la memoria del sistema, se desconectaría del cerebro central del Príncipe Oscuro.

—¿Es seguro? ¿Cómo sabemos que el Príncipe Oscuro no nos está observando en este momento y escuchando todo lo que decimos? Podría estar rastreándonos en este mismo instante, podría haberle dado nuestra ubicación exacta, soldado —dijo Santos con severidad y un nervioso temblor en la voz.

—Eso es imposible, querido joven —explicó una voz segura y notablemente confiada que surgió de detrás de un armario de armas.

Santos ni siquiera tuvo que volverse para ver quién era. Esa voz siempre le había tranquilizado. Era su leal Profesor.

—Lo he comprobado y he realizado un diagnóstico del sistema yo mismo. La interconexión entre el veloci-pod y la nave del Príncipe Oscuro está intacta, pero desactivada.

Estamos descifrando el código en este mismo momento. Un esfuerzo realmente encomiable por parte del equipo de Hammer. El resultado es, bueno, algo que podría darnos una gran ventaja. Trabajar de forma más inteligente, no más dura, como siempre digo —afirmó el Profesor con orgullo.

—¿Qué ventaja nos puede dar esto exactamente? —preguntó Santos, ahora con una chispa de esperanza en su voz.

—Bueno, si conseguimos descifrar el código, cosa que estoy seguro de que haremos. La primera opción viable sería conectarnos al interlink y luego acceder al resto de los veloci-pods, apagándolos todos a la vez. O existe una segunda posibilidad, pero no lo sabremos hasta que tengamos el código fuente del propio pod.

—¿Y bien? ¿Luego qué pasa? —Santos estaba perdiendo un poco la paciencia, ya que el Profesor parecía alargar su explicación, como solía hacer.

—O, si el código se descodificara por completo, podríamos conectarnos al ordenador central de la fortaleza voladora del Príncipe Oscuro y apagarlo o, al menos, paralizarlo durante un tiempo. Hasta que nos bloquearan el acceso a sus sistemas, claro. Pero eso podría delatar nuestra ubicación, junto con cualquier información que tengamos en nuestro sistema.

—Una situación, mi General, como dije antes —afirmó Hammer.

—¿Cuánto tiempo tardarán en saberlo? —preguntó Santos, mirando directamente a los ojos del veloci-pod.

—Bueno, ha pasado aproximadamente una hora y hemos descifrado alrededor de una cuarta parte —dijo el Profesor con confianza.

—De acuerdo, sigan adelante. De ahora en adelante, quiero que siempre haya dos guardias con esto. No debe quedarse solo nunca, ¿entendido? —dijo Santos. Todos asintieron, incluidos los demás que estaban al alcance del oído.

—Hammer, reúne a los demás. Reunión de equipo en veinte minutos, en el salón superior. Debemos tener un plan listo para cuando el Profesor y los técnicos hayan descifrado el código —dijo Santos con mayor confianza.

—Sí, señor. En seguida. Nos vemos arriba en veinte minutos —respondió Hammer.

Por una vez en esta guerra, parecía que las cosas finalmente podían dar un giro.

(402 DDGLR: De vuelta a La Feria del Mercado)
Un año antes de la fundación de Iron Horse.

—¡Qué espectáculo tan increíble! —le dijo Namid a Dantias mientras salían del Domo de Teatro—. ¿Qué parte te gustó más? Me encanta la música, los jinetes... ¡Y qué maravilloso sería poder volar algún día con tanta elegancia por los aires montado en un Tyrianciacol!

—¿Montar un Tyrianciacol? Sabes que eso es algo inaudito, ¿verdad? —dijo Dantias con una sonrisa burlona y una carcajada.

—Bueno, puedo soñar e imaginar, ¿no? —respondió Namid con severidad.

—Necesito encontrar una estación de descanso y usar el baño —dijo Namid, cambiando de tema.

—El letrero dice que hay uno a la vuelta, hacia la parte de atrás —dijo Dantias señalando el letrero y guiándola ligeramente por el brazo mientras se tomaban de la mano.

Había gente por todas partes, ya que era el último evento del día. La Feria del Mercado terminaba después de casi cuatro semanas. Había más gente de lo habitual. Aunque ya hubieran estado allí, para muchos era una tradición anual asistir a los eventos finales, comer en los puestos de comida o simplemente visitar la feria por última vez el último día. Caminaban entre la multitud, hombro con hombro con todos los demás.

—Solo tardaré un minuto —dijo Namid mientras entraba en la estación de descanso.

Dantias aprovechó el momento y se acercó también al caballero.

Salió al exterior, se colocó a un lado de la puerta del baño de mujeres y esperó pacientemente.

Unos minutos se convirtieron en diez, luego en quince. Dantias no le dio mucha importancia, ya que había una larga fila de mujeres esperando para entrar al baño. Simplemente supuso que era la multitud la que le hacía esperar.

Después de unos 30 minutos, empezó a preocuparse y comenzó a preguntar a otras personas de la fila si podían preguntar por Namid.

—Disculpe, estoy esperando a mi novia. ¿Podría investigar y ver si está bien? —le preguntó Dantias a una mujer terratrius alta y delgada.

—Oh, sí, claro. ¿Cómo es? —preguntó la esbelta mujer con aspecto de lagarto.

—Bueno, es del clan nómada de los pies pálidos, un poco más baja que yo, pero con la piel morena clara y el pelo oscuro. Se llama Namid —respondió Dantias.

—De acuerdo, espere aquí. Voy a ver —respondió la señora.

Esperó y esperó un poco más. Dantias casi había empezado a entrar en pánico cuando vio a la mujer alta y esbelta salir y caminar hacia él negando con la cabeza.

—No hay nadie con ese nombre ni con esa descripción ahí dentro. Lo siento —dijo encogiéndose de hombros.

—¿Qué? Eso... eso es imposible. Entró justo antes que yo. La vi entrar —respondió Dantias, culpándola indirectamente de la situación.

—No se enoje conmigo, solo le digo lo que sé. La chica de la que me habla no está ahí —dijo la mujer terratrius con severidad y ahora abiertamente molesta.

—No, eso no puede ser. ¡La vi entrar! —Dantias se abrió paso entre la multitud de mujeres—. Namid, Namid, ¿estás ahí? —se abrió paso aún más entre la fila, llegando hasta la puerta—. Namid, ¿me oyes? ¿Estás ahí? —se paró al lado de la puerta.

—¡Oye, no puedes entrar ahí! ¡Este es el baño de mujeres, no puedes entrar ahí! —le gritaron varias mujeres muy molestas mientras él se abría paso entre ellas hasta la puerta y entraba.

—Namid, ¿dónde estás? ¿Estás aquí? —Dantias estaba perdiendo el control y atravesó el baño de mujeres. Se oían gritos mientras pasaba por un cubículo, luego por otro y otro, hasta llegar al fondo.

—¡No puedes estar aquí! —le gritaban las mujeres mientras entraban y salían corriendo de los cubículos. A Dantias ya no le importaba lo que fuera apropiado. Estaba decidido a averiguar dónde estaba Namid y qué estaba pasando. Se dirigió furioso hacia la puerta por la que había entrado. Al salir, se encontró con muchos murmullos, quejas y miradas de disgusto junto con miradas de rechazo de todas las mujeres que esperaban fuera.

—¡Me horrorizas, joven! Deberías avergonzarte de actuar así —le dijo una madre equantiana mientras protegía a su hija mientras él pasaba.

Dantias se marchó furioso, recorriendo el camino que habían recorrido hacía un rato. Abriéndose paso entre la multitud que abarrotaba la calle, gritó su nombre.

—¡Namid! ¡Namid!

Mientras caminaba de regreso hacia las puertas laterales del Teatro Dome, dos guardias, uno a cada lado, lo inmovilizaron entre ellos. Luego, otros dos se colocaron detrás de él y un guardia caminaba delante.

Lo rodearon y lo obligaron a caminar con ellos hasta las puertas traseras del domo.

Allí, se abrieron paso entre la multitud, mucho menos numerosa en esa zona porque el evento había terminado por esa noche.

—Aquí, ahora —gritó uno de los guardias a los demás.

Entonces, en un instante, lo tiraron al suelo, en medio del círculo que formaban, le colocaron una bolsa en la cabeza y tres de ellos le agarraron los brazos, se los retorcieron a la espalda, le pusieron las esposas y lo levantaron del suelo.

Dantias intentó patalear y forcejear, pero fue inútil, eran siete y él solo. Intentó entrecerrar los ojos para ver a través de la tela de la bolsa que le cubía la cabeza, pero solo podía ver un ligero movimiento mientras lo llevaban. Empezó a sentirse mareado, cada vez más. No solo porque lo llevaban muy rápido, sino también por el olor. Respiró profundamente, tratando de recuperar el aliento.

—¿Qué es ese olor? —se sintió aún más mareado—. Debe de ser 'elders weed' —pensó.

La hierba, elders weed, era una hierba espesa que crecía en las llanuras nómadas, justo al norte de donde vivían los clanes de los pies pálidos. Si se secaba la hierba, se quemaba y se mezclaba con aceites, se podía aplicar como ungüento, con propiedades curativas. Sin embargo, si se ponía suficiente cantidad en un paño o dentro de una bolsa y se inhalaba en un espacio cerrado, podía causar mareos. Si se concentraba lo suficiente, podía provocar alucinaciones o incluso la pérdida del conocimiento.

—¡Oigan! ¡Déjenme ir, ¿saben quién soy?! ¡Esto es un escándalo! —gritó a pleno pulmón, pero lo único que se oía era un murmullo entre dientes. En su mente, pedía ayuda a gritos, pero debido a sus circunstancias actuales, solo balbuceaba palabras sin sentido.

Solo dos guardias lo llevaban ahora, uno por cada brazo, los demás seguían detrás de Dantias, arrastrando los pies por la tierra mientras vigilaban para asegurarse de que no los seguían.

Tos, tos, snif, snif. Eso era todo lo que se oía cuando Dantias se despertó sobresaltado. Le ardían las fosas nasales por algún tipo de sales aromáticas que los guardias le habían puesto en la nariz para despertarlo. Aún somnoliento, podía distinguir un par de siluetas a través de la tela de malla que le cubía la cabeza. Al intentar moverse, se dio cuenta de que estaba sentado en una silla, una silla de madera. Tenía las manos atadas a la espalda y sentía la cuerda entrelazada en el respaldo de la silla. También tenía los pies atados, cada pierna atada por separado a cada pata delantera de la silla. Oía murmullos y conversaciones a sus espaldas, al menos dos voces masculinas. Los guardias que lo secuestraron, pensó. Todavía quedaba un rastro de hierba de Elder dentro de la capucha, pero ahora sentía un picor penetrante en la nariz con cada respiración, debido a las sales aromáticas. Oyó pasos que se acercaban cada vez más. De repente, le quitaron la capucha. Le llevó un minuto enfocar la vista debido a la oscuridad, ya que una luz de la habitación le daba directamente en la cara. Cuando sus ojos se acostumbraron a la luz, una silueta familiar salió de las sombras en la esquina de la habitación después de que la puerta se cerrara silenciosamente.

—Puede que te sientas confundido, pero antes de que hables, déjame decirte que esto es por tu propio bien. Debido a tu insolencia, tus propias acciones me han obligado a actuar —explicó la duquesa de una manera severa y aún más directa de lo habitual.

—¿Dónde está ella? —preguntó Dantias.

—Ella no es asunto tuyo ahora —dijo la duquesa.

—¿Dónde... está ella? —gritó Dantias mientras se movía de tal manera que la silla saltó del suelo.

—Como dije, tú te lo has buscado, y ella... y su gente. No perderás tu posición por una simple... chica nómada —dijo la duquesa con gran frustración.

—Soy tu hijo. ¿Qué has hecho? Mira esto. ¿Atado como un criminal? ¡Y ustedes, ustedes son unos matones! ¿Quiénes se creen que son? ¿Hacen todo lo que ella les dice? ¿No tienen ningún respeto? ¿Ninguno de ustedes? ¿No podían haber hablado conmigo, pedirme que fuera con ustedes? ¡¿Tenían que tratarme como a un criminal común?! —gritó Dantias.

—Oh, vamos, estás exagerando. Deja de gritar —dijo la duquesa.

—¿Dónde estoy? —preguntó Dantias. La única respuesta fue el silencio.

—¿Dónde... estamos? —insistió.

—Estamos en casa, por supuesto. En la parte trasera del edificio de mantenimiento —dijo ella con una sonrisa.

El edificio de mantenimiento estaba en la parte trasera de la propiedad de la dinastía Houlton. Muy pocas personas visitaban esta zona porque era apartada, vieja y anticuada. Hoy en día, este edificio tenía poco uso, solo aquí se encontraban los interruptores para encender y apagar las torres de la frontera exterior. Dado que la mayoría de las torres se habían equipado con temporizadores automáticos hacía unos ocho años, el edificio servía principalmente como almacén y taller.

Dantias la miró con ojos nerviosos, casi asustados.

La duquesa era una mujer muy perspicaz, intrigante y despiadada.

Más temprano, en la sala del consejo, le habían informado de que Dantias y Namid habían sido vistos en la feria del mercado.

No era la primera vez que recibía un informe como ese sobre su rebelde hijo.

Antes, mientras se alejaba en su carruaje de viento, había pedido a los guardias que dieran un rodeo por la propiedad y tomarán un camino lateral hasta la parte trasera de los límites de la propiedad de la dinastía, para no llamar la atención sobre su destino.

Santos y cualquiera que la viera marcharse simplemente supondrían que se dirigía al centro de la ciudad, tal vez para realizar otras tareas o ir a otro destino.

—¿Cuánto tiempo? —preguntó Dantias.

—¿Cuánto tiempo qué? —respondió ella.

—Sabes perfectamente a qué me refiero —dijo Dantias, mirándola fijamente.

—Ah, ¿cuánto tiempo te he seguido, quieres decir? Bueno, esa no es la cuestión, pero debes saber que no soy ignorante de este lugar ni lo que ocurre aquí —dijo ella.

Durante mucho tiempo, Dantias y Namid se habían reunido en secreto en la parte delantera de este mismo edificio. Dantias solía llegar tarde a casa, entrando por la puerta trasera sur, con la excusa de que había salido a revisar las torres fronterizas. Así que, tras observar esto en varias ocasiones, la duquesa envió a sus guardias personales a seguirlo y confirmar su paradero, sin que Dantias se enterara. Una y otra vez, Dantias asumía que estaba ocultando hábilmente su relación secreta. Los únicos a los que engañaba eran a sí mismo y a Namid.

—Está bien, tú ganas. Déjame ir. Desátame. ¡Ahora! —exigió Dantias.

—Sí, por supuesto, mi querido muchacho. Pero primero, debes entender esto. Ahora eres el heredero, junto con tu hermano, por supuesto, de la dinastía Houlton. Actuarás en consecuencia. No habrá más excursiones, visitas secretas, ni cosas por el estilo. ¿Me entiendes? Esto ha quedado atrás. Seguiremos adelante. Esto nunca ha sucedido. ¿Me has entendido? —dijo la duquesa con tono severo.

Hizo un gesto con la cabeza a uno de los guardias para que le desatara las manos. Mientras le desataban una mano, Dantias volvió a preguntar.

—¿Dónde está? —exigió Dantias cuando le desataron las manos.

—Al menos tenga la decencia de decirme dónde está, duquesa —dijo Dantias con un tono más amable mientras dos guardias le desataban las piernas de la silla.

—No te preocupes, todo está en orden. Vamos, salgamos de este lugar, dejemos atrás estos recuerdos, todo eso ya quedó atrás. Tenemos que planear tu futuro —dijo la duquesa mientras extendía la mano hacia su hijo de manera invitadora.

Aturdido, desilusionado e increíblemente enojado, Dantias se puso de pie. Apartó la mano de ella mientras salía. Atravesó la amplia sala principal del edificio de mantenimiento, hacia la puerta principal, donde había otros dos guardias.

La duquesa, que no estaba muy lejos detrás de él, asintió a los guardias, permitiendo que Dantias pasara. Al salir, se dio cuenta de que era tarde, temprano por la noche, lo cual era extraño porque los guardias lo habían agarrado a última hora de la tarde, después de que se hubiera puesto el sol. El carruaje de su madre estaba a poca distancia y se podía oír a un behemoth balanceándose de un lado a otro, como solían hacer, mientras esperaba.

Dantias se dio la vuelta para preguntarle a la duquesa, que ahora estaba detrás de él.

—¿Cuánto tiempo he estado aquí? ¿Qué día es hoy? —insistió Dantias.

—No te preocupes por eso, ven. Subamos al palacio —insistió ella mientras los guardias lo rodeaban por ambos lados.

Ni siquiera en su mejor día podría enfrentarse a todos ellos a la vez. Aunque los guardias de la dinastía Houlton recibían entrenamiento básico en las costumbres de la casa, su posición política se basaba más en el título que en la protección real. El trabajo de los guardias consistía principalmente en dominar o intimidar. La razón era que nunca había habido combates o guerras reales, ya que los Reinos siempre habían estado en paz. Los guardias tenían poca o ninguna aplicación para las tácticas de batalla que se les había enseñado.

Dantias y Santos, por otro lado, tenían bastante aplicación entre los dos. Aun así, seis guardias eran demasiados y se sentía muy débil.

La duquesa y Dantias subieron al carruaje de viento y tirado por tres quantum grandes. Había un conductor delante, mientras que otros guardias montaban sus bestias más pequeñas y cabalgaban a ambos lados. Mientras se acercaban a la parte trasera de la casa, Dantias daba vueltas y vueltas a las ideas en su mente, enfadándose cada vez más, cada vez que pensaba en lo que había sucedido y en la injusticia que su madre y los guardias le habían infligido.

Bajaron del carruaje de viento y los guardias continuaron llevando a las bestias de vuelta a sus lugares en los establos, situados en un edificio separado detrás de los jardines laterales. Un guardia los siguió mientras caminaban por el camino hacia la puerta trasera del palacio.

Entraron en el comedor familiar. —Oh, duquesa, por mi tranquilidad, por favor, permítame saber el paradero de Namid. Como miembro de esta casa y futuro líder de esta dinastía, deseo cuidar de todos nuestros ciudadanos. No puedo hacerlo si no tengo la tranquilidad de saber que realmente se les cuida —dijo Dantias con tono convincente.

Siempre había sido el más carismático de los dos hermanos. Cuando era niño, una vez convenció a un guardia del palacio para que le diera la mitad de su ración diaria de panú.

—No tienes que volver a preocuparte por ella —dijo la duquesa con firmeza, mirándolo con seguridad.

—Duquesa. ¿Qué has hecho? —preguntó Dantias nervioso.

—Bueno, ella y su familia han sido desterrados, por supuesto. Junto con toda su gente traicionera.

—¡No puedes hacer eso! No por tu cuenta. El Consejo no lo permitiría. Todos deben votar a favor. ¡No puedes desterrar a alguien por tu cuenta, y mucho menos a todo un clan! Ellos nunca le harían eso a nadie sin un acuerdo oficial —gritó Dantias.

—Oh, pero tienen a mi querido hijo. Soy la Gran Duquesa, con el pleno apoyo del Consejo ahora. No te preocupes por esos detalles «tediosos», no debes preocuparte por esas cosas. Al menos, todavía no —dijo la duquesa con gran confianza.

Antes, mientras la duquesa daba su elaborado discurso al consejo y antes de marcharse, cada miembro del consejo recibió una carta manuscrita de ella, invitándoles a firmar un documento de ley parcial.

Una ley parcial se utiliza para otorgar al miembro de mayor rango del consejo plena autoridad sobre los clanes, las porciones de elementos/alimentos, e incluso existe una cláusula que permite a dicha persona aplicar la ley de «destierro». La autoridad otorgada es por un tiempo limitado, entendiendo que, debido a situaciones específicas, no es necesario que todos los miembros abandonen sus tierras y dinastías para cada decisión.

Cuando ciertas situaciones solo afectan a una dinastía y no a las demás, también se puede aplicar esta autoridad. En este caso, se trata de una situación interna que afecta a la dinastía Houlton, lo que otorga a la duquesa plena autoridad para reorganizar, reestructurar o incluso desterrar a un clan.

—¡Cómo te atreves! ¡No puedes hacer eso! ¡Dile que no puede hacerlo! —dijo Dantias mientras miraba a los guardias en busca de apoyo.

—Me temo que ya está hecho —dijo ella con una sonrisa burlona.

—¡Te arrepentirás de esto! —gritó Dantias mientras salía corriendo.

—¡Deténganlo! —gritó la duquesa al guardia de la puerta trasera, mientras otro doblaba la esquina tras colocar el carruaje de viento en su sitio en los establos.

Los dos guardias se movieron rápidamente, bloqueando el paso a Dantias cuando salía corriendo por la puerta trasera. Sacaron sus bastones eléctricos, unos bastones anchos con una punta eléctrica que emitía un resplandor azul turquesa en el extremo. Si te tocaban con ellos, quedabas paralizado durante al menos veinte minutos.

Dantias se acercó a ellos corriendo, sin preocuparse siquiera por sus bastones. Con un movimiento rápido pero sutil, giró cerca del suelo y, con una patada de «cola de escorpión», derribó al primer guardia, y luego, con una patada descendente con el talón en la cabeza, el guardia quedó inconsciente al instante. Dio dos pasos más y corrió hacia el segundo guardia, al que derribó fácilmente con una rápida patada lateral voladora en el pecho. El guardia gimió mientras yacía en el suelo tratando de recuperar el aliento.

Mientras Dantias seguía corriendo, los demás guardias del palacio observaban desde lejos con incredulidad. La duquesa permanecía firme en la puerta, con el rostro severo y afligido. No mostraba ninguna emoción, ningún remordimiento, pero una sola lágrima le recorría la mejilla.

Dantias corrió, corrió con todas sus fuerzas. Secándose las lágrimas mientras corría, tenía que encontrar a Namid y a su familia antes de que fuera demasiado tarde.

CAPÍTULO 9

Era tarde por la noche y los pilones de seguridad perimetrales estaban iluminados. Se podía ver un único haz de luz encendido en la parte superior de cada una de ellas, girando lentamente y explorando los alrededores. Si el haz de luz se interrumpía durante más de tres o cuatro segundos, sonaba una alarma no solo en uno de ellos, sino en todos, ya que estaban conectados entre sí, lo que también activaba una alarma en la caseta de vigilancia principal. Dantias se acercó lentamente al borde de uno de los haces de luz de los pilones. Era una tarea complicada pasar por ellas, pero era algo que había hecho muchas veces antes. Solo había que hacerlo despacio, pero esta vez el tiempo ya no estaba de su lado. Tenía que ser rápido, pero no demasiado, ya que eso podría activar la alarma.

En el límite de la propiedad de la dinastía Houlton, había varias filas de estos pilones, que se intercambiaban entre sí al girar, para que nunca hubiera una sección sin un haz de luz que la iluminara. Los haces se cruzaban entre sí al girar. Sin embargo, Dantias tenía un truco que había utilizado muchas veces antes.

Cuando era más joven, su padre le permitía salir con los guardias que se encargaban del mantenimiento de los pilones, por lo que Dantias aprendió todos los entresijos de su funcionamiento. Así que ahora, cada vez que quería escaparse para ver a Namid, manipulaba las torres a su favor.

Llevaba en su bolsa un pequeño transmisor de rayos de luz que había quitado de un modelo antiguo de una de las torres.

Reprogramó el transmisor para que funcionara de tal manera que, si lo enfocaba hacia la cabeza de otro pilón, en el circuito del ojo luminoso, esta quedaría cegada y se congelaría en su posición durante un momento. Si lo hacía en zigzag, podía deslizarse entre los rayos sin ser visto. El truco estaba en calcular el momento exacto.

Dantias se tumbó en el suelo para no llamar la atención, por si había algún guardia montado en un quantum y haciendo su ronda de seguridad. Extendió la mano delante de él y apuntó a la torre más cercana con su transmisor de rayos de luz modificado. Pulsó el botón dos veces, enviando una señal mixta mientras se arrastraba boca abajo hacia la torre.

Flash, pitido, flash, pitido, flash, pitido, pitido, pitido.

Se congeló y se apagó. Se levantó en un instante, corrió hacia la torre agachándose y siguió hacia la siguiente torre a su derecha. Tenía unos minutos como máximo antes de que se volviera a encender.

Sus orejas se movieron al oír un ruido a su izquierda, a lo lejos. Pasos, trotes de un quantúm. No uno, sino dos, o incluso más. Lo sabía porque no mantenían el mismo ritmo. Solo tenía unos segundos para atravesar la siguiente torre antes de que la que tenía delante se volviera a encender, y una vez que se encendían era muy difícil volver a encender la misma porque el relé dentro de las torres cambia el código cuando se reinician.

Los guardias, aún lejos, se estaban acercando.

—¿Qué hiciste ayer? —le preguntó un guardia al otro mientras trotaban en su quantúm.

—Ah, era mi día libre. Llevé a la familia a los últimos espectáculos de la Feria del Mercado —respondió el guardia.

—¿Estuvo bien? He oído que las presentaciones del año pasado fueron mejores —respondió el guardia.

—Estoy de acuerdo, pero los jinetes de este año eran sorprendentemente buenos, mejores que nosotros, en cualquier caso —dijo mientras se reía.

Dantias pasó por el siguiente pilón.

Flash, flash, pitido. Flash, pitido. Pitido, pitido. La torre emitió un sonido y un clic al detenerse.

Los guardias se acercaban. Había pasado la primera y la segunda fila, pero aún le quedaban tres.

Iluminó el siguiente pilón, ahora a su izquierda. Al atravesarlo, pudo ver una nube de polvo que se elevaba un poco en la oscuridad alrededor de las patas de los cuantos mientras trotaban. La tarde se estaba enfriando, por lo que una ligera niebla comenzaba a levantarse del suelo. Se podía ver una pequeña nube de vapor saliendo de las fosas nasales de los animales mientras exhalaban, trotando.

Había pasado al siguiente pilón. Oyó un chasquido y un pitido largo detrás de él. Era el sonido del primer pilón volviendo a conectarse. Su haz de luz parpadeó al volver a encenderse y comenzó a girar de nuevo. Ya no había vuelta atrás. Le quedaban dos filas más y habría terminado.

El segundo pilón por el que había pasado parpadeó intensamente al reiniciarse, pitó y comenzó a girar de nuevo.

—¿Has visto eso? —le preguntó uno de los guardias al otro.

—¿Qué? —preguntó este.

—Una de las torres ha parpadeado y han vuelto a ponerse en marcha. Como si estuvieran apagadas —dijo el guardia.

—Ah, solo se habían atascado y luego se han desatascado. Ya sabes cómo son estas cosas, siempre están fallando —dijo el guardia con desinterés.

Dantias hizo destellar la cuarta torre con su transmisor.

Destello, destello, pitido. Destello, pitido. Pitido, pitido.

Estaba apagada y Dantias se acercó rápidamente a ella, agachándose lo más posible. Solo quedaba una más.

El tercer pilón parpadeó intensamente detrás de él, los guardias estaban ahora paralelos a su posición, a cuatro filas de distancia.

—Ahí estaba otra vez. No me digas que no lo has visto —dijo el otro guardia.

—Sí, esta vez lo he visto —le respondió su compañero, tranquilizándolo.

En ese momento, un tercer guardia, un oficial, se acercó a ellos, cabalgando desde la dirección opuesta y haciendo sonar un silbato. Se volvieron para recibirlo, encendiendo sus linternas para revelar su posición.

—Ahora es mi oportunidad, mientras miran hacia otro lado —pensó Dantias mientras encendía el quinto y último pilón, y esperaba ansioso.

Flash, flash, bip. Flash, bip. Bip, bip.

Se apagó y se detuvo. Rápidamente pasó por delante y se puso de pie, corriendo en la oscuridad. Se podía ver su aliento justo delante de él mientras respiraba profundamente con cada paso.

—¿Qué está pasando? —preguntó un guardia al otro mientras se acercaba.

—Probablemente otra estúpida nueva norma de la duquesa, estoy harto de esa mujer —afirmó bruscamente su compañero.

—¡El chico se ha escapado! Ha noqueado a dos guardias en el palacio y está intentando escapar. ¡La duquesa lo quiere de vuelta, ahora mismo! —gritó el oficial mientras corría hacia ellos con tono muy serio.

—¿Y ahora qué? ¿No se ha acostado a la hora? ¿El niño rico necesita a su mami? —dijo uno de los guardias con sarcasmo.

—Déjalo en paz, de todos modos está mejor lejos de aquí.

La cuarta y luego la quinta torre emitieron un brillante haz de luz al reiniciarse, pitando y volviendo a encenderse. La última torre se atascó al dar media vuelta, lo que hacía parecer que parpadeaba o señalaba ese mismo punto.

—Ahí, mira. ¡La última fila! —dijo el oficial mientras miraba más allá de la torre parpadeante y veía el aliento de Dantias en el aire a lo lejos.

—¡Ahí está! ¡Vamos! —ordenó el oficial de guardias mientras se lanzaba hacia los pilones montado en su quantúm.

—¿Y pensabas que iba a ser una noche tranquila, verdad? —los otros guardias se miraron entre sí, uno asintió y puso los ojos en blanco—. Vamos entonces. ¡Sí, vamos! —dijo mientras daba una patada al costado de su quantum para que pasara de estar parado a correr.

—Oh, tío... ¡esto no pinta bien! —se dijo Dantias en voz alta mientras corría.

Los tres guardias cabalgaron rápidamente en la dirección en la que corría Dantias. Los sensores de los arneses de los quantum parpadearon al atravesar los pilones. Estos sensores funcionaban como un interruptor de seguridad que permitía a los jinetes atravesar los pilones sin activar la alarma. Los sensores eran mucho más difíciles de piratear porque estaban codificados con el ADN y el nombre del jinete. Solo los jinetes quantum especializados de la guardia del palacio recibían uno. Solo había 12 jinetes, 12 sensores en total, y se registraban y contaban cada noche.

Estaban ganando terreno rápidamente a Dantias mientras corría: tenía una ventaja de unos 100 metros. Sabía que no había forma de que pudiera escapar de los guardias, así que rápidamente se tiró al suelo. La hierba llegaba hasta las rodillas en ese lugar, justo en el límite de los terrenos del palacio, antes de dar paso a la tierra arenosa que se encuentra en el resto de la provincia.

—Puedo esconderme aquí si me mantengo agachado y respiro lentamente —pensó, mientras se tumbaba en la hierba, tratando de ralentizar su respiración. Respira hondo, aguanta y exhala lentamente por la boca.

—Respira. Contrólate. Relájate —podía oír la voz de su padre en su mente mientras se calmaba.

—¿Lo ven? ¿Dónde se ha metido? ¡Encuéntrenlo! —gritó el oficial de guardia a los otros dos.

—Esperen, no se muevan —dijo uno de los otros guardias—. busquen su respiración. Miren la hierba.

Detuvieron su quantúm, con los ojos escaneando la parte superior de la hierba, esperando a que Dantias exhalara una pequeña nube de aire.

Dantias se quedó lo más quieto posible. De vuelta en el suelo, miró al cielo mientras controlaba su respiración. Podía oír los pasos del quantum mientras los guardias comenzaban a caminar lentamente en su dirección. Uno de los guardias pasó justo al lado de sus pies, a solo un brazo de distancia. Otro pasó a unos tres metros de su cabeza.

—Eso significa que el siguiente pasará justo por encima de mí en un par de segundos —pensó Dantias para sí mismo.

Al girarse sobre su hombro derecho, pudo ver cómo se movía la hierba a medida que el jinete se acercaba. Sacó un pequeño cuchillo, lo sostuvo en su mano derecha y esperó a que el jinete se acercara un poco más.

Podía sentir cómo la temperatura del aire cambiaba ligeramente debido al calor corporal de la bestia a medida que se acercaba. Dantias clavó la punta de sus botas en el suelo, preparándose para saltar y salir de la hierba.

Dantias saltó, un paso, luego dos, saltó en el aire pasando por delante de la cara del quantúm, el animal se asustó y saltó hacia atrás. Cuando el jinete se giró, sorprendido y un poco asustado, Dantias, en pleno vuelo, se dio cuenta de que era el oficial de guardia del palacio de su madre, uno de los tres capitanes, y se arrepintió de lo que sucedió a continuación, pero la acción ya estaba en marcha y no podía detenerse. Su cuchillo rasgó el lado del cuello del oficial, cortándolo limpiamente, mientras agarraba el hombro opuesto con la otra mano, sacaba al oficial de su quantúm, se deslizaba ligeramente por su cola y aterrizaba sobre el cuerpo del oficial cuando ambos caían al suelo.

—¿Qué...? ¿Qué... has...? —El oficial respiró hondo, pero no dijo nada más mientras se desangraba. Se oyó un fuerte chirrido del quantum del oficial mientras se alejaba corriendo, de vuelta hacia el palacio.

Los otros dos guardias oyeron el ruido y se giraron rápidamente, como un trompo. En un instante, rodearon a Dantias mientras este se arrodillaba junto al cuerpo sin vida del oficial de guardia.

—Vaya, vaya, vaya. ¿Qué tenemos aquí? Parece que estás en un pequeño aprieto, chico —dijo el guardia en tono astuto.

Dantias respiró profundamente, pero controló su respiración y los miró a ambos mientras le rodeaban a una distancia segura.

Respiró hondo otra vez antes de abrir la boca y dar rienda suelta a su ira: —Vamos, acabemos con esto. No voy a volver, tengo que encontrar a Namid, ¡y ni tú ni nadie va a detenerme!

—Eh, eh, eh. ¿De qué va todo esto? ¿Quién? Mira, no me importa a quién estés buscando. Nos han informado de que has acabado con dos guardias en el palacio y ahora has matado a un oficial. ¡Matado! No ha habido asesinatos en estas tierras desde hace cientos de años. Tienes un gran problema, amigo —dijo el guardia mientras él y su compañero se miraban antes de detenerse, uno a cada lado de Dantias, que se había puesto de pie—. Mira, si me dejas ir, te lo compensaré. Si me ayudas a liberarme de la tiranía que se está produciendo en estas tierras, te daré grandes recompensas. Soy el único que puede hacerlo.

¿Están contentos con la vida que llevan ahora? ¿No desean más? Más para ustedes. Más para sus familias. Yo podría ayudarles a no volver a trabajar nunca más como sirvientes. Puedo convertirlos en señores —dijo Dantias con un tono muy convincente y seguro.

—¿Y cómo vas a hacerlo? Tú estás ahí abajo y nosotros aquí arriba. Tenemos nuestras órdenes —dijo uno de los guardias.

—Bueno, él también —dijo Dantias mientras los miraba a los ojos.

Hubo una breve pausa. Los guardias se miraron entre sí y asintieron en silencio.

—Entonces, ¿qué sigue? La duquesa quiere que regreses y, en este momento, el oficial está regresando al palacio —dijo el otro guardia.

—Miren, debo encontrar a Namid —dijo Dantias con frustración.

—Cuéntanoslo entonces —dijo uno de los guardias, indicando a Dantias que explicara lo que había sucedido.

Mientras Dantias relataba los acontecimientos de la noche, un quantum inclinó la cabeza y empezó a masticar hierba.

—Ven, por eso debo encontrarlos —continuó Dantias—, debo encontrarlos antes de que sean desterrados. Entonces, debo levantarme y detener esta tiranía antes de que toda esta tierra se vea afectada por la duquesa.

—Si me ayudan, les doy mi palabra. Todo volverá a estar en orden. Tengo esa autoridad, soy hijo del Gran Maestro Houlton, el difunto señor de la dinastía Houlton. Mi madre, la duquesa, está tomando medidas por su cuenta, y eso no puede ser. Va en contra de todo lo que es bueno y está establecido en la ley —dijo Dantias con gran convicción.

—Está bien, chico. Digamos que te ayudamos. ¿Cuál es tu siguiente paso? —preguntó un guardia.

—Dejen que me vaya y denme uno de sus quantúm. Cabalgaré y me aseguraré de que las tribus nómadas no se vayan. Les contaré lo que ha sucedido. Sé que estarán de nuestro lado. Regresen al palacio y expliquen que no pudieron capturarme. Me defendí de un golpe del oficial de guardia, lo que le causó la muerte.

Dejen el cuerpo aquí como prueba de mi fuga. ¿Conocen la hierba, snake weed? —preguntó.

—Sí, por supuesto. Solía correr por las llanuras cuando era niño —dijo uno de los guardias.

—Busquenla, tritúrenla y llévenla a la cocina del palacio. En el armario, en el segundo estante, hay un pequeño bote de hojalata que contiene té. Este es el té que la duquesa se prepara cada mañana y cada noche —explicó Dantias.

—¿Cómo esperas que entre ahí para hacer todo eso? —preguntó el guardia mientras se reía del plan del chico.

—Solo haz lo que te digo, nunca te descubrirán —le aseguró Dantias.

Durante los últimos años, Dantias no ha estado contento en casa, bajo la atenta mirada de su madre.

No era tan malvado como se podría pensar. Simplemente estaba cansado de toda la política, las reglas y la hipocresía que, en su opinión, su familia proyectaba al mundo.

Muchas veces había pensado y planeado formas de acabar con ese gran estrés y presión, pero nunca había pasado a la acción.

Aunque Santos era como él en todos los aspectos, ahí es donde él y su hermano se separaban. Santos siempre había sido el que seguía las normas, incluso cuando no estaba de acuerdo con los métodos o la forma de hacer las cosas de la dinastía Houlton. Santos era leal y obediente. Dantias, por su parte, siempre había sido más franco, cuestionando e incluso desafiando a la autoridad en ocasiones para encontrar lo que él creía que era una forma mejor de hacer las cosas.

—Solo tienes que entrar en la cocina, ir al armario y, en el segundo estante, poner la hierba serpiente en su té. Haz lo que te digo y todo irá bien. Te doy mi palabra —insistió Dantias.

Uno de los guardias se bajó de su quantum y le entregó las riendas a Dantias.

—De acuerdo, chico, pero si esto sale mal, no voy a responder por ti. Te aplicaremos todo el peso de la ley y el destierro será la menor de tus preocupaciones —dijo el guardia.

Dantias se subió al quantum y, con una rápida patada en el costado, salieron disparados.

—Espero que sepas lo que estás haciendo. Si nos atrapan, será nuestro fin. Tengo familia, ¿sabes? No puedo arruinarlo todo por algo así. ¿Quién cuidará de ellos? —dijo el otro guardia nervioso.

—No te preocupes, déjame hablar a mí. Si sale mal, será culpa mía, no tuya. Pero si ese chico hace lo que creo que va a hacer, tú y yo lo tendremos hecho. No te preocupes —le dijo el guardia a su compañero.

—Vamos, regresemos, vamos.

El guardia se subió al quantum de su compañero y, una vez que compartieron la silla, comenzaron a regresar lentamente al palacio.

Capítulo 10

Dantias cabalgaba tan rápido como su quantum podía correr.

Los quantum son behemoth muy distintos, no solo porque pueden correr tres veces más rápido que una persona, sino porque se han adaptado a la tierra en la que se crían o nacen.

La dinastía Houlton es una zona árida con ocasionales olas de calor de vez en cuando. Los quantum que nacen allí tienen una gran tolerancia al calor y no necesitan beber tanta agua. Sus fosas nasales también se han adaptado y han desarrollado pelos microscópicos y pliegues de piel en el interior de la nariz que impiden que una cantidad excesiva de partículas de polvo entren en sus pulmones.

En las regiones áridas más secas, su piel se hunde ligeramente, lo que les permite retener la humedad y mantenerse frescos durante más tiempo. Aunque son herbívoros, les gusta comer pequeños insectos de vez en cuando, masticándolos con sus dientes traseros, ya que sus dientes delanteros tienen pequeñas ranuras, como pequeñas cuchillas que les ayudan a cortar el follaje mientras pastan.

Los jinetes deben tener siempre cuidado, ya que un pequeño mordisco de un quantum podría hacer que se perdiera fácilmente un dedo.

Afortunadamente, los quantum también tienen la capacidad de ver tan claramente por la noche como durante el día. Sus ojos tienen un segundo párpado, ligeramente más delgado, que los protege durante los días soleados y secos. Por la noche, el segundo párpado se retrae, lo que permite que entre más luz en el ojo, y una membrana en el interior del ojo le proporciona humedad para mantener una visión clara en cualquier circunstancia. Los cuantos no podían ver a gran distancia, pero veían con mucha claridad todo lo que les rodeaba.

Dantias corrió durante toda la noche. Los soles se habían puesto hacía tiempo y la noche era fría. El viento soplaba más frío a medida que Dantias se adentraba en la noche. Sin embargo, no notaba el frío, ya que su mente estaba centrada en una sola cosa: encontrar a Namid y poner fin al destierro.

Cuando llegó al asentamiento nómada en la llanura más lejana, Dantias se sorprendió y se indignó al encontrar la zona completamente vacía. Normalmente, había tiendas de campaña y familias hasta donde alcanzaba la vista.

Este era uno de los asentamientos de los clanes nómadas. Había más clanes, pero nadie sabía realmente cuántos, porque los nómadas no registraban a todos los miembros de sus familias a propósito para mantener un perfil bajo. Dantias conocía el clan de Namid y otros dos, pero había oído historias de su abuelo que decían que había más de quince clanes. Cada clan tenía multitud de trabajadores, comerciantes e incluso guerreros. Aunque no era costumbre en el resto de las dinastías tener guerreros, ya que vivían bajo las leyes de la paz, los nómadas también practicaban las antiguas artes, transmitiéndolas de generación en generación.

Dantias saltó del quantúm, sin soltar las riendas. Arrodillándose en el suelo, buscó huellas, cualquier señal que indicara en qué dirección podían haber ido. Buscó alguna pista, hierba o arbustos rotos, marcas en la tierra, cualquier cosa que le diera un poco de esperanza para encontrarlos.

Los clanes nómadas son expertos en esconderse. Si no quieren ser encontrados, es casi imposible localizarlos. En un instante, todo el clan podía recoger todas sus pertenencias, tiendas y bienes, cargarlos en unos cuantos gigantes y marcharse. Viajaban de tal manera que ocultaban sus huellas, lo que hacía extremadamente difícil seguirlos.

A lo largo de los años, Dantias había aprendido algunas de estas técnicas de la familia de Namid, pero esa noche su mente estaba distraída. No podía concentrarse con claridad; estaba a unos metros de su quantum mientras buscaba frenéticamente en la zona donde antes había estado el campamento. Era tarde, hacía frío, estaba oscuro y él estaba agotado.

El quantum caminaba lentamente masticando algunas hojas de arbustos.

De repente, el sensor del pecho del quantum hizo un clic y emitió un breve pitido.

La oreja de Dantias se giró rápidamente hacia atrás y luego su cabeza se volvió con un chasquido. Dantias corrió hacia él, lo tomó por las riendas y lo acercó a él. El sensor emitía un pequeño pitido, lo que significaba que había un transmisor cerca. Se quitó la prenda exterior, la colocó en el suelo, la sujetó por los extremos, con una mano en cada lado, y la arrastró por el suelo mientras caminaba lentamente hacia atrás. Se movió de lado a lado con un movimiento de barrido por toda la zona donde se encontraba el quantum. La tierra se movió ligeramente mientras él seguía cepillándola y barriéndola. Estaba perdiendo la esperanza, sintiéndose frustrado una vez más, y entonces, al moverse, apareció un pequeño sensor. La pequeña luz roja parpadeaba. Rápidamente se arrodilló para recogerlo, pero al hacerlo, se dio cuenta de que había un fino cordel atado a la parte inferior del sensor. Dantias lo levantó con mucho cuidado. Cuando el hilo se levantó de la tierra, recorrió unos metros y luego se detuvo, atado a algo clavado profundamente en el suelo. Se apresuró a arrodillarse y comenzó a excavar.

Encajado perfectamente, dentro de un hoyo poco profundo, encontró un plato en forma de disco. Sacó el disco del hoyo y le dio la vuelta. Mientras lo sostenía en la palma de sus manos, pudo ver un breve mensaje escrito en él.

—Hemos ido al lugar de encuentro. Oro para que nos encuentres bien. —Tala

Era un mensaje que le había dejado el abuelo de Namid, quien prácticamente la había criado. Sus padres murieron cuando ella era muy pequeña. Lamentablemente, muchos de los clanes nómadas habían perdido a miembros de su familia en aquella época debido a un terrible virus que se había propagado por la mayoría de los clanes.

—Esto no es culpa mía. Yo no los desterré. Fue la duquesa —pensó para sí mismo.

Al mirar hacia abajo, vio un trozo de flecha en el fondo del agujero, que apuntaba directamente hacia delante. Ese debía de ser el camino que habían tomado. Si seguían el camino hacia el lugar de encuentro, un antiguo cementerio sagrado para los clanes nómadas, al ritmo de su gigantesco animal, podría alcanzarlos fácilmente con su quantum. Volvió a subirse al quantum y, con una rápida patada en el costado, salió disparado.

(Tiempo Presente – Guerra Épica)

Santos se encontraba al otro lado de la mesa de reuniones. La mesa que en su día utilizaron su padre y el consejo de Kingmen. Había perdido su brillo. El gran salón también tenía un aspecto muy diferente al de entonces. Hubo un tiempo en que la sala, la mesa y las sillas tenían una gran presencia. Las paredes blancas se habían vuelto de un gris oscuro, los tapices que una vez colgaban de la pared ahora estaban sucios, descoloridos y varios de ellos estaban rotos, con hilos deshilachados en los bordes.

—Reúnanse —dijo el general Santos, mientras los demás miembros del equipo entraban por la puerta.

Hammer, como de costumbre, fue el primero en informar, seguido de Bliss y luego Ace. El Profesor ya estaba de pie detrás de Santos revisando una lectura en su monitor digital.

—¿Qué has descubierto, jefe? ¿Tienes el código para que podamos acabar con estos imbéciles? —preguntó Ace con su tono sarcástico habitual.

Hammer sonrió con aire burlón mientras Bliss ponía los ojos en blanco.

El Profesor se giró y se colocó a la derecha del general Santos, con expresión preocupada. Santos se volvió hacia él y le dio al Profesor la oportunidad de poner al equipo al corriente de lo que estaba sucediendo.

—Puedo asegurarles a todos que vamos por buen camino. Ya hemos descifrado más de la mitad de la señal —explicó el Profesor.

El Profesor miró a Ace directamente a los ojos, indicándole que guardara silencio por un momento, ya que sabía que Ace estaba a punto de hablar. El Profesor continuó.

—Pero hemos descubierto que, a medida que decodificamos, el código de la señal cambia ligeramente. Esto significa que la última parte del descifrado puede llevar un poco más de tiempo, al menos hasta que encontremos el código de persecución dentro del código. De este modo, lo bloquearemos y evitaremos que siga cambiando —explicó el Profesor.

—Gracias por la información. Manténganos al tanto —dijo el general Santos mientras el profesor salía de la sala.

Santos se volvió hacia su leal equipo.

—Mientras el profesor y sus técnicos continúan, tenemos que tener un plan. Una vez que descifremos ese código, podremos apagar la señal y, por fin, tener la ventaja en esta guerra —afirmó.

—O controlarla —dijo Bliss.

Los demás miembros del equipo se volvieron y la miraron con expresión de desconcierto.

—¿Qué quieres decir? —preguntó Santos.

—Dijiste que podríamos apagar la señal una vez que descifráramos el código. Yo solo dije: «O controlarla» —repitió Bliss.

—¿Controlarla? —preguntó Ace.

—Sí, tomar el control. No apagarla. Es brillante —dijo Hammer con una sonrisa.

—Hammer, ¿podríamos hacer eso? Y si podemos controlarla, ¿qué se podría controlar? —preguntó Santos.

—Bueno, en teoría, todo lo que se alimenta de forma remota desde la nave del Príncipe Oscuro —respondió Hammer.

—¿Podríamos controlar la nave en sí? —preguntó Santos.

—Dudo que utilicen un código remoto para la nave. Pero los cazas y las cápsulas veloci —le aseguró Hammer.

—Vale, supongamos que podemos controlar esos veloci-pods. ¿Qué ventaja podemos sacar de ello y cómo la aplicamos?

Quiero decir, ¿solo tenemos un montón de pods dando vueltas, o podemos usarlos como armas? —preguntó Ace.

—Bueno, según tengo entendido por el profesor, podríamos usarlos igual que lo hace el Príncipe Oscuro. Para atacar. Todas las funciones que ellos usan para atacarnos, nosotros podríamos usarlas para atacarlos a ellos —respondió Hammer.

—¡Ahora sí que estamos hablando! ¿Cómo lo vamos a hacer, jefe? —preguntó Ace con gran entusiasmo mientras aplaudía.

—Esto es lo que propongo —explicó Santos mientras desplegaba su mapa digital.

Un mapa digital era como un mapa de papel, pero ligeramente más grueso. Era una tecnología increíble que el Profesor y su equipo habían creado unos años antes. Ofrecía al usuario una vista en dos dimensiones, como un mapa de papel, pero también tenía una función tridimensional que permitía ver las notas, los planos, el terreno y la disposición del área en dos dimensiones. Incluso era posible programar resultados futuros basados en los datos introducidos, creando simulaciones estratégicas de batalla. El general Santos tenía un mapa digital que actualizaba a través del enlace de datos de su brazo. Todo el equipo se inclinó sobre la mesa mientras Santos comenzaba a explicar.

—Como pueden ver, aquí están las colinas justo más allá de la frontera. Quiero que se establezca un perímetro allí. Nuestra inteligencia nos dice que el Príncipe Oscuro aterriza en su fortaleza justo más allá de la cresta entre ataques. Allí repone suministros, actualiza el sistema y recarga y repara los veloci-pods.

Es entonces cuando debemos atacarlo. Mientras están aterrizando, y ni un momento después. Si atacamos mientras actualizan y recargan, corremos el riesgo de que el código cambie y los veloci-pods descarguen el código actualizado, que nosotros no tendríamos —explicó Santos.

—¿Y qué pasa con los guardias y los otros combatientes? Siempre están vigilando mientras reponen existencias —preguntó Ace.

—Ahí es donde entran ustedes —continuó Santos.

—Mientras descienden y están a punto de aterrizar, subimos nuestro código modificado y tomamos el control de las cápsulas y los cazas. Luego, apagamos los cazas y no dejamos que despeguen. Las cápsulas pasan a ser nuestras. Entonces, Hammer y su equipo traerán las cargadoras pesadas, justo al lado de la primera colina desde aquí —dijo Santos emocionado, señalando el mapa digital y mostrando la simulación animada.

—Luego, mientras Hammer crea una distracción con las armas largas, Ace y sus jinetes entrarán desde la otra dirección directamente hacia la estación de aterrizaje del Príncipe Oscuro —explicó Santos.

—¡Pero esa es la zona más vigilada, jefe! Sería un suicidio. ¡Son cuánticos, no tanques, hermano! —exclamó Ace.

—Por eso la misión que Bliss llevará a cabo conmigo es de suma importancia —dijo Santos mientras se volvía para mirar a Bliss.

—Llevaré a las tropas de pies pálidos por la parte inferior de la colina para atraer a los veloci-pods, mientras tú llevas a tus francotiradores por la parte superior de la cresta. Tu equipo nos cubrirá desde abajo, mientras tú te abres paso por aquí —señaló un pequeño túnel a mitad de camino entre las colinas.

—Atraviesa ese túnel y, al otro lado, encontrarás una terminal con un puerto de acoplamiento, uno de los cuatro que hay. Es fácil de ver porque tiene paneles solares en la parte superior. Esas terminales se utilizan para la comunicación —explicó Santos mientras sacaba un transmisor de comunicación modificado para el brazo—. Puedes utilizarlo para conectarte y cargar el nuevo código.

—Si este plan se lleva a cabo correctamente, al segundo, el Profesor tendrá acceso a los veloci-pods. Los cazas aterrizarán, los pods girarán y atacarán. Mi equipo estará en tierra, el equipo de Bliss proporcionará cobertura desde arriba, el equipo de Ace romperá la defensa terrestre del Príncipe Oscuro y luego Hammer cubrirá la retaguardia. ¿Qué les parece? —preguntó el general Santos.

El grupo se miró alrededor de la mesa, sonrió y asintió con la cabeza en señal de acuerdo.

Santos dio una orden más mientras pulsaba el comunicador de su brazo, y los comunicadores del resto del equipo emitieron un pitido.

—Entonces estamos de acuerdo. Les enviamos ahora las estadísticas y la información a los comunicadores de sus brazos.

Tomen esta información, reúnanse con sus equipos e infórmenles de cada parte de este plan.

Recuerden, si lo hacemos bien, podríamos detener este ataque y poner fin a esta guerra. Esto traería de vuelta la paz y la justicia, no solo para nosotros, sino para todos los clanes y dinastías, y el Príncipe Oscuro será derrotado y enfrentará las consecuencias de todo lo que ha engañado, mentido y atrapado. Los mantendré informados sobre el progreso del Profesor, una vez que tengamos ese código, será hora de irnos. ¡Hagamos que funcione, equipo! —dijo el general Santos con autoridad.

El equipo respondió con el habitual —¡Hurra! —mientras golpeaban la mesa con los puños al unísono dos veces.

CAPÍTULO 11

(402 DDGLR - LLANURAS NÓMADAS)

Dantias cabalgó durante toda la noche, mientras el viento arenoso le azotaba la cara.

El primer sol acababa de asomar por el horizonte y las sombras se alargaban. Mientras cabalgaba, pudo ver dos grandes árboles frente a él, a su derecha, que marcaban el lugar de encuentro. Se inclinó hacia el quantum y ambos se deslizaron juntos mientras él seguía cabalgando.

Aunque él y su hermano eran jinetes de quantum dotados, Dantias siempre había sido el mejor jinete de quantúm. Especialmente después de aquella vez en que Santos se cayó de uno. Después de eso, Santos perdió todo interés en volver a montar. El recuerdo pasó por su mente y se rió en voz alta para sí mismo.

Al acercarse, pudo distinguir unos cuantos refugios improvisados con telas. El clan había montado un campamento temporal bajo los árboles sagrados.

De repente, un destello cegador le golpeó los ojos, luego otro, y otro más. Levantó la vista y vio que era uno de los hombres nómadas enviándole una señal de advertencia. Lo había visto una vez antes con Namid, mientras caminaban por las llanuras. Se acercaba un remolino de polvo. En las llanuras, solían ser grandes o múltiples de tamaño mediano.

Se giró y miró por encima de su hombro izquierdo mientras cabalgaba y, efectivamente, allí estaba, justo detrás de él, dirigiéndose directamente hacia él. Sopló y giró mientras se abalanzaba sobre él. Entonces, se dio cuenta de que no era uno, sino dos bastante grandes que estaban a punto de entrelazarse mientras se movían.

Su quantum corrió con fuerza, pero de repente se asustó por el fuerte viento y se detuvo en seco. Dantias salió volando por encima de su cabeza y cayó al aire. Aterrizó de espaldas con fuerza, lo que le dejó sin aliento. Dantias rodó y luchó por recuperar el aliento.

Se impulsó y se sentó de rodillas mientras respiraba profundamente, exhalaba, y volvía a hacerlo una y otra vez.

El quantum chilló mientras corría en dirección opuesta. Los remolinos de polvo estaban a solo 100 metros y el viento lo azotaba mientras le lanzaba arena y tierra a la cara.

El clan se apresuró a asegurar sus pertenencias. Corrieron hacia los árboles y comenzaron a atar lazos y arneses a los troncos, utilizándolos para sujetar y asegurar a los behemoth. Se dice que una fuerte tormenta de arena había arrasado con todo un clan anteriormente: personas, bienes, behemoth y todo lo demás.

Dantias miró al cielo, esperando lo peor. Estaba demasiado lejos para llegar a los árboles y no había forma de que pudiera escapar del remolino de polvo. El viento estaba ganando velocidad, así que se colocó la prenda exterior sobre la cabeza para cubrirse las orejas, la face y los ojos. Cuando intentó ponerse de pie, el viento lo empujó hacia atrás. Podía ver una silueta a través de la capucha que se había hecho y oyó cómo el asustado quantum chillaba mientras la bestia era arrastrada hacia el tornado de arena.

—Yo soy el siguiente —pensó.

En ese momento, dos hombres del clan nómada lo tiraron al suelo, uno agarrándole cada brazo. Habían corrido hacia Dantias justo después de que se enviara la señal luminosa. Enrollaron una cuerda alrededor de ellos y de Dantias y luego clavaron rápidamente en el suelo los ganchos que los nómadas llevaban consigo.

Los ganchos eran una herramienta extremadamente útil para muchas tareas diferentes. Se utilizaban para recolectar frutas y verduras, como ancla para evitar que un behemot se alejara, para trepar a los árboles y, si se ataban al extremo de una cuerda resistente, podían utilizarse en caso de emergencia como ancla en el suelo para evitar que un fuerte remolino de polvo arrastrara o arrastrara a alguien.

Mientras los remolinos de polvo soplaban sobre los tres hombres, Dantias se sintió muy agradecido de que tuvieran dos ganchos con ellos. Mientras el viento azotaba sus cuerpos, se aferraron con todas sus fuerzas, y sus piernas comenzaron a ser arrastradas por los aires. Sus ropas se rasgaron cuando el viento sopló con fuerza sobre ellos.

—¡No lo dejen ir! —gritó uno de los hombres con todas sus fuerzas. Su voz sonó como un susurro en medio de la tormenta.

Pareció una eternidad. La gente se preparó, atando ganchos a los árboles, a los behemoths y cuerdas entre ellos. Entonces, justo en el último momento, cuando los dos remolinos giraron juntos, se disiparon. Los hombres cayeron al suelo.

Dantias permaneció allí tumbado durante un momento, totalmente conmocionado, tratando de entender lo que acababa de pasar, cuando oyó una gran carcajada a su izquierda y a su derecha.

—¡Jajaja, qué bienvenida! —se rieron los hombres mientras se ponían en pie y se sacudían el polvo.

Dantias los miró desconcertado y luego comenzó a reír. Los tres comenzaron a caminar hacia el lugar sagrado de reunión.

Al acercarse, Dantias pudo ver que todos los miembros del clan de Namid estaban allí, sacudiéndose el polvo y asegurándose de que todo estuviera bien y en orden. Algunas personas se ocupaban de los gigantes y los cuantos que aún estaban atados, dándoles agua y calmándolos.

—¡Ahí estás, muchacho! ¡Empezaba a preocuparme por ustedes dos! —exclamó Tala, el abuelo de Namid, mientras se acercaba a ellos.

Tala era una figura impresionante, a pesar de su edad, tenía una complexión fuerte y musculosa. Caminaba con un paso seguro que irradiaba autoridad e inspiraba respeto. Su piel era de un tono blanco moteado y un cálido marrón rojizo. Tenía el rostro curtido, con una mandíbula prominente y gruesa. La mitad de su cara blanca y la otra mitad marrón, pintada en diagonal por el centro dejando la piel alrededor de sus ojos coloreada marrón y sus fosas nasales y monte coloreados de blanco. Sus ojos eran de un azul penetrante, agudos y concentrados, con un toque de bondad que desmentía su feroz aspecto exterior. Su cabello, una melena espesa, antes de color negro azabache, se había vuelto gris con los años. Lo llevaba recogido en una trenza que le llegaba hasta la mitad de la espalda.

Era un protector, un guardián y completamente digno de confianza. Tala amaba profundamente a su nieta y haría cualquier cosa para mantenerla a salvo de cualquier daño. Era ferozmente leal y dedicado a su familia. La pérdida de su hija y su yerno lo había devastado por completo. Esto le llevó a comprometerse inquebrantablemente con el bienestar de Namid.

Cuando Tala estaba presente, los demás no podían evitar mostrarle respeto. Su mera presencia llamaba la atención, y su inquebrantable integridad y fuerza inspiraban admiración en quienes lo rodeaban. Era un líder nato, y tanto jóvenes como mayores buscaban su sabiduría y orientación.

Dantias se acercó y, cuando los otros dos hombres pasaron junto a Tala, le saludaron con la cabeza y él les devolvió el saludo, reconociendo su gran hazaña de supervivencia.

—Sabía que encontrarías el mensaje —dijo Tala con gran alegría. Pero entonces su expresión facial cambió, y Dantias notó que Tala tenía una mirada de desconcierto en su rostro.

—¿Has venido solo? ¿Dónde está Namid? ¿Por qué no la has traído contigo? —preguntó Tala.

—Pensaba que estaba contigo. Había venido a buscarlos a los dos para advertirles de lo que ha sucedido —dijo Dantias confundido.

—¿No has recibido un mensaje de la Alta Duquesa? —preguntó Dantias.

—¿Qué mensaje? No he recibido ninguna noticia ni comunicación del palacio —respondió Tala.

—Si no has recibido ninguna comunicación de los mensajeros del palacio, ¿por qué has venido aquí? —preguntó Dantias.

—Es costumbre que, tras las grandes celebraciones de la Feria del Mercado, nos retiremos aquí durante una temporada. Para descansar y regocijarnos.

Dar gracias al Creador por la familia, las bendiciones y todas las cosas maravillosas que nos ha proporcionado. Es nuestra migración anual —dijo Tala.

Con todo el alboroto y el estrés, Dantias no había pensado en eso. Así es como había sabido del lugar de 'encuentro', ya que había viajado allí con ellos dos años antes. Dantias estaba angustiado.

—Si Namid no está aquí, ¿dónde está? —se preguntaba Dantias.

—Debo contarte lo que ha sucedido. Es urgente, esta noticia, que no te traerá paz —dijo Dantias controlando el pánico en su voz.

—Ven, nos sentaremos a la sombra del árbol y beberemos. Me contarás lo de Namid y todo lo que ha sucedido —dijo Tala con tono nervioso.

Él y Dantias se dirigieron hacia el más grande de los dos árboles cercanos. Tala hizo un gesto a un par de mujeres para que trajeran bebidas refrescantes. Mientras se sentaban juntos, y con el corazón encogido, Dantias contó a Tala y a otros dos ancianos de su clan lo que había sucedido.

Cómo estaban celebrando juntos en la Feria del Mercado y, después del gran espectáculo que habían presenciado, se dirigieron a las estaciones de descanso, y cómo Namid había desaparecido y luego los guardias lo habían atrapado. Relató su historia con todo detalle, todo lo que podía recordar.

Dantias explicó cómo su madre amenazó con desterrar a su clan y a todos los demás clanes nómadas.

Les habló de su ira y de cómo se sentía traicionado por su madre, y de cómo quería luchar contra ella, pero se contuvo.

Habló de su huida a través de los pilones, de los guardias que lo habían atrapado y, con tristeza, del oficial al que había matado en su furia por encontrar a Namid. Luego, cómo tomó su quantum y llegó allí.

—Temo lo peor —dijo Dantias mientras una lágrima rodaba por su mejilla.

—Es una historia muy inquietante, muchacho. Muy inquietante —dijo Tala con el corazón encogido.

—Debemos organizar una partida de búsqueda. Debemos preparar a los hombres para luchar. ¡Para encontrarla! —dijo Dantias con gran urgencia.

—No, esperaremos —respondió Tala mientras los otros ancianos asintieron.

—¿Qué quieres decir con esperar? —preguntó Dantias. Se sentía indignado.

—Namid sabe dónde estamos. Conoce nuestros planes y nuestra celebración anual. Encontrará el camino hasta aquí —dijo Tala con confianza.

—Pero, ¿y si está sufriendo o le están haciendo daño? ¿Y si necesita ayuda? Puede que esté esperando a que la rescatemos en este momento —insistió Dantias.

—Ahora no te necesita. Te necesitaba antes y no estabas allí. Así que ahora esperaremos —dijo Tala.

—¿Me estás culpando por esto? ¿Crees que es culpa mía que la hayan secuestrado? —preguntó Dantias.

—No podemos culpar a quienes se oponen a nosotros, solo a aquellos en quienes confiamos —afirmó Tala.

—¡No es culpa mía que la duquesa enviara guardias a secuestrarla! ¡A mí también me llevaron! —dijo Dantias muy frustrado.

—La ley de tu casa te prohíbe tener una relación romántica con una persona de los clanes nómadas, ¿verdad? —preguntó Tala.

—Bueno, supongo que sí —respondió Dantias.

—No hay nadie a quien culpar, salvo a quien ha faltado al respeto y desobedecido —dijo Tala con expresión severa.

—Yo no he causado nada de esto —refunfuñó Dantias.

—Ya está hecho —dijo Tala, haciendo una pausa y continuando—: Confiaremos en el Creador. Él protegerá y traerá a Namid de vuelta a casa. Mientras tanto, te quedarás con nosotros. Nuestros preparativos y celebraciones continuarán.

No hablaremos de esto con nadie más. Confiaremos y esperaremos al Creador.

Cuando Tala terminó de hablar, los otros ancianos asintieron con la cabeza, luego los tres se volvieron y miraron a Dantias para ver su respuesta.

Dantias los miró a los ojos, lleno de rabia, y apretó los dientes. Sus músculos se tensaron bajo la camisa. Hizo una pausa, respiró hondo, se relajó y luego reconoció que tenían razón. Asintió con la cabeza e inclinó la entre las rodillas.

—De acuerdo, entonces está decidido. Esta noche celebraremos la vida y la familia como clan. Preparémonos —dijo Tala mientras se levantaba, se sacudía el polvo de la ropa y se alejaba.

Dantias se sentó, se secó unas lágrimas del rostro, se levantó y miró hacia la llanura. Esperaba y rezaba para que Namid encontrara pronto el camino hacia ellos, mientras la ira bullía en su interior.

Capítulo 12

(402 DDGLR - Llanuras Nómadas; El Lugar de Encuentro)

Habían pasado dos días desde que Dantias fuera rescatado de la tormenta de arena. El día había terminado, pero la celebración del clan continuaba.

Cada familia había montado su tienda y se había instalado para pasar la temporada mientras comenzaba la celebración. La vibrante y animada celebración reunió a toda la comunidad. Cuando los soles se pusieron en el desierto abierto, el ritmo de los tambores llenó el aire y se oyeron risas y charlas alegres por todo el campamento. El aroma de las especias fragantes flotaba en el aire, mezclándose con el dulce olor del pan «panú» recién horneado.

El clan se había reunido en tres grandes círculos, compartió cuentas de azúcar y bailó al ritmo de la música de las flautas, mientras sus coloridas vestimentas tradicionales se balanceaban al compás. El baile era una celebración de la vida, el amor y la unidad, y cada movimiento expresaba gratitud al Creador por las bendiciones otorgadas a la familia y a la comunidad. A medida que avanzaba la tarde, el cielo nocturno se iluminaba con el cálido resplandor de las antorchas parpadeantes y las estrellas centelleantes, creando un ambiente de unidad en la reunión.

Los niños pequeños jugaban y sus risas se mezclaban con la música, creando una atmósfera de pura felicidad y satisfacción.

Los ancianos se sentaban juntos bajo el más grande de los dos árboles, compartían historias del pasado e impartían sabiduría a los jóvenes que se sentaban a su alrededor.

Luego, al ponerse el sol por última vez, se encendieron las grandes fogatas, como era costumbre en la última noche de la celebración.

Dantias se sentó al otro lado de la más pequeña de las tres fogatas. No encontraba ganas de celebrar en esas circunstancias.

De repente, la celebración se detuvo abruptamente. Namid entró tambaleando en el centro de la reunión. Sus pies se arrastraban por el cansancio, su ropa estaba hecha jirones, su rostro magullado y su nariz sangrando.

Un silencio se apoderó de la multitud y todas las miradas se volvieron hacia ella, con expresiones que mezclaban sorpresa, preocupación e ira. El ritmo de los tambores cesó y el ambiente, antes animado, se volvió repentinamente silencioso, y el aire se llenó de una quietud incómoda.

El rostro de Tala se oscureció por la ira y la frustración mientras se acercaba a su nieta frente a la fogata más grande. Su comportamiento normalmente cálido y amable fue reemplazado abruptamente por una determinación férrea mientras la observaba y evaluaba la situación.

Namid estaba débil y temblorosa, con la mirada baja mientras luchaba por mantenerse en pie. Estaba agotada y destrozada.

En un instante, las mujeres de la comunidad se pusieron en acción. Corrieron a su lado y le ofrecieron consuelo y ayuda. Rápidamente la alejaron del centro de la reunión, sus voces murmurando palabras de tranquilidad y apoyo.

Mientras tanto, los hombres montaron rápidamente sus quantúm, con expresiones decididas mientras se preparaban para salir y asegurar el perímetro del campamento.

Dantias se levantó de un salto y corrió hacia la tienda donde estaban atendiendo a Namid, pero Tala lo detuvo.

—Déjala. Debe descansar. Debes esperar —dijo Tala con severidad.

—Tengo que verla. Debemos saber qué ha pasado, adónde la han llevado. Tengo que hablar con ella —respondió Dantias con insistencia mientras se dirigía hacia la tienda.

Tala lo tomó del brazo y lo miró directamente a los ojos.

—Tú. Esperarás —dijo Tala de una manera que provocó un profundo temor en el estómago de Dantias.

La celebración se había transformado en una escena de urgencia y preocupación, ya que todo el clan se había reunido para garantizar la seguridad y el bienestar de su comunidad. El aire crepitaba con una sensación de solidaridad y determinación mientras se movilizaban para hacer frente a la inesperada amenaza que había interrumpido su pacífica reunión.

(En el palacio, dos días antes) - La noche en que Dantias huyó.

—¿Por qué han tardado tanto? ¿Dónde está? ¿No lo han traído de vuelta? —gritó la duquesa a los dos guardias cuando estos desmontaron de la parte trasera de su quantum.

Eran los mismos dos guardias que habían llegado a un acuerdo con Dantias la noche en que este huyó.

—Hemos buscado por todas partes, duquesa. No lo hemos encontrado —afirmó uno de los guardias mientras el otro asentía con la cabeza.

—¡No sirven para nada, para nada! ¿Tengo que hacerlo todo yo misma? —se enfureció la duquesa.

Los dos guardias se quedaron quietos y recibieron su reprimenda. Era habitual que escucharan cosas de este tipo por su parte. Muchos de los guardias habían escuchado palabras similares de ella. Sin embargo, se había vuelto aún más habitual desde el fallecimiento del gran maestro Houlton.

Santos bajó corriendo las escaleras en cuanto escuchó los gritos en los jardines traseros. Al acercarse, vio que su hermano no estaba allí y que la situación empeoraba progresivamente.

—Organizarás un grupo de búsqueda y, al amanecer, saldrás a buscarlo. ¡Tráemelo aquí y yo misma me encargaré de él! ¿Me has entendido? —La duquesa había perdido por completo la compostura y seguía gritando a los guardias mientras les daba empujones en el pecho.

Santos intervino y tomó la mano de uno de los guardias justo cuando este arqueaba ligeramente la espalda en señal de desafío y comenzaba a levantar el brazo hacia la duquesa.

—Organizaré la búsqueda a primera hora de la mañana, duquesa —dijo Santos mientras estrechaba la mano del guardia—. Buen trabajo, señores, gracias por su excelente servicio esta noche —les aseguró Santos.

—Solo encuéntrenlo —dijo la duquesa con tono severo mientras se daba la vuelta y se marchaba furiosa al palacio, con sus túnicas fluidas arrastrándose detrás de ella.

—Ha sido un día bastante ajetreado, caballeros. Deberían descansar un poco, mañana nos reagruparemos y saldremos con los demás al amanecer —explicó Santos.

—Sí, señor —respondieron al unísono mientras asentían con la cabeza.

Cuando ellos también comenzaron a marcharse, uno de los guardias se volvió y le habló a Santos.

—Diga, mi señor, queda un poco lejos nuestro alojamiento, en el límite del recinto. ¿Me da permiso para pasar y usar el baño? —preguntó el guardia en su tono más cortés.

—Por supuesto, es tarde. Adelante —respondió Santos.

El guardia asintió con la cabeza a su compañero y entró en el palacio. Había un baño justo después del comedor, al otro lado de la cocina del palacio. El guardia se dirigió hacia allí con cuidado y en silencio.

Entró en la cocina, encendió su linterna personal y se dirigió hacia la alacena. Después de abrir cuatro, finalmente encontró lo que buscaba. En el segundo estante había un pequeño bote negro de té molido en polvo, tal y como había dicho Dantias.

El guardia lo bajó y lo colocó sobre la mesita que tenía delante, justo debajo de la alacena, y desenroscó la tapa de hojalata que mantenía el té en polvo dentro.

El guardia metió la mano en el bolsillo interior izquierdo de su ropa exterior. Su mano encontró un pequeño pañuelo y lo sacó de dentro de su capa. Miró por encima del hombro, para asegurarse de que nadie lo estaba observando, y desdobló el pañuelo, revelando cinco ramitas cortas de la snake weed seca. Rápidamente las trituró entre sus dedos, afortunadamente llevaba guantes para que el polvo venenoso no entrara en contacto con su piel. A continuación, lo espolvoreó en el bote y lo mezcló con el contenido del mismo. Cuando terminó, sacudió rápidamente el poco polvo que había caído sobre la mesa, volvió a colocar el bote en su sitio y cerró silenciosamente la puerta del armario. Luego salió lentamente de puntillas de la cocina para volver a salir y marcharse.

Cuando el guardia dobló la esquina, Santos se enfrentó a él. El guardia dio un salto hacia atrás, sorprendido al verlo.

—¿Lo has encontrado? —preguntó Santos.

—¿Encontrar qué? —respondió el guardia tartamudeando.

—El baño. Ibas al baño, ¿no? —preguntó Santos.

—Oh, sí, claro. Solo que me ha llevado un poco más de tiempo, lo siento. Ha sido un día largo y una noche aún más larga, señor —respondió el guardia mientras recuperaba la compostura.

—Por favor, avisa al resto de la tripulación de que mañana saldremos al amanecer —ordenó Santos.

—Sí, se lo diré, mi señor príncipe —respondió el guardia.

Atravesó rápidamente el comedor y salió de nuevo al exterior, donde se encontraba su compañero. Mientras se dirigían a la sala de guardias, le guiñó ligeramente el ojo a su compañero, indicándole que ya estaba hecho.

Santos dobló la esquina y entró en la cocina del palacio, miró a su alrededor brevemente, sin notar nada fuera de lugar, y luego también se fue a su habitación a descansar. Sabiendo que el día siguiente sería largo y estresante.

(A la mañana siguiente, después de que Dantias huyera)

A primera hora de la mañana siguiente, el primer sol, el más lejano, que tenía un brillo violáceo, apareció en el horizonte. Su tono era una mezcla de violeta y magenta, que proyectaba un tono suave y etéreo en todo el horizonte. A pesar de su distancia del planeta, su resplandor era inconfundible, lo que añadía una vista única y cautivadora.

Santos organizó su grupo de búsqueda, formado por varios guardias del palacio y él mismo, para embarcarse en la misión de encontrar a su hermano.

El profesor salió por la puerta lateral y se dirigió hacia Santos. Miró a su alrededor y se dio cuenta de que no había ningún quantum para montar.

—¿Y dónde está mi bestia de dos patas? —preguntó el Profesor.

Santos se giró y miró al profesor por encima del hombro, a punto de subirse a su quantum.

—Lo siento, querido amigo, pero hoy no necesito tus servicios. Te necesito aquí por si Dantias regresa antes de que volvamos. No puedo dejarlo solo con la duquesa, ¿verdad? —dijo Santos.

—Supongo que no. Además, ya sabes que no me gusta montar estas bestias. ¿Por qué insistes en que te acompañe? —dijo el Profesor con tono sarcástico.

—Bueno, ponte en marcha, tu hermano te lleva un día de ventaja. ¿Sabes siquiera dónde buscar? —preguntó el Profesor.

—Tengo una idea de dónde encontrarlo —dijo Santos.

—¿Por dónde irás primero? —preguntó el Profesor.

—Tengo la sensación de que puede estar más allá de las torres de alta tensión, hacia la selva tropical, las tierras del reino de Aprosmarteus —dijo Santos.

—Buena idea, parece que estos días aceptan a cualquiera. Será mejor que te des prisa, una vez que termine la feria del mercado, los caminos y las carreteras de allí estarán llenos de viajeros que regresan a casa —dijo el Profesor.

—Sí, señor —dijo Santos mientras se ajustaba los guantes derecho e izquierdo antes de pasar la pierna por encima del asiento de cuero en la parte trasera de su bestia.

—Hombres, camaradas. Como saben, tenemos órdenes de encontrar a mi hermano. Tráiganlo de vuelta aquí sano y salvo y ayuden a restablecer el orden en el palacio. Esto no es un paseo. No es momento para juegos. Espero su máxima atención, ayuda y respeto. ¿Queda claro? —declaró Santos con tono firme.

—Sí, señor —respondieron los jinetes al unísono.

—Pongámonos en marcha, pues, y dejemos atrás este asunto —gritó Santos mientras partían.

Al salir por la puerta trasera, Santos condujo a los jinetes hacia el este, en dirección a las tierras selváticas del reino de Aprosmarteus, tal y como le había dicho al Profesor.

Sin embargo, Santos sabía que su hermano no estaba allí, sabía perfectamente dónde estaba Dantias. Santos sabía que Dantias estaba en el norte, con los clanes nómadas. El lugar al que su hermano se había escapado tantas veces antes.

Aunque Santos no estaba seguro de la relación de Dantias con Namid, sabía que su hermano pasaba mucho tiempo con ella y su clan.

Su plan era sencillo, pero noble. Cabalgaría hacia el este y luego daría la vuelta hacia el norte, hacia los territorios nómadas. Siempre estaban por allí en esa época del año y, si se desplazaban o migraban, solían ir hacia el este, lo que permitiría a Santos y a su grupo de búsqueda cruzarse con ellos.

Santos intentaba mantener la reputación de su hermano, aunque la mayoría de las veces no estaba de acuerdo con sus decisiones.

Lo único era que, para seguir ese camino, su viaje los llevaría a través de densas zonas de matorrales, un laberinto de terreno rocoso, donde habría varios obstáculos potencialmente peligrosos.

CAPÍTULO 13

Santos y sus compañeros, los guardias del palacio más fuertes y mejor entrenados, mantuvieron un ritmo constante mientras seguían el camino llano que rodeaba los límites del palacio. Ya habían pasado los pilones más alejados, al este del recinto. Santos lo hizo para que la salida quedara registrada en el registro de seguridad de la sala principal. A continuación, comenzó a girar lentamente para volver hacia el norte.

—Oye, jefe, ¿no vamos en la dirección correcta si quieres ir a ver a esos locos? —preguntó uno de los guardias que iba al final del grupo. Casualmente, era uno de los guardias que había encontrado a Dantias el día anterior y había ayudado a colocar la hierba venenosa en la caja de té destinada a la duquesa.

Santos redujo la velocidad y se dio la vuelta, dejando que los demás lo alcanzaran, ya que les llevaba seis pasos de ventaja.

—¿Qué has dicho? —le preguntó Santos cuando se acercaron.

—He dicho que si quieres llegar a la tierra de los loquillos, este no es el camino, nos estás desviando —respondió el guardia.

Los 'loquillos' a los que se refería eran los que vivían en el reino de Aprosmarteus, una tierra para todos aquellos que no encajaban. Los guardias solían llamarlos salvajes o loquillos entre ellos, ya que eran personas que no seguían ninguna regla establecida.

—Sí, tienes razón —dijo Santos—. No nos dirigimos hacia la selva tropical. Tengo motivos para creer que mi hermano no está allí, sino que se ha dirigido al norte, hacia los territorios del clan nómada.

—Está bien, pero ¿por qué no nos dirigimos allí desde el principio? Si nos llevas por este camino, tendremos que pasar por la zona minera, que es un terreno rocoso y nos llevará más tiempo. Además, como supongo que sabes, hay manadas de esos terribles 'dragones sombru' sobre la cordillera minera —dijo el guardia cuando alcanzaron a Santos y todos se detuvieron.

—Lo entiendo, pero no debería haber ningún problema, viajamos ligeros, lo que significa que podemos escapar de ellos, y no hay muchos en esta época del año, los mineros informaron de muy pocos avistamientos y apenas hay peligro.

Las cosechas mineras han sido las mejores en años —dijo Santos.

—Bueno, tú eres el jefe. No me gusta, pero da igual —dijo el guardia.

—¿Dónde está tu espíritu aventurero, hermano? Viajamos a la luz del día y es temprano. No nos buscarán ni nos molestarán. Estaremos bien —le tranquilizó otro guardia.

'Dragón sombru' es el nombre que la gente le dio a un animal rápido y ágil con escamas negras, uno de los behemoth más pequeños, que significa «depredador de las sombras». Sus escamas absorbían la luz, lo que les daba un aspecto sombrío.

Nadie sabía quién acuñó el nombre primero, si el clan minero Asno, el clan Clydesdale o uno de los clanes mestizos.

Los dragones sombru son pequeñas criaturas esbeltas con cuerpos fuertes, lo que les permite moverse rápidamente por la maleza. Tienen colas largas que les ayudan a mantener el equilibrio y garras afiladas y curvas que les facilitan la escalada. Los dragones sombru tienen una cabeza estrecha y alargada con ojos inteligentes y agudos con un toque de ámbar en la oscuridad, lo que les permite ver fácilmente en las oscuras minas y cuevas. Para un Equanitano, la criatura le llegaba aproximadamente a la rodilla. Sus mandíbulas estabas alineadas con dos filas de dientes afilados y serrados, una fila en el interior y otra que se veía en el exterior de la boca, y tenían un agudo sentido del olfato y del oído. Eran cazadores fuertes que podían derribar presas mucho más grandes que ellos con una habilidad precisa.

A pesar de su aspecto feroz y su naturaleza depredadora, el dragón sombrío también era conocido por su comportamiento social. Podía imitar varios cientos de sonidos, gracias a sus fosas nasales resonantes y su cámara vocal, haciendo que su voz fuera casi idéntica a la de otros animales, y utilizaba estos sonidos para tender trampas a sus presas, engañarlas y convertirlas en su próxima comida. Eran criaturas inteligentes e ingeniosas, que utilizaban su astucia y agilidad para burlar tanto a los depredadores como a las presas en su denso hábitat de matorrales.

A medida que avanzaba el día, el segundo sol brillaba con fuerza y se aventuraron más cerca de las cuevas y las minas. Santos sabía que, cuando el camino diera la vuelta, tendrían que abandonarlo para continuar hacia el norte, lo que los llevaría a subir y cruzar las colinas donde el clan Asno había construido sus hogares.

Santos se adelantó y los condujo por un camino lateral para no llamar la atención sobre sí mismo ni sobre el grupo. Lo último que quería en ese momento era que los mineros los vieran y tener que detenerse a explicar por qué estaban pasando por allí.

El clan minero Asno era gente seria a la que le gustaba meterse en los asuntos de los demás. Aunque eran genuinamente amables, eran entrometidos y cotilleaban bastante. Si alguna vez se quería difundir una noticia o asegurarse de que uno de los pergaminos se compartiera con otros clanes, solo había que asegurarse de que el clan Asno se enterara, y la información se difundiría por toda la dinastía.

Sorprendentemente, también eran muy precisos cuando compartían la información. Tenían un don para el análisis y para memorizar fechas, horas e información específica.

El padre del Profesor era del clan Asno, lo que explica su talento para tomar notas y no olvidar nunca un solo dato.

Santos redujo la velocidad para asegurarse de que los demás lo alcanzaran. Quería estar seguro de que todos estuvieran juntos mientras pasaban por las cuevas, subían y bajaban las colinas y atravesaban la espesa maleza. Cuando los demás se acercaron, todos aflojaron las riendas, permitiendo que sus bestias descansaran un poco antes de continuar. Los quantum bajaron la cabeza mientras pastaban en la hierba más alta y los arbustos.

—¿Ves algo en la colina o sobre ella? —preguntó Santos a uno de los guardias, que acababa de mirar a través de sus gafas de escaneo digital.

—No veo nada, salvo a unos cuantos mestizos fumando en pipa, junto a la boca de una de las minas —señaló—. Parece que están tomando un descanso.

—Vagos —dijo el guardia mientras comenzaba a reír. Todos, excepto Santos, se rieron y sacudieron la cabeza.

—Quiero decir que estoy contento y agradecido por todo el metal que sacan de allí y por todas las cosas útiles que pueden fabricar, bueno, entre ellos y el clan Clydesdale. Pero, caray, hermano, se pasan mucho tiempo sentados —dijo otro guardia mientras seguían riéndose.

—Vale, ya basta. Concentrémonos en la tarea que tenemos entre manos. Permanezcamos juntos, no vayamos demasiado despacio. Si alguien ve algo, que lo diga. Hagamos este cruce rápido y sin problemas y lleguemos al otro lado de esa cresta antes del eclipse —dijo Santos.

En realidad no había una sola cresta, sino tres. Una cresta donde se podían ver las bocas de las cuevas, allí se encontraban las entradas a las minas.

Varias eran entradas naturales a cuevas, que el clan Asno utilizaba para adentrarse en las colinas y excavar en profundidad para extraer los metales y las piedras preciosas del interior. Otras aberturas tenían vigas metálicas y puertas de madera, entradas creadas, excavadas e incluso algunas abiertas con pequeños explosivos, creando una entrada a las colinas. También se podían ver varios pequeños senderos y caminos que entraban y salían de las cuevas y las colinas, caminos que el clan Asno seguía con sus gigantes, tirando de los carros llenos de las piedras y metales preciosos que cosechaban allí.

—Vamos, muchachos. No llamen la atención y manténganse alerta. ¿Todos tienen sus bastones eléctricos listos, por si acaso? —preguntó Santos.

—Sí, señor. Listos —respondieron los guardias.

Cada uno dio una ligera patada a su respectivo quantum y se pusieron en marcha, trotando y subiendo luego a la primera cresta.

Los hombres Asno no se percataron de ellos al pasar en la distancia. Estaban relajados y disfrutando de una partida de jinxbrum, un tipo de juego de cartas que les gustaba jugar.

También se podía ver a varios trabajadores del clan Asno encendiendo unas antorchas colgantes y media docena de antorchas de mano que colgaban fuera de las cuevas. Aunque era de día, se acercaba la hora en que los soles y las lunas se alineaban y se cruzaban, creando un eclipse diario de unas dos horas, nunca era una hora exacta debido a la órbita alargada del planeta alrededor del segundo sol más grande. Aunque se podía ver y no estaba completamente oscuro como de noche, se oscurecía lo suficiente como para necesitar una linterna de mano o una antorcha si se estaba en el campo y no en la ciudad.

A medida que subían por la primera colina, el terreno parecía cambiar ligeramente. La hierba era un poco más alta, la maleza un poco más espesa y la siguiente colina frente a ellos marcaba ahora una silueta lentamente curvada en la distancia. La maleza enmarañada parecía poner a prueba su resistencia mientras el quantum se abría paso entre los matorrales espinosos y las raíces retorcidas. El behmoth de piel gruesa pasó del trote al paso, esforzándose un poco más para atravesar la maleza que ahora les llegaba hasta las caderas. Las tiras de cuero en las piernas de Santos y los guardias los protegían de las espinas punzantes y la hierba espinosa.

El grupo de búsqueda avanzaba con cautela a través de la maleza y la hierba más densas. Sus sentidos se agudizaron por el inquietante silencio que los rodeaba. Lo único que se oía era el susurro de la hierba cuando el viento soplaba a través del valle poco profundo entre las colinas. Los soles y la primera luna se alinearon en perfecta armonía, y luego les siguieron la segunda y la tercera luna, dejando un largo valle sin sombras frente a ellos.

—Enciendan las linternas —dijo Santos. En secreto, cuestionaba su decisión, ya que había olvidado calcular el apagón diario.

—Todo irá bien —susurró entre dientes.

De repente, el silencio tranquilo y ventoso se rompió con un grito agudo. Sonaba como si un cuántico bebé estuviera llamando a su madre, como si estuviera atrapado en un agujero, una trampa o en algún tipo de peligro.

Todos los quantum se lanzaron hacia el grito. Santos tiró de las riendas, deteniendo a su quantúm, pero tan pronto como relajaba la tensión ligeramente, la bestia se lanzaba de nuevo hacia adelante, empujando hacia los gritos.

El chillido se hizo cada vez más fuerte. Las hembras quantum del grupo también comenzaron a gritar. Los quantum se agitaban cada vez más, empujando y buscando. Cada vez era más difícil contenerlos y controlarlos.

Entonces, de repente, antes de que pudieran reaccionar, unas formas oscuras y diabólicas emergieron de entre la maleza.

—¡Dragones Sombru! ¡Están saliendo del valle! ¡Mira! —gritó uno de los guardias.

Encendieron frenéticamente sus linternas de mano para intentar ver dónde estaban y cuántos eran.

Sus escamas de obsidiana se fundían a la perfección con el día eclipsado. Sus ojos oscuros reflejaban una luz ámbar en la hierba. El pánico y la adrenalina se apoderaron de Santos y del resto del grupo de búsqueda mientras se apresuraban a prepararse para defenderse del rápido ataque de las criaturas de otro mundo.

Todos los quantum chillaron con un sonido terrible mientras levantaban la cabeza y comenzaban a correr en dirección opuesta.

—¡Permanezcan juntos, síganme, giren hacia mí! —gritó Santos tratando de poner orden en el caos instantáneo.

Los dragones se lanzaron contra el grupo de búsqueda, elevándose fácilmente por encima de las espaldas de los quantum. Con una velocidad feroz y una intención mortal, continuaron atacando, uno tras otro.

Como una bandada de pájaros migrando o escapando de una tormenta, los quantum comenzaron a correr juntos. Santos a la cabeza de la V, dos jinetes a su derecha, dos a su izquierda y tres alineados detrás de él, corrieron en diagonal hacia la siguiente cresta. Se oían sonidos de mordiscos y zarpazos justo detrás de Santos, los dragones sombru intentaban morder los pies de los quantum. Entre la espesa hierba, las raíces que sobresalían de la maleza y los dientes y garras de los dragones, uno de los cuantos tropezó, casi cayéndose.

Cada uno de los guardias sostenía con firmeza sus bastones eléctricos en las manos, listos para golpear y electrocutar a los pequeños demonios. A medida que los dragones sombru saltaban y salían de la hierba, de vez en cuando un guardia entraba en contacto con uno de ellos, electrocutándolo y provocando que cayera al suelo gritando. El quantum soltó gritos espeluznantes, con una cadencia casi rítmica. Con el corazón latiendo con fuerza y la adrenalina corriendo por sus venas, siguieron cabalgando. Luchando y golpeando con todas sus fuerzas. La cresta estaba justo delante, y se podía ver un destello de luz púrpura alrededor del sol mientras las lunas lo cubrían, superponiéndose unas a otras.

Santos, mirando hacia adelante, gritó a sus hombres.

—Un poco más, entonces tendremos ventaja, ¡vamos! —resonó su voz.

Entonces, tres dragones sombru se deslizaron entre la maleza como peces en el agua. Se oyó un chillido cuando dos de ellos saltaron por los aires hacia uno de los guardias que cabalgaba hacia la parte trasera de la formación. Un cuarto dragón mordió la pata de su quantum, haciéndolo tropezar, mientras los otros se aferraban a la espalda y al hombro izquierdo del guardia, que gritó aterrorizado cuando las garras se le clavaron en la columna vertebral y las costillas. De repente, un quinto dragón sombru se aferró a la gruesa pata trasera del quantúm, sin poder perforar su piel, pero haciéndolo tropezar y caer. Los dragones sombru trabajaban en perfecta sincronía como un equipo de ataque, nada podía detener su poderoso ataque.

Los otros guardias patearon frenéticamente a sus propios quantum para que corrieran más rápido, pero fue inútil, los dragones sombru estaban sobre ellos. Otros dos saltaron de la espesa hierba, golpeando de lado a otro guardia y derribándolo al suelo. Dos dragones más corrieron desde atrás y la manada comenzó a morder y desgarrar la ropa y la carne de las piernas y el cuerpo del guardia.

Santos gritó: —¡Más rápido, síganme!

El destino del grupo de búsqueda pendía de un hilo mientras se enfrentaban a los aterradores dragones sombru, los jinetes luchaban por sus vidas.

Al llegar a la cima de la segunda cresta, los guardias se reunieron alrededor de Santos, tres de ellos habían desaparecido. Miraron hacia el valle y pudieron oír los chillidos emocionados y alegres de la manada de dragones sombru mientras se daban un festín con los caídos. A lo lejos se veía a un quantum solitario que corría de regreso, en dirección al palacio. Su silueta se veía alejarse en el horizonte mientras la primera luna salía de su eclipse con los soles y el cielo se volvía un poco más brillante. Una larga sombra quedaba sobre este valle de la muerte, donde se oían gemidos mientras los pequeños monstruos devoraban a sus presas, vivas. Santos bajó la cabeza mientras se daba la vuelta e indicaba a su mento que hiciera lo mismo.

—No hay nada que podamos hacer, sigamos adelante —dijo Santos. Contándose a sí mismo, ahora eran cinco en el grupo de búsqueda. Todos se sentaron solemnemente por un momento, con los hombros caídos, bajando la guardia.

Con un chillido espeluznante, otro dragón sombru saltó de entre la maleza, este era bastante más grande que los demás. Agarró el brazo de Santos y lo tiró de su quantúm.

Los demás behemoth saltaron y patearon, casi tirando a sus jinetes al suelo. Los hombres se apresuraron a recuperar el control de las riendas. Santos se puso rápidamente en pie, examinó brevemente su brazo y vio que solo tenía la camisa rasgada y un rasguño que le hacía sangrar un poco sobre la ropa y luego gotear al suelo. —¡¿Dónde se ha metido?! —gritó Santos, mientras los otros jinetes rodeaban su posición.

Sus bestias se habían asustado y habían huido de su posición.

—¡No lo veo, jefe! —gritó uno de los guardias.

Santos silbó a su quantum, con el que tenía un vínculo especial, ya que lo había entrenado y montado antes. El quantúm, que había huido hacia la siguiente cresta, levantó la cabeza y comenzó a correr fielmente hacia la ubicación de Santos.

Entonces se oyó otro llanto parecido al de un bebé en la lejanía. Los guardias se reunieron alrededor de Santos, esperando a que los pequeños monstruos regresaran. Nada. El llanto se hizo más fuerte. Entonces, ¡clic, clic, chirrido, chirrido, chillido! Uno de los guardias montados vio a lo lejos seis o siete cabezas de dragón asomando entre la maleza, desde donde se alimentaban de sus compañeros caídos. Otro guardia vio una larga cola que se acercaba rápidamente a través de la maleza y la hierba alta detrás de ellos. Parecía que el dragón sombrío más grande los estaba llamando a todos para que se acercaran al lugar donde se encontraban, listos para atacar y volver a darse un festín. Se acercaban rápidamente, corriendo a través de la hierba y la maleza, sin hacer ruido alguno. El único sonido que se oía era el de las ramas rompiéndose y la hierba susurrando.

—¡Monten! ¡Vayan ahora! —gritó Santos.

—¡No podemos dejarlo aquí, señor! —gritó el guardia.

—¡Dije que se vayan! ¡Ahora! ¡No hay tiempo! —ordenó Santos.

Los guardias se miraron horrorizados, asintieron con la cabeza, patearon a sus quantum y salieron corriendo. Los dragones sombru se acercaban a la posición de Santos, podía oírlos venir. Uno de los dragones sombru se abalanzó sobre Santos. Su silueta se distinguía en el cielo, como una elegante bailarina de ballet que se abalanzaba sobre él volando en lo alto. Mientras caía, con las garras y los dientes listos para destrozar la carne, Santos extendió el brazo izquierdo y agarró al quantum, que no había dejado de correr hacia él. Santos se subió a la espalda de su behemoth justo cuando el demonio negro aterrizaba, en el mismo lugar donde él estaba.

Uno de los guardias que huía miró atrás, vio el milagro y gritó:

—¡Así se hace, mi señor, woohoo!

Santos hizo girar al quantum en un círculo cerrado, sin reducir la velocidad en absoluto. El más grande de los dragones sombru estaba justo detrás de él, y los otros siete se unieron rápidamente a la persecución. No se trataba de un entrenamiento o una práctica de equitación; un solo error y Santos sabía que se uniría a sus compañeros caídos. Corrieron; corrieron con todas sus fuerzas. Los demás estaban a unos cien metros por delante de él.

—No pasa nada —se dijo Santos.

—Mejor yo que ellos —pensó.

Los otros guardias siguieron cabalgando, mirando atrás y reduciendo la velocidad, observando con terror cómo los dragones se acercaban a Santos.

—¡Sigan adelante, no miren atrás! —gritó Santos.

Los implacables depredadores se acercaban a él, con sus ojos salvajes casi brillando en la tenue luz de las lunas eclipsadas. Santos instó a su gigantesco animal bípedo a ir más rápido, el sonido de sus patas, crujiendo entre la maleza, se podía oír junto con los latidos de su propio corazón. No se atrevía a soltar las riendas y alcanzar su bastón de rayos, era demasiado arriesgado. La persecución parecía interminable, Santos no prestaba atención a la dirección en la que corrían, seguía cabalgando con todas sus fuerzas. Todos los músculos de su cuerpo se tensaron mientras intentaba superar a los implacables cazadores.

El más grande de los dragones sombru estaba ahora justo a su derecha. No podía atrapar al quantum, pero cualquier resbalón o paso en falso significaría el fin.

A su izquierda, tres dragones sombru más pequeños también los habían alcanzado. Giró las orejas hacia atrás y pudo oír a los demás gruñir detrás de él. Parecía haber un resplandor inquietante sobre el paisaje cubierto de hierba mientras los depredadores acechaban a su presa. La persecución parecía una pesadilla: quería despertar, pero fue en vano. El corazón de Santos latía con fuerza por el miedo.

De repente, con un zarpazo y un mordisco de los monstruos, el quantum gritó cuando le mordieron parte de la cola, aunque el leal gigante no dejó de correr. Ahora no estaba claro si el quantum corría por Santos o para salvar su propia vida. La hierba se hacía cada vez más alta y espesa. Los compañeros de Santos mantenían un ritmo constante, pero él se estaba acercando aún más a ellos.

—¿Podría ser que mi quantum corriera aún más rápido? —pensó para sí mismo. Eso tendría sentido debido a la situación literal de vida o muerte que les pisaba los talones.

Volaron por encima de la siguiente cresta, la espesa maleza se había convertido en una hierba alta y suave, que ahora llegaba hasta los hombros de los jinetes montados.

De repente, se oyó el sonido de cuernos a lo lejos. Santos miró rápidamente a su alrededor tratando de averiguar de dónde venía el sonido.

De nuevo, se oyó un fuerte y resonante sonido de cuerno.

Los dragones sombru saltaron y atacaron al quantum una vez más, que chilló aterrorizado. Entonces, de la nada, a una velocidad vertiginosa, una lanza pasó rozando el hombro de Santos y se clavó en el cuello de uno de los dragones que lo perseguía. Una lanza, luego otra, era como una avalancha de puntería precisa. ¡Santos no podía creerlo! Al girarse y levantar la cabeza, pudo ver a tres, no, cuatro jinetes del Reino Bisonteus dirigiéndose directamente hacia él.

Con todo el caos, sin darse cuenta, habían cabalgado mucho más al norte y se habían adentrado en las praderas del Reino de

Bisonteus, donde Lord Hyram II había servido fielmente como Kingmen durante muchos años.

Santos siguió recto mientras cabalgaba y los jinetes Bisonteus lo adelantaban, sin siquiera mirarlo. Estaban concentrados en su enemigo común, los dragones sombru. Estos pequeños monstruos no eran rivales para el valiente clan guerrero, que los había derrotado con facilidad en repetidas ocasiones. Santos finalmente alcanzó a sus compañeros, que ahora avanzaban a paso lento, permitiendo que su quantum recuperara el aliento. Santos también siguió su ritmo. Se sintieron aliviados al darse cuenta de que ahora estaban a salvo.

Otros dos jinetes Bisonteus se acercaron a ellos. Una gran sombra cubrió a los jinetes a medida que se acercaban. Uno de los guardias de Santos miró hacia arriba y vio una silueta que cubría los soles.

—¡Miren eso! —dijo sorprendido.

Los demás miraron hacia arriba, protegiéndose los ojos del sol con un Tyrianciacol, bastante más grande que los que Dantias había visto en la Feria del Mercado, que volaba sobre ellos.

Mientras Santos y sus hombres se sonreían entre sí, él miró hacia adelante y reconoció un rostro familiar: uno de los jinetes era Kiowa, el hijo mayor de Lord Hyram II.

—Parece que está lejos de sus tierras, príncipe —dijo Kiowa mirando a Santos y evaluando la situación mientras se acercaban.

El Tyrianciacol dio la vuelta y descendió lentamente, posándose en una percha montada en la parte trasera de la silla de Kiowa, dando la impresión de que el propio Kiowa tenía alas, y el viento que generaban sus alas movía toda la hierba que los rodeaba.

—Así parece, amigo mío —respondió Santos—. Nos hemos desviado del camino debido a toda la emoción.

Debo decir que tienes un compañero bastante impresionante, amigo mío.

—¿Él? —dijo Kiowa con una sonrisa, volviéndose y dándole al behemoth alado un pequeño bocado que sacó de una bolsa de cuero atada a su cinturón.

—No sabía que los Tyrianciacol más grandes se podían entrenar —dijo Santos.

—Los llamamos Quetzal-Tate, que significa dragón del viento, y este ha estado conmigo desde que era solo un polluelo. Los entrenamos y criamos, ¿sabes? —dijo Kiowa con orgullo.

Mientras Santos miraba más allá de los musculosos jinetes y su increíble compañero alado, buscaba las barreras terrestres. Altos postes de madera con banderas rojas o azules en la parte superior, colocados cada varios cientos de metros, marcaban la separación entre los reinos.

—No veo los marcadores fronterizos por aquí —preguntó Santos.

—Eso es porque los pasaste hace más de un kilómetro y medio. Nuestros exploradores te vieron venir a toda velocidad. Pensamos que tenías compañía que quería unirse a ti para cenar —se rio el guerrero Bisonteus.

—Bueno, estamos muy contentos, incluso bendecidos, por tu ayuda. Tres de nuestro grupo han caído, justo allí atrás, más allá de la segunda cresta —explicó Santos.

Para entonces, los otros jinetes estaban llegando, apareciendo detrás de ellos.

—Lo siento mucho —dijo Kiowa con tono sobrio. Luego se volvió y habló en un dialecto de su idioma a los demás miembros de su clan, quienes a su vez sacudieron la cabeza con expresión solemne.

—¿Qué hacen aquí, sin avisar? —preguntó Kiowa.

—Bueno, es una larga historia, pero en resumen, estamos buscando a mi hermano. Se fue y la duquesa nos ha enviado a buscarlo —respondió Santos.

—Parece que tu plan no está saliendo como esperabas —afirmó Kiowa.

—¿Por qué no vienes con nosotros, comes y descansas? No puedes seguir así —dijo señalando al grupo de búsqueda.

—Sería muy amable de su parte, le estaría muy agradecido —respondió Santos.

—¡Tonterías, se lo deberá a mi padre! —dijo Kiowa mientras todos se reían.

—Muchos de nosotros acabamos de regresar de las presentaciones que nuestro clan hizo en la Feria del Mercado. Es un momento agradable para estar en el campamento. Vengan con nosotros —les dijo Kiowa mientras se daba la vuelta y se dirigía en la dirección de la que había venido.

Dijo algunas palabras en su lengua materna, y al instante dos de los jinetes echaron a correr a sus quantum y cabalgaron a toda velocidad de regreso a su campamento.

—Debo encontrar a Dantias antes de que las cosas empeoren aún más. Hombres, algunos de ellos padres, y todos ellos compañeros, han perdido la vida por su egoísmo. Estamos bastante lejos del camino, pero me alegro de estar con estos hombres —pensó Santos para sí mismo.

Cuando la última de las lunas salió del eclipse y continuó su órbita, se pudieron ver columnas de humo elevándose en la distancia. Eran los fuegos del campamento de los Bisonteus.

Kiowa con sus guerreros y Santos con los guardias restantes cabalgaron uno al lado del otro hacia el campamento. Aliviados pero sobrios, continuaron su camino.

Bisonteus Realm

Capítulo 14

Mientras Santos y sus hombres seguían a los guerreros bisonteos, se adentraron más en el Reino.

Después de aproximadamente media hora de cabalgada, a un ritmo tranquilo, se encontraron con unas casas de adobe, cuyos tonos terrosos se integraban perfectamente con el entorno natural.

Aunque el campamento no tenía calles pavimentadas ni señales, estaba organizado, limpio y era tranquilo. Se percibía claramente un sentido del orden y un propósito en su diseño. Los sonidos de las risas y las conversaciones llenaban el aire, acompañados por el ocasional gemido prolongado de un behemoth o el chillido alegre de un quantum.

El paisaje que rodeaba el campamento era más llano, lo que permitía ver tan lejos como alcanzaban los ojos, sin ninguna interrupción en el horizonte. Solo había unos pocos grupos de grandes árboles de coalatia, que se cosechaban para obtener una miel especial. Las llamativas siluetas de varios dragones del viento se podían ver en las copas de los árboles mientras batían sus alas en la distancia, interrumpiendo lo que de otro modo sería una vista panorámica en blanco.

—Hay tantos y tan cerca de su campamento. ¿No les molesta? —preguntó Santos.

—Para nada. Compartimos los árboles con ellos. Sin embargo, hay más de lo habitual, ya que es la temporada de apareamiento. Bajan de sus madrigueras en el lejano norte y se aparean aquí, en los árboles. Intentamos no cosechar mientras hay tantos, pero emigrarán al norte en unos días. No te preocupes, amigo mío —explicó Kiowa con una sonrisa.

A medida que el grupo se acercaba al campamento, los hombres se maravillaban ante los intrincados detalles artesanales de cada casa. Muchas estaban adornadas con vibrantes símbolos de la herencia del clan. El campamento bullía de actividad, con las familias realizando sus tareas diarias en un ritmo casi perfecto y armonioso que hablaba de generaciones de tradición y espíritu comunitario.

Los corrales al otro lado del campamento estaban llenos de los behemoths más ejemplares. Los quantum y los behemoths de este reino eran físicamente similares, pero no había duda de qué animales eran, ya que tenían diferencias en su apariencia. La diferencia más obvia era que eran más grandes y tenían colas más largas que los quantum y los behemoths del reino de Equiantus. Su piel también era ligeramente diferente. Aquí, los quantum tenían un ligero tono azulado en la piel, mientras que los del reino de Santos eran más bien de color arena. Probablemente esto se debía a que aquí la hierba era más espesa, más alta y mucho más abundante que en otros reinos, ya que aquí no faltaba agua ni vegetación. Su presencia añadía una sensación de vitalidad y conexión con el flujo de la naturaleza que los rodeaba.

Mientras cabalgaban por el camino principal del campamento, el aire se llenó de aromas tentadores y mezclas de olores a humo de leña, fogatas para cocinar y hierbas fragantes, lo que les proporcionó un viaje sensorial al corazón de la cultura y las tradiciones de la gente.

Se podía ver a los niños bailando y jugando al ritmo de los tambores artesanales. A medida que avanzaban, las cabezas comenzaron a girarse y muchos se percataron de los visitantes que seguían a Kiowa y sus guerreros. Aunque los demás eran bienvenidos, no era habitual ver a visitantes de otros reinos viajar por allí.

Kiowa se giró y miró por encima del hombro, gesticulando y hablando con Santos:

—Por aquí, ya casi hemos llegado.

Santos siguió la fila, asintiendo con la cabeza en señal de confirmación.

Desviándose ligeramente hacia la izquierda, el grupo se acercó a una de las casas más humildes, pero respetables, del campamento. Estaba claro que se trataba de la casa del líder del clan, Lord Hyram II.

Construida con ladrillos de barro, paja y madera, la cabaña, bastante grande, tenía una forma circular y robusta, con un techo plano hecho con vigas de madera y barro compactado. Las gruesas paredes proporcionaban un excelente aislamiento, protegiendo a los habitantes tanto del calor del verano como del frío del invierno que se experimentaba en este reino. Una puerta pequeña, baja pero resistente servía de entrada y daba paso a un interior sencillo pero muy funcional, con un mobiliario mínimo. En el centro de la primera gran sala principal se podía ver un fogón central para cocinar, que también aportaba calor al interior. La cabaña del Kingmen estaba adornada con intrincadas decoraciones y tallas simbólicas, cada una de las cuales contaba una historia de la rica historia y las preciadas tradiciones del clan.

—Mi padre llegará en breve, está saludando y felicitando a los miembros del clan que han actuado en la Feria del Mercado este año. Ha sido espectacular —dijo Kiowa con una sonrisa mientras todos desmontaban de sus quantum frente a la casa de la familia.

—Es una gran noticia, no había oído cómo había ido la feria este año, ni había tenido oportunidad de ir —respondió Santos.

—Bueno, quizá la próxima vez. Por favor, pasen y tomen algo mientras esperamos a mi padre —dijo Kiowa.

Kiowa hizo un gesto a un par de sus hombres, que se adelantaron para recibir las riendas de los quantúm de Santos y sus hombres. Les pasaron las riendas y los llevaron a la parte trasera, al corral privado del Kingmen.

—¡Ellos también tomarán algo! —se rió Kiowa.

Santos sonrió mientras lo acompañaban al interior.

(Dinastía Houlton — De vuelta en el palacio, a última hora de la tarde)

—¿No has sabido nada de ellos? —preguntó la duquesa a uno de los guardias que estaba frente a la puerta principal.

—Buenas tardes, alta duquesa. ¿Saber nada de quién? —respondió el guardia con otra pregunta.

—¿Cómo que de quién? De mis hijos, por supuesto. Uno ha desaparecido y el otro se marchó esta mañana temprano para ir a buscar a su hermano. ¡Lleva fuera desde que salió el sol y ahora está a punto de ponerse y no he sabido nada! ¿Dónde está Santos? —preguntó de nuevo la duquesa, bastante enfadada.

—Lo siento, señora, no lo sé. El mejor lugar para preguntar sería en las dependencias de comunicaciones —dijo el guardia.

—Entonces, ¿por qué no va usted a preguntarles? —respondió ella con un tono muy directo y casi con odio en los ojos.

—Sí, sí, señora. Iré ahora mismo —dijo el guardia con tono nervioso mientras caminaba rápidamente por el camino delantero y se dirigía hacia las oficinas de comunicaciones, situadas en uno de los edificios laterales del recinto. Estaban justo al lado de la oficina de seguridad y los barracones de los guardias.

Entonces, la duquesa respiró hondo, se secó la frente con un pequeño pañuelo a rayas blancas y moradas, cerró la puerta, se dio la vuelta y volvió al interior. Mientras caminaba por los pasillos principales, dobló lentamente la esquina hacia la cocina del palacio. Los guardias estaban fuera y, como había muy poca gente en los últimos días, despidió al chef y al personal de cocina, concediéndose así un poco de paz y tranquilidad.

—Me prepararé un té, que me ayudará a calmarme —se dijo la duquesa mientras miraba el reloj principal del vestíbulo principal, justo al lado de la cocina.

El reloj era un regalo de su abuelo, que había pasado de generación en generación. Normalmente, un reloj de tal grandeza solo se transmitía de padres a hijos, como había sido el caso de su bisabuelo a su abuelo, pero la reliquia familiar había pasado por alto a su padre y había ido directamente a ella, ya que era la única nieta, y también la única hija, de ambos lados de la familia. Su abuelo sentía un cariño especial por ella desde que había nacido. Nunca decía que era su nieta favorita, pero toda la familia lo sabía, la trataba de forma muy especial, lo que a veces provocaba los celos de sus padres, pero especialmente de sus hermanos.

El reloj era magnífico, de tonos de madera oscura con detalles dorados en los laterales y la puerta frontal, donde se veía el elegante reloj justo detrás de un panel de cristal con lilas doradas pintadas a mano en cada esquina de la puerta. La esfera del reloj era de un hermoso bronce con números dorados. Las manecillas marcaban fielmente los segundos, los minutos y las horas, y solo se oía un ligero tic-tac. Su sutil y fiel sonido podía ahogarse durante las actividades del día, pero por la noche resonaba en cada centímetro de los grandes pasillos del palacio.

Las campanadas del reloj ya no sonaban, desde que la duquesa ordenó que se silenciaran tras el fallecimiento del gran maestro Houlton, pero eso no parecía restarle el significado sentimental que tenía el reloj para la duquesa. Pasó junto al reloj, tocando los adornos clásicos de sus esquinas, como solía hacer. Luego se dirigió hacia los armarios, los mismos armarios que el guardia había visitado la noche anterior.

Se dispuso a prepararse una taza de té. Abrió el armario, sacó la lata y colocó perfectamente sobre la encimera su taza, la cucharilla y la lata de té. Luego se dio la vuelta y se dispuso a calentar un poco de agua en una olla, sobre el pequeño fuego que crepitaba en la estufa cercana.

Afuera, el viento soplaba suavemente entre los arbustos y las flores del jardín, el segundo sol comenzaba a ponerse y dejaba el habitual resplandor púrpura en el cielo y en el horizonte. Era una hermosa vista vespertina, con la aurora del sol brillando y el resplandor de las lunas comenzando a brillar en el cielo del atardecer.

La duquesa sirvió dos cucharadas soperas rasas de té, vertió el agua ahora humeante en su taza y comenzó a remover hasta que todo el polvo se disolvió. Luego, abrió el primer armario a la izquierda y sacó un recipiente similar, pero este no contenía té, sino perlas de azúcar. Quitó la tapa y la colocó en la misma encimera, sacó una perla y media de azúcar, exactamente. Las trituró entre los dedos y espolvoreó el dulce polvo en la taza, removiéndolo con la cucharilla que sostenía con la otra mano. Cuando terminó, dejó la cucharilla con cuidado sobre la encimera, sin derramar ni una sola gota de té, y colocó la taza en un elegante platillo a juego de porcelana azul y blanca, hecho a mano en una de las provincias exteriores, donde los clanes tenían una artesanía maravillosa. Levantó el juego de porcelana con ambas manos y se dirigió a la puerta que daba al porche exterior, donde había pasado muchas tardes bebiendo té, sintiendo la brisa y contemplando los últimos rayos del segundo sol mientras encontraba su lugar para descansar.

Ahora, sentada en su silla de mimbre favorita del porche, respiró profundamente y comenzó a beber su té. Poco a poco, siguió bebiendo su té, sin saber que sería el último. El jardín fue el único testigo de ese momento. Era como si los arbustos, las flores y algunos árboles pequeños estuvieran observando ese trágico momento. Mientras soplaba el viento, la luna nueva observaba el suave y lento subir y bajar de su pecho. La luz de la luna y los últimos rayos del sol creaban un ambiente sereno en ese lado del palacio.

La duquesa siguió bebiendo su té, sin darse cuenta de que con cada sorbo estaba sellando su destino.

La hierba serpiente no tiene olor ni sabor. Relajaba y ralentizaba la respiración hasta que se desvanecían en un sueño permanente.

Fue en ese tierno momento, con la cabeza relajada hacia un lado, cuando respiró muy lentamente. Sus ojos tenían un ligero brillo plateado al reflejar la luz. Con una lenta y profunda respiración, su cuerpo se relajó aún más y, cuando exhaló su último aliento, el tiempo se detuvo. Su mano, que aún sostenía la taza de té, transmitía una sensación de tranquila resignación. A medida que su presencia se desvanecía, el mundo a su alrededor se sentía silencioso y quieto, y la brisa retiró su caricia. El jardín estaba inmóvil. Allí estaba sentada la duquesa, quieta y silenciosa, sin nadie a su alrededor que se diera cuenta de que esa tarde era diferente a todas las demás. El único ruido que se oía era el sonido constante y fiel del reloj de pie. Tic-tac, tic-tac, continuaba como lo había hecho durante generaciones. Entonces, mientras sus ojos se cerraban lentamente, la alta duquesa pasó de este mundo al siguiente.

(Reino Bisonteous al ponerse el primer sol)

Sentados alrededor de la crepitante fogata en el centro de la habitación, un resplandor parpadeante bañaba a los hombres. Santos se recostó contra un robusto tronco detrás de él mientras bebía su trago. Las llamas bailaban en su rostro mientras miraba fijamente el fuego.

—¿Recuerdas aquella vez que te vimos en Market Street y nos convenciste de que te siguiéramos a tu casa? —reflexionó Santos; una leve sonrisa se dibujó en sus rostros.

—Sí, lo recuerdo, no parabas de quejarte de que te iban a castigar mucho si te pillaban —dijo Kiowa mientras reía a carcajadas.

Los guardias del palacio se volvieron para ver la reacción de Santos ante la broma. Santos sonrió, sin apartar la mirada del fuego:

—Sí, y luego también me convenciste para ir a la zona minera del clan Asno y los mestizos, diciéndome que habías encontrado un tesoro especial en las minas —explicó Santos.

Uno de los guardias se volvió hacia Kiowa:

—Bueno, ¿qué había en las minas? ¿Encontraste un tesoro allí?

—Oh, sí, había un tesoro, pero no del tipo que te imaginas —respondió Santos levantando la vista hacia Kiowa y riéndose.

—Se llama sabiduría y experiencia, amigo mío. El mayor tesoro que uno podría desear —dijo Kiowa con una sonrisa mientras miraba a Santos y le indicaba con un gesto que contara la historia a los demás.

—Verán, este tipo me convenció de que me escapara con dos quantum de los corrales del palacio, fuera a las minas y buscara las reliquias de oro perdidas de su pueblo —explicó Santos.

—Mientras cabalgábamos hacia allí, lo cual fue toda una aventura en sí mismo, nos colamos entre los mineros y nos escondimos en la mina más grande hasta el anochecer. Cuando los trabajadores se fueron a casa por la noche, encontramos un viejo carro y decidimos bajar con él a la mina. Cogimos un par de linternas y nos adentramos en la mina, bajando por el pozo principal en el carro. Seguimos adentrándonos, cada vez estaba más oscuro, hasta que ya no pudimos ver ninguna luz procedente de la entrada principal. Este tipo empezó a temblar y se puso tan nervioso que sacudió el carro y nos volcó —dijo Santos.

—Bueno, yo no era el que le tenía miedo a la oscuridad, amigo. No te saltes los detalles —interrumpió Kiowa.

—En fin, lo único que podíamos ver eran nuestras sombras reflejadas en las paredes por las linternas. Entonces empezamos a oír crujidos y ruidos extraños. Seguimos adelante porque él no dejaba de decirme que había un tesoro allí abajo. Entonces vimos un resplandor en uno de los túneles laterales. ¿Qué hicimos? Fuimos a ver si era un trozo del tesoro brillante —se rió Santos.

—Mientras caminábamos por el túnel lateral ligeramente curvado, nos dimos la vuelta y, al acercarnos al resplandor brillant e... —hizo una pausa.

—¿Qué? ¿Qué era? —preguntó uno de los guardias.

Kiowa se rió entre dientes.

—El resplandor nos guiñó el ojo —Santos los miró con una sonrisa ligeramente siniestra—. Ese resplandor nos guiñó el ojo. ¡Vaya si nos dimos la vuelta, gritamos y salimos corriendo de allí! —dijo Santos riéndose mientras contaba la historia.

—¿Qué quieres decir con que nos guiñó el ojo? ¿Había dragones sombríos allí o qué? —preguntó el otro guardia.

—Puede que sí, pero no nos quedamos para averiguarlo. Y déjame decirte que, hasta el día de hoy, ¡nunca me han gustado esas minas! Más tarde, descubrí que era un scamper, que a veces se acuestan en las minas oscuras y descansan profundamente —dijo Kiowa.

—¿Un scamper? Ah, pero no hacen daño a nadie. Solo son unos behemoth largos, gordos y perezosos. Aunque son buenos para comer insectos molestos —dijo otro guardia.

—Sí, pero cuando solo tienes 10 años, estás nervioso en una mina oscura y sabes que no deberías estar allí, ¡cualquier cosa así te asusta muchísimo! —exclamó Santos.

Todos se rieron al imaginar a los niños gritando y saliendo corriendo de las minas.

—¿Alguna vez te atraparon? —preguntó uno de los guardias.

—Si nuestros padres se enteraron, nunca dijeron nada. Pensaron que habíamos aprendido la lección ese día —dijo Kiowa con una sonrisa—. La sabiduría es un gran tesoro que se adquiere con la experiencia.

En ese momento, la puerta principal de la casa se abrió de par en par y apareció una enorme silueta en el umbral.

Los hombres se pusieron rápidamente de pie, mostrando reverencia al señor Hyram II. Este se volvió hacia ellos, les habló en su lengua materna y todos se sentaron con una sonrisa.

—¿Qué te trae por aquí, príncipe? —preguntó el Lord Hyram II mientras señalaba a Santos, que estaba sentado junto a Kiowa en su lugar habitual.

Santos explicó todo lo que había sucedido desde que salieron del palacio y cómo se encontraron con Kiowa y sus guerreros.

—Estamos muy agradecidos a Kiowa y a sus hombres, sin su ayuda, realmente no sé qué habría sido de nosotros —dijo

Santos, dándoles las gracias una vez más mientras asentía con gratitud.

—Debemos ponernos en marcha, tengo la sensación de que mi hermano se ha ido con los clanes nómadas, necesito encontrarlo de inmediato —dijo Santos.

—Tonterías, no llegarás tan lejos antes de que oscurezca por completo. El segundo sol ya se está poniendo y ya sabes lo que te puede encontrar en las sombras. Debes pasar la noche aquí, a salvo con nosotros —dijo Lord Hyram II.

—Estoy de acuerdo con mi padre. Es demasiado arriesgado, amigo mío —dijo Kiowa.

—No quiero ser una carga. Su amabilidad no solo me ha sido demostrada una o dos veces, sino tres veces en este día, gracias. Te estamos muy agradecidos —respondió Santos.

Los hombres Bisonteaus procedieron entonces a mostrar a Santos y a sus hombres una cabaña lateral donde podrían descansar durante la noche. Al igual que las otras cabañas, la habitación era acogedora y estaba adornada con símbolos y decoraciones del clan, que contaban más sobre la historia de su pueblo, esta vez en forma de coloridos tapices tejidos a mano que colgaban de las paredes. Había cuatro catres, con mantas tejidas a mano de estilo similar y tres piezas de fruta en cada uno, como regalo de bienvenida para los hombres cansados. A la derecha había una puerta que daba a una casa de baños, donde cada uno de ellos se relajó con un baño de agua caliente, con agua que provenía directamente del manantial cálido situado a poca distancia del campamento.

Santos, ahora renovado, se sentó fuera, en un banco de madera desgastado detrás de la cabaña. Levantó la vista, hipnotizado por el espectáculo celestial, y contempló los acontecimientos del día. Mientras reflexionaba con un pequeño pero satisfactorio bocadillo en la mano, saboreando cada bocado, no pudo evitar pensar: «¿Qué estás haciendo, Dantias? ¿En qué piensas? ¿Dónde estás?».

Santos no sabía que, a unos cientos de kilómetros de distancia, Dantias estaba mirando el mismo cielo estrellado. Los dos hermanos tenían una conexión en sus almas, el uno con el otro. Sin embargo, los pensamientos de Dantias no estaban puestos en su hermano, sino en Namid. Dantias se sentó afuera, a unos 100 metros de la tienda de Namid, y comenzó a formular un plan. Un plan que había estado rondando por su cabeza durante los últimos meses. Un plan que, desde su punto de vista, aclararía las cosas y pondría todo en orden.

Cada uno de los hermanos, reflexionando, preguntándose, planeando. Ninguno de los dos sabía que su madre, la duquesa, había fallecido y se había desvanecido en la eternidad esa misma noche.

CAPÍTULO 15

(A LA MAÑANA SIGUIENTE, EN EL PALACIO DE LA DINASTÍA HOULTON)

A medida que se acercaba el amanecer, los soles gemelos ascendían lentamente desde detrás de las colinas irregulares del horizonte. Uno de ellos emitía un fascinante resplandor violáceo, que proyectaba un tono brillante sobre el paisaje, mientras que el otro irradiaba una luz dorada y deslumbrante, que bañaba los alrededores con calidez y luminosidad. El doble espectáculo de resplandor celestial pintaba el cielo con una fascinante mezcla de violetas, rosas y dorados, proyectando largas y dramáticas sombras sobre la tierra. Era un momento verdaderamente extraordinario y cautivador.

Un largo resplandor comenzó a extenderse por los jardines del palacio, la luz brillaba en el ligero rocío que descansaba sobre las hermosas flores del jardín y las plantas exóticas, de aspecto casi tropical.

Los jardines de la dinastía Houlton eran conocidos por las hermosas y exóticas plantas que los poblaban. Dado que la zona era un entorno árido, había que tener mucho cuidado para mantener los jardines sanos y en todo su esplendor.

Las flores exóticas, con pétalos intrincados y coloridos, comenzaron a estirarse hacia el sol, mientras que otras magníficas plantas lucían sus enormes y brillantes hojas.

Aunque el palacio contaba con muchos jardineros y expertos en botánica y horticultura, el Profesor disfrutaba cuidando los jardines cada mañana temprano, antes de cumplir con sus responsabilidades diarias. Para él era una tarea alegre y sencilla. Vivía en una pequeña casa, del mismo diseño que el palacio, adyacente a los jardines.

Disfrutaba mucho cuidando las flores exóticas cada mañana. Sin embargo, el cuidado de estas extraordinarias maravillas botánicas requería un toque delicado y un cuidado meticuloso, ya que muchas de ellas eran importadas de los frondosos bosques tropicales del reino de Aprosmarteus. Aunque estas plantas abundan allí de forma natural, sin obstáculos, aquí cuidar de ellas es todo un arte.

El Profesor, el cuidador, con su icónico sombrero de paja amarillento y desgastado con una banda de cuero verde y sus gafas de montura metálica, que parecían descansar en la punta de su nariz, se movía deliberadamente entre las plantas vívidas y coloridas. Se tomaba su tiempo con cada planta, como si fuera su hijo. Sus manos expertas cuidaban con amor cada flor, asegurándose de que recibiera el equilibrio perfecto de luz solar, agua y nutrientes. El Profesor era un experto en atender las necesidades únicas de cada especie exótica, manteniendo un entorno armonioso que permitía a cada una florecer y crecer hasta alcanzar tamaños enormes.

Cuando salía el segundo sol, la luz brillaba en los pétalos de la gran orquídea rosa y blanca que sostenía en sus manos. Esta especie de orquídea se distinguía del resto porque tenía unas espinas muy pequeñas que crecían a los lados del tallo. Si estas espinas se recortaban de una manera peculiar, con el mayor cuidado, la flor florecía aún más, creciendo hasta alcanzar el tamaño de la cabeza de un hombre.

Esa flor, que el profesor había estado cuidando desde que floreció por primera vez, tenía ahora más de 10 años. Cada año aumentaba su floración, hasta el punto de que ahora, cuando florecía, tenía poco más de 30 centímetros de diámetro.

Después de regar la hermosa flor y cortar las hojas de alrededor de la base de la planta, el Profesor se puso los guantes, levantó sus tijeras de podar y comenzó a quitar muy suavemente las espinas recién crecidas en su tallo. Corte, corte, corte, corte, recortó pacientemente.

Era como una terapia relajante para él mientras trabajaba. Se levantó un poco el sombrero de paja mientras miraba hacia abajo, concentrándose en la planta. Entonces, una leve sonrisa se dibujó en su rostro mientras se ajustaba el sombrero una vez más.

—Oh, sí, lo recuerdo —dijo con una sonrisa.

Aunque hablaba consigo mismo, era como si estuviera conversando con la flor. El Profesor había desarrollado una amistad con la flor, después de cuidarla durante más de una década.

—Lo recuerdo muy bien —continuó—, la época en que esos niños salían aquí corriendo como locos. Tú no eras más que una pequeña, apenas brotando del suelo.

Después de asegurarse de que no había nada más que hacer por su querida flor ese día, recogió sus cosas, se dirigió al cobertizo del jardín y colocó cada instrumento, regadera y herramienta en su lugar. Luego se acercó a los rosales y seleccionó los capullos más frescos para llevarlos al palacio.

Como era habitual, cada mañana temprano recolectaba flores y las colocaba en un jarrón en la mesa del comedor de la familia. Así que, como de costumbre, se dirigió por el camino que conducía a la puerta trasera del patio, sin saber lo que iba a encontrar allí.

Los soles brillaban ahora con un agradable resplandor sobre los jardines bañados por el sol, y una ligera brisa cálida le acariciaba el rostro. Mientras sostenía el pequeño ramo de rosas en una mano, se ajustó las gafas y luego el sombrero con la otra. A continuación, tarareó un himno clásico mientras se dirigía al palacio.

Al acercarse a la puerta trasera, vio a la duquesa ligeramente encorvada en una de las sillas del patio, algo inusual a esa hora del día. Era bastante desconcertante, ya que se la conocía por ser madrugadora y solía comenzar el día mucho antes del amanecer.

Esta escena inusual le dejó inquieto, creando una atmósfera inquietante durante lo que habría sido una mañana tranquila.

—Han pasado al menos tres horas desde el amanecer, ya debería estar levantada —se susurró a sí mismo.

Rápidamente abrió la puerta trasera y atravesó el comedor, dejando el ramillete de rosas sobre la mesa al pasar.

Al salir al patio trasero, miró frenéticamente a su alrededor, evaluando la situación. Arrodillándose a un lado de la duquesa, comenzó a pensar en lo peor. Lentamente, colocó su mano derecha debajo de la cabeza de ella y, con la izquierda, se quitó el sombrero de paja y lo dejó en el suelo a su lado. Mientras sostenía la cabeza de ella, le tomó el pulso y la llamó.

—Duquesa, señora. ¿Me oyes? —dijo nervioso.

Repitió la pregunta, esta vez de forma mucho más directa.

—Duquesa. ¿Me oyes?

No hubo respuesta. No se movía. No tenía pulso. Estaba fría al tacto. Entonces supo que había fallecido.

Se detuvo un momento, reflexionando, preguntándose, y recordó un momento similar en el que había sostenido la cabeza de Lord Houlton de forma muy parecida.

—Oh, mi querida duquesa, ¿qué ha pasado? —susurró.

Luego respiró hondo y emprendió el inevitable camino.

—¡Guardias, vengan rápido! ¡Por aquí! —gritó.

Volvió a llamar, con la voz ligeramente temblorosa, conteniendo las lágrimas.

Aunque la duquesa a veces era cruel o injusta con el Profesor, él había servido a la familia desde antes del comienzo. Había llegado a querer a la familia Houlton, a cada uno de sus miembros, como si fueran suyos, con sus defectos y todo.

De inmediato, tres guardias llegaron corriendo por la parte de atrás, dos por un lado del palacio y uno por el otro, y se apresuraron a ayudar.

—Ha fallecido. La encontré así. Tengan mucho cuidado. Debemos investigar más a fondo para comprender esta situación —explicó el Profesor.

—Llévenla a mi consultorio de inmediato —dijo con autoridad.

Los guardias la levantaron con cuidado y se la llevaron. El Profesor recogió su sombrero y lo limpió mientras se ponía de pie. Se dio la vuelta y, dejando que su mirada se perdiera en el horizonte lejano, pensó y se dijo en voz alta:

—Oh, mis queridos muchachos, ¿qué será de todo esto?

(Llanuras Nómadas, temprano esa misma mañana)

Cuando los soles comenzaron a salir y a brillar intensamente en el nuevo cielo matutino, iluminaron las diminutas partículas de polvo que flotaban en el aire, agitadas por la suave brisa sobre las llanuras de la sabana.

Dantias ya estaba despierto, sentado contra un árbol cercano, el mismo árbol en el que se había sentado la noche anterior, esperando a que Namid saliera de su tienda. Le parecía que llevaba esperando una eternidad.

De repente, la entrada de la tienda se abrió y Tala salió primero. Miró a su alrededor y sus ojos se encontraron con los de Dantias, lanzándole una mirada seria que mostraba que no estaba contento. Dantias se puso de pie, se sacudió el polvo de la ropa y comenzó a caminar hacia él, preparándose mentalmente para lo que fuera a suceder a continuación.

Cuando llegó a mitad de camino, Namid, junto con otras dos mujeres del clan, salió de la tienda. Dantias aceleró el paso, pero de repente redujo la velocidad cuando ella lo miró, sacudió la cabeza y le dio la espalda mientras él se acercaba al fuego del desayuno matutino. Redujo la velocidad a un paso lento, incrédulo, pero no se detuvo.

Al acercarse, oyó a Namid decir:

—¿Por qué ha venido? ¿De qué sirve que esté aquí?

—Namid, lo siento, pero ¿qué quieres decir? —preguntó Dantias mientras se acercaba para arrodillarse a su lado, sentada junto al fuego matutino del campamento.

Ella lo ignoró. Él le puso la mano en el hombro, como había hecho muchas veces antes, para saludarla, con la intención de consolarla en aquella fresca y soleada mañana. Cuando le puso la mano en el hombro, ella dio un salto, lo empujó y casi tropieza con el fuego.

—¡No me toques! —gritó mientras se alejaba de él temblando de miedo y rabia.

—¡Tú, aléjate! ¡Fuera de aquí! —exclamó.

—Namid, ¿qué pasa? Te he estado buscando, esperándote aquí desde ayer. ¡Pregúntale a tu abuelo, él te lo dirá! —respondió Dantias.

—Tú... tú... —temblaba, y las lágrimas le corrían por las mejillas mientras lo señalaba con el dedo.

Namid parecía terriblemente enfadada, llena de ira y dolor. Sus ojos parecían atravesarlo.

—¿Qué? Dime. ¿Dónde estabas? —respondió Dantias.

Una de las mujeres se acercó a Namid para consolarla, dándole valor para hablar, ahora un poco más tranquila.

—Tú... me abandonaste —dijo Namid.

—¿Abandonarte? Yo... —Dantias fue interrumpido.

—¡No me hables! —gritó Namid, cortándolo.

Dantias se quedó allí parado, sin entender qué estaba pasando ni qué había sucedido.

—Me abandonaste, y esos hombres... ellos... ellos... —ni siquiera podía decirlo en voz alta.

—¿Qué hicieron? Namid, por favor, dímelo —dijo Dantias con gran urgencia.

Namid se quedó allí, fría, con tanta ira, decepción y dolor en los ojos. Sus ojos lo atravesaban mientras lo miraba fijamente, con lágrimas corriendo por ambas mejillas y los labios temblorosos. Le costó todas sus fuerzas controlarse y no perder la compostura.

CAPÍTULO 16

(LA FERIA DEL MERCADO - LA NOCHE EN QUE NAMID FUE SECUESTRADA)

La Feria del Mercado estaba llegando a su fin tras casi cuatro semanas, por lo que esta noche había más gente de lo habitual. Parecía que todo el mundo quería asistir a los últimos eventos, comer en los distintos puestos de comida o simplemente visitar la Feria del Mercado por última vez. La multitud estaba apretujada y era difícil caminar.

—Necesito encontrar una estación de descanso —dijo Namid mientras caminaban entre la multitud.

—Ah, vamos, tardaremos una eternidad. Además, hay una fila enorme en ese. Busquemos uno más cerca de la salida —insistió Dantias.

—Solo tardaré unos minutos, espérame aquí —dijo Namid mientras se acercaban a la fila fuera de la zona de baños de mujeres.

—Está bien, te esperaré —respondió Dantias.

Después de unos minutos, le tocó el turno a Namid. La fila era larga y había mujeres de todos los demás reinos haciendo fila detrás de ellos. Cuando Namid entró, Dantias aprovechó el momento y se dirigió al baño de hombres, donde apenas había fila. Salió y esperó pacientemente a un lado de la puerta del baño de mujeres.

—¿Por qué tarda tanto? —se dijo a sí mismo mientras esperaba.

Entonces se oyó una sirena a unos 30 metros de distancia y entre 20 y 30 personas comenzaron a vitorear ruidosamente: alguien había ganado el gran premio en uno de los puestos de juegos.

Dantias se puso de puntillas para intentar ver qué habían ganado cuando el presentador del juego comenzó a gritar:

—¡Vamos, vamos, ¿quién es el siguiente? ¿Quién será el próximo ganador en la última noche de la gran feria del mercado?

Dantias se dio la vuelta y vio que Namid aún no había salido.

—Volveré antes de que ella salga —pensó.

Luego se abrió paso entre la multitud hasta el puesto de juegos.

—¡Vamos, ¿quién será el próximo gran ganador?

Cuando Dantias se acercó, el locutor del juego se volvió hacia él con una sonrisa.

—¿Eres tú, joven? ¡Podrías ser el próximo ganador! ¡Todo lo que tienes que hacer es derribar todas las botellas con un solo lanzamiento! —dijo con un tono muy seguro—. ¡Es así de fácil!

De hecho, muchos lo han conseguido esta noche. ¡Tú podrías ser el siguiente!

Dantias se sintió atraído. Sacó el dinero de su bolsillo, sin darse cuenta de que a solo unos metros de distancia Namid lo estaba llamando mientras lo buscaba con la mirada justo fuera de la estación de descanso, y comenzó a jugar.

—¿Dónde se ha metido? Me dijo que nos encontráramos aquí mismo —se dijo Namid.

—Bueno, tal vez también haya entrado al baño de caballeros —pensó, y esperó.

Después de varios minutos, se le acercaron dos hombres de Equiantus, bien vestidos y con una insignia de la guardia del palacio envueltos en sus brazos.

—Buenas noches, señorita —dijo uno de ellos al acercarse a ella.

—Buenas noches —respondió Namid.

—Lamentamos molestarle en esta noche tan agitada, pero Dantias ha tenido que ausentarse, ha habido una emergencia en el palacio. Nos ha dicho que viniéramos a buscarla y la acompañáramos a casa —dijo el guardia de piel morena con una sonrisa.

—Estoy bien, gracias. Encontraré el camino a casa por mí misma —dijo Namid con seguridad.

—Debemos insistir, señorita, Dantias fue muy enfático y directo cuando nos dijo que la buscáramos. Si lo desea, podemos llevarla a verlo, se está acercando a su carruaje de viento en la salida este mientras hablamos. No está muy lejos, justo al pasar por aquí —dijo el guardia mientras le indicaba que lo siguiera.

A regañadientes, miró a su alrededor, sin ver a Dantias ni a ningún transeúnte alarmado, y comenzó a caminar con los hombres.

—¡Oh, casi lo consigues! —dijo el animador del juego con una risita—. ¿Quieres intentarlo otra vez?

Dantias ya había hecho más de una docena de intentos sin suerte. Sacudió la cabeza y se rió de sí mismo, dándose cuenta de que le habían engañado.

—No, gracias, ¡ya es suficiente por hoy! —sonrió Dantias mientras recogía su chaqueta de la base de madera del juego. Se la había quitado justo después de sus tres primeros lanzamientos, ya que estaba sudando un poco y quería tener más libertad de movimiento.

—Bueno, que pases una buena noche. ¡Espero verte el año que viene! —dijo el locutor del juego.

Dantias asintió con la cabeza y se abrió paso entre la multitud para volver a la zona de descanso. Una vez más, se quedó fuera esperando a que ella saliera. Lo que no sabía era que ella ya se había marchado con los dos guardias del palacio encubiertos y se dirigía hacia la salida este en ese mismo momento. Otros dos lo observaban desde la distancia, esperando el momento oportuno para llevar a cabo la tarea que se les había asignado.

Cuando Namid se acercó a la salida, una sensación de frío le recorrió la espalda, pero se convenció a sí misma de que no era nada y siguió caminando hacia la puerta, dobló la esquina y se acercó al carruaje que la esperaba en la esquina opuesta.

El primer guardia que le había hablado abrió la puerta del carruaje cubierto e la invitó a entrar. Cuando subió al carruaje de viento, apareció un tercer guardia que le cubrió la cabeza con una capucha, mientras los otros dos le agarraban rápidamente las manos, se las colocaban detrás de la espalda y se las ataban con fuerza. Su corazón se aceleró mientras luchaba e incluso conseguía soltar un par de gritos, pero la noche estaba llena de actividad y nadie podía oírla. El único sonido que se oía era el de la música, las atracciones y el bullicio al otro lado de la valla.

Namid respiraba profundamente, jadeando en busca de aire, pataleando y gritando tan fuerte como podía. Sin embargo, en lugar de recibir ayuda, estaba inhalando polvo de 'elders weed', que se encontraba en el interior de la capucha y la hacía sentir pesada y somnolienta. Sus gritos se convirtieron en susurros, luego en mareos, murmullos y, de repente, todo se volvió negro. El último guardia se subió al carruaje, cerró la puerta y se alejaron en la noche.

Poco a poco, el aturdimiento la abandonó y comenzó a recuperar la conciencia. Namid sentía mucho dolor en todo el cuerpo. Primero en las piernas, los muslos, la espalda y los brazos, que ahora se daba cuenta de que tenía por encima de la cabeza. El dolor era como un alambre caliente entrelazado que la envolvía por completo, lo sentía desde dentro hacia fuera. A medida que el mareo la abandonaba poco a poco, lo único que podía sentir era un dolor extremo en las muñecas, por encima de la cabeza. Al recuperar el sentido, comenzó a reconstruir su entorno. Mientras le daba vueltas la cabeza, miró hacia arriba y se encontró colgada de las muñecas en una habitación oscura y mohosa que olía a pan viejo. Había una luz tenue que brillaba en la pared a su derecha. Podía sentir una ligera brisa sobre su piel, miró hacia abajo y vio que estaba expuesta y que su ropa estaba rasgada. Justo debajo de ella había un pequeño charco de sangre que era absorbido por el suelo de tierra sediento. Al respirar profundamente, comenzó a toser por la sangre que había inhalado por la nariz. Se oyó un chirrido de bisagras en la oscuridad y una puerta se abrió ligeramente a su izquierda.

—Vaya, mira quién se ha despertado —dijo una voz masculina.

Namid luchó por ponerse de pie, pero fue en vano, porque estaba colgada lo suficientemente baja como para que sus pies apenas tocaran el suelo. Solo conseguía patear un poco la tierra.

—Eres increíble, incluso inconsciente eres una luchadora. ¿Ves esto? Me has dejado un ojo morado —dijo el hombre inclinándose hacia ella mientras se señalaba la cara—. Así que te he devuelto el golpe. Y algunas cosas más. ¿No es así, camarada? —dijo mientras se volvía hacia una sombra en la esquina.

—Cállate. Lo que tú y los demás han hecho no es nada de presumir —dijo la voz desde la esquina en penumbra.

—Ah, solo estás enojado porque llegaste demasiado tarde —dijo el primero con una risita.

—Déjame... ir... —luchó Namid en un susurro forzado.

—Solo espera. En cuanto tengamos noticias, serás libre —le aseguró mientras le acariciaba la cara.

Namid echó la cabeza hacia atrás y jadeó desesperada, con el corazón acelerado y respirando profundamente. Con cada respiración, le dolía aún más el costado estirado.

—Déjala en paz —dijo la voz desde la sombra.

En ese momento, la puerta se abrió y se oyó la voz de una mujer al otro lado de la habitación.

—¿Qué están haciendo? Deja ya esta tontería. Te dije que lo dejaras claro todo, pero que no hicieras esto. Sácala de aquí inmediatamente —ordenó la voz desde la puerta.

—Sí, claro. Ahora mismo —dijo apresuradamente la voz desde la esquina en penumbra.

La puerta se cerró con un chirrido, dejando que la única luz tenue de la habitación volviera a brillar. La sombra salió de la esquina, sacó un cuchillo grande y cortó la cuerda que sujetaba a Namid. Ella se derrumbó en el suelo. Tan rápido como pudo, con las pocas fuerzas que le quedaban, se puso de rodillas, se ajustó la ropa, se arrastró hacia la luz y se apoyó contra la pared.

—¿Por qué has hecho esto? —suplicó Namid.

—No eres bienvenida cerca del príncipe. Si te hubieras mantenido alejada de él, ahora no estarías aquí —explicó el hombre.

Cuando el hombre de tono más amable se acercó, ella vio que vestía el uniforme de la guardia del palacio. Lentamente, le colocó una capucha sobre la cabeza y ella se resistió y luchó.

—Tranquila. Se acabó. Voy a sacarte de aquí —dijo con voz tranquilizadora, pero Namid no confiaba en él.

Aunque decidió que lo mejor era dejar de resistirse.

—Vamos, te ayudaré —dijo el otro guardia.

—Ya has hecho suficiente, yo me encargo a partir de aquí —le indicó al otro hombre que se apartara.

—Está bien. No tienes por qué ponerte tan agresivo. Solo seguíamos órdenes —dijo el hombre defendiendo sus acciones.

—Todo esto no formaba parte de tus órdenes —dijo el guardia con firmeza.

En ese momento, la puerta se abrió y Namid pudo ver la silueta de otra figura en el umbral, esta vez reconociendo una voz que había oído antes. Era la misma que la invitó a acompañarlo hasta la salida de la Feria del Mercado y la convenció de que caminara hasta el carruaje.

—¿Qué es esto? —preguntó la nueva figura en la puerta—. ¿A dónde la llevan?

—Ya está hecho, ella entró y dio la orden. La voy a llevar de regreso —dijo la voz más amable, ahora teñida de enojo.

—Creo que tenemos una diferencia de opinión. Ella no va a ir a ningún lado. Informaremos que la llevamos a casa, pero se quedará aquí, tal como todos acordamos —dijo el guardia.

—No, por favor —susurró Namid lo suficientemente alto como para que su ayudante la oyera.

—Eso es lo que ustedes dijeron, pero yo nunca lo acepté. Ella dijo que está hecho, así que está hecho. Ahora muévete y déjame pasar —dijo el guardia alzando la voz.

—Mira, camarada, tú estás metido en esto, igual que nosotros dos. No te hagas ahora el justiciero con nosotros. Todos hemos formado parte de esto desde la Feria. Entrégala y di que todos la hemos llevado a casa —dijo el tercer guardia mientras hacía un gesto al otro, que ahora estaba detrás de ellos.

—Muévete, ahora, o si no... —dijo el ayudante.

—¿O si no qué? Somos dos y tú estás solo. Y cuando hayamos terminado contigo, la volveremos a tomar de todos modos, así que... déjanosla —dijo la voz en la puerta.

Con un lento suspiro y una mirada por encima del hombro izquierdo, el ayudante respiró profundamente y, en un solo movimiento, en un abrir y cerrar de ojos, ejecutó una patada giratoria al guardia que tenía detrás. Cuando el guardia de la puerta se abalanzó sobre él para derribarlo, se agachó sobre una rodilla mientras sacaba su cuchillo de la parte trasera del cinturón y lo apuñaló hacia arriba, desde el estómago hasta el corazón, deteniéndolo al instante. Mientras el cuerpo sin vida se desplomaba en el suelo, su compañero sacudió la cabeza por la patada, saltó, sacó su cuchillo y procedió a apuñalarlo por la espalda. Con las orejas hacia atrás, el guardia lanzó su cuchillo por encima del hombro y este encontró su objetivo de forma abrupta, haciendo que el otro guardia cayera de rodillas. Este soltó un grito ahogado y se desplomó en el suelo. Mientras tanto, Namid permanecía acurrucada en el suelo, sin mover un músculo. Toda esta escena pareció durar solo unos segundos.

—Rápido, no tenemos mucho tiempo —dijo el guardia ayudante mientras levantaba a Namid.

—Vamos, agárrate a mi brazo y camina conmigo. Te sacaré de aquí —dijo el ayudante con amable urgencia en su voz.

—¿Por qué me mantienes con esta capucha puesta? —preguntó ella.

—No puedes saber dónde estamos, y si nos ven, debe parecer que te estoy sacando como a una prisionera —respondió él.

Arrastró al guardia muerto por los pies hasta la habitación y lo dejó encima del otro. Luego rompió la luz de la pared y sacó a Namid del brazo. Cerró la puerta metálica detrás de ellos y se aseguró de atascar la manija y cerrarla con llave. De este modo, resultaba extremadamente difícil que alguien más pudiera abrir la puerta.

Namid tropezó mientras caminaban rápidamente por un largo pasillo. Solo podía ver siluetas, ya que las tenues luces brillaban una a una sobre sus cabezas.

Entonces, de repente, él comenzó a jalarla hacia arriba, y el terreno empezó a hacerse cada vez más empinado, como si estuvieran subiendo una rampa. Ella intentó mantener el ritmo. De repente, notó que el aire se volvía menos denso y menos rancio. Podía oler el dulce aroma de la hierba y oír la brisa soplando a través de ella, un sonido que conocía muy bien. Desde que era pequeña, lo que más le gustaba era correr por la hierba alta, tumbarse a la sombra del gran árbol familiar y ver pasar las nubes.

De repente, el guardia se detuvo, le apretó el brazo y le habló con severidad.

—Hasta aquí te llevo, da la vuelta y camina hacia las colinas, ve rápido y no te detengas. Hay dragones sombríos por aquí. Sigue adelante y volverás con los tuyos —le explicó con tono apresurado.

Ella podía oír los débiles sonidos de un quantum cerca. Entonces él la empujó al suelo y salió corriendo. Namid se dio la vuelta y sacó las manos de detrás de la espalda, de debajo de los pies, y se esforzó por desatarlas, al darse cuenta de que el nudo estaba muy flojo.

Rápidamente se quitó la capucha, para ver apenas al guardia mientras corría y montaba un quantum, alejándose rápidamente en la noche.

Allí se quedó sentada sola en la oscuridad, pero ya sin miedo. Había vivido muchas noches en las horas más oscuras, buscando comida y construyendo refugios, desde que era una niña.

Al mirar al cielo nocturno, se orientó fácilmente y vio que estaba frente a las antiguas minas abandonadas. Minas que llevaban más de cien años secas. Estaba más allá de la colonia minera del clan Asno. Entonces se levantó, contuvo las lágrimas y comenzó a caminar hacia donde sabía que estaría su gente, en el Árbol del Festival.

Su clan siempre iba allí después de la celebración de la Feria del Mercado. Entonces arrancó un trozo de tela de la parte inferior de su ropa y lo utilizó para atarse la cintura, para sujetar su ropa rota como una túnica.

Namid miró hacia adelante y siguió su camino hacia la seguridad de su hogar, anhelando encontrar los brazos protectores de su abuelo, Tala. El abuelo le había advertido más de una vez sobre Dantias, pero ella se había negado a escuchar porque estaba enamorada. Podía oír su voz en su mente mientras caminaba bajo la noche estrellada.

—Ten cuidado, querida, no confío plenamente en el chico Houlton. Podría hacerte daño.

Amphibitius Realm

CAPÍTULO 17

(30 AÑOS ANTES; 396 DDGLR)

En la cálida luz del sol de la tarde, una pequeña mesa de madera se encontraba en la esquina de la sala de estar de la familia Houlton, con la superficie desgastada por años de juegos familiares. Sobre la mesa había un tablero de ajedrez, con las piezas cuidadosamente alineadas a lo largo de los bordes, casi congeladas en sus posiciones. Un niño de 10 años estaba sentado frente a su padre y miraba fijamente el tablero, planeando su siguiente movimiento.

La partida era intensa. El niño, de piel oscura, fruncía el ceño mientras se concentraba y avanzaba sus peones, acercándose una casilla más al rey de su padre. El corazón del niño latía con emoción. Cada movimiento era como dar un paso en una gran aventura. Pero entonces, de repente, con un rápido movimiento de muñeca, su padre hizo su jugada y le quitó la reina.

El rostro del niño se entristeció al darse cuenta de lo que acababa de pasar.

—La reina no —susurró, viendo cómo la pieza más poderosa se deslizaba fuera del tablero.

—Pensaba que estaba a salvo —dijo decepcionado.

La expresión de su padre se suavizó, comprendiendo claramente la decepción de su hijo.

—No pasa nada —respondió—, el juego aún no ha terminado. Una vez que la reina ha desaparecido, recuerda esto: los caballos se convierten en las piezas más versátiles del tablero.

El niño levantó la vista; ahora la curiosidad llenaba sus ojos.

—¿El caballo? Pero... ¿cómo? —preguntó.

—Porque el caballo tiene la capacidad única de maniobrar alrededor de otras piezas. Puede saltar por encima de ellas y cambiar de dirección de formas que las demás no pueden —explicó su padre, inclinándose ligeramente hacia él con una expresión un poco más solemne—. En la vida, a veces perdemos a nuestros aliados más fuertes, a nuestros amigos, pero es en esos momentos cuando debemos ser más ingeniosos y adaptarnos. El caballo puede sorprender a tu oponente y crear nuevas oportunidades donde otros solo ven obstáculos.

El niño reflexionó sobre estas palabras y asintió lentamente. Volvió a mirar el tablero, sintiendo una renovada determinación, y entonces trazó un plan en su mente. Tras un momento, tomó uno de sus caballos negros, lo movió por el campo de batalla cuadriculado, imaginó que la pieza saltaba por encima de las barreras de su enemigo, se abría un nuevo camino y eliminaba una, dos y tres de las piezas blancas del tablero. Se reía mientras jugaba cada turno, y su padre sonreía.

A medida que jugaban, ya no veía la ausencia de la reina como un contratiempo, sino como una ventaja.

—Dos caballos ágiles son mejores que una reina —pensó el niño para sí mismo.

Cada movimiento se convirtió en un testimonio de su nueva comprensión de la resiliencia y la estrategia que llevaría consigo durante el resto de su vida.

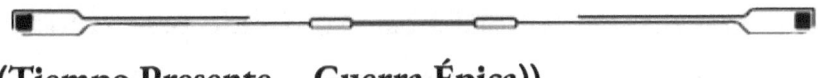

(Tiempo Presente – Guerra Épica))

—¡¿La reina no?! —gritó el Príncipe Oscuro al despertarse sobresaltado.

Al recuperar el sentido, se dio cuenta de que había sido una pesadilla. Era la misma pesadilla recurrente que había tenido tantas noches últimamente. La imagen de un solo dedo lanzando una pieza de ajedrez blanca a un abismo oscuro.

—¿Cómo he llegado a esto? —pensó.

Miró a su alrededor y vio que estaba solo en sus aposentos, se puso de pie, enterró sus sentimientos en lo más profundo de su ser, se puso su chaleco blindado, se enfundó su túnica y se colocó la máscara metálica que siempre llevaba para proteger su frente. Después de ponerse las botas y los guantes, se acercó a las puertas de sus aposentos. La puerta se abrió con un silbido y él caminó por el pasillo para tomar el control de su puesto al mando.

—Situación —tronó el Señor Oscuro a su tripulación.

—Nos acercamos a la frontera exterior de los pantanos, mi señor —respondió el capitán Amin, su mano derecha al mando.

La nave del Príncipe Oscuro atravesó la niebla que se cernía sobre el reino de Amphibtius como un sudario. Elevándose por encima de los árboles retorcidos y las aguas turbias, su silueta se asemejaba a una colosal pieza de ajedrez de caballero mientras cambiaba de dirección y se preparaba para aterrizar. Forjada a partir de las sombras y adornada con púas irregulares que brillaban con luces internas, el aire crepitaba mientras la nave descendía y el suelo temblaba bajo su pesado peso al tocar la tierra empapada con un ruido sordo.

La enorme nave emitía un zumbido grave que resonaba en el silencio de los pantanos. El elegante cuerpo de ébano de la nave reflejaba la nada, lo que le daba una presencia oscura, una presencia que infundía miedo en los corazones de todos los que la veían.

En el interior, la tripulación del Príncipe Oscuro se movía con precisión militar, los familiares sonidos de las armaduras y los pasos susurrantes llenaban el aire mientras se apresuraban a ocupar sus puestos. Cada miembro llevaba el símbolo del príncipe en el hombro derecho, una figura sombría de la misma fortaleza voladora que ahora era su hogar eterno.

Sus ojos estaban concentrados en su objetivo, pero también había un atisbo de ansiedad en ellos mientras la tripulación inferior se preparaba para desembarcar. Conocían la misión, una rutina que había sido demasiado habitual en los últimos meses, y el Príncipe Oscuro no toleraría el fracaso.

—¡Prepárense! —gritó un sargento en la cubierta inferior. Era un mestizo del clan Asno, muchos de cuyos miembros eran leales a la misión del Príncipe Oscuro—. Estamos entrando en los pantanos profundos, probablemente esta vez no sean tan acogedores —gritó a su tripulación de soldados de a pie.

La tripulación terrestre estaba formada por soldados del clan de los pies ligeros, mestizos y otros reinos, como los Terrartius, el pueblo con aspecto de lagarto, y los Aprosmarteaus, el reino de los inadaptados.

—No estamos aquí solo para reunir soldados. Estamos aquí para inspirar miedo. ¡Cada reino debe comprender que el Príncipe Oscuro traerá el verdadero orden a todos! —gritó el sargento.

Desde la cubierta superior, se oyó una sola palabra por el intercomunicador:

—¡Adelante! —dijo el Príncipe Oscuro con voz severa y clara.

Con un movimiento rápido, la escotilla de la nave se bajó, las puertas blindadas se abrieron y revelaron una espesa niebla que se enroscaba a su alrededor como una serpiente. Los 50 tripulantes salieron uno por uno, bajando por la rampa de aterrizaje. Siluetas grises emergieron de la niebla. El aire era pesado y estaba impregnado del olor a descomposición y tierra húmeda. Aunque sabían que podían eliminar fácilmente a los lugareños gracias a su fuerza y número, un ligero escalofrío les recorrió la espalda al enfrentarse a aquel terreno inquietante.

—¡Formen un perímetro! —ordenó el sargento, y la tripulación se puso inmediatamente en formación, con los sentidos agudizados.

Se envió a un grupo de cinco personas a explorar la zona con la misión de identificar el paradero de los lugareños, someter a cualquier fuerza enemiga y luego entrar en acción para organizar negociaciones discretas.

A medida que se adentraban en el pantano, cada crujido en la maleza hacía que la tripulación se estremeciera ligeramente. No porque temieran a los hombres Amphibtius, ya que sus armas eran demasiado primitivas para hacerles daño. Lo que les ponía nerviosos eran los dragones del pantano, que eran como los dragones sombríos, pero sin brazos y con cuerpos más delgados. También podían deslizarse por las aguas turbias casi sin ser detectados, ya que sus largas colas les empujaban a través del lodo.

Los lugareños no solían verse afectados por los monstruos del lodo, gracias a su conocimiento y gran habilidad para maniobrar por los pantanos, sin entrar nunca realmente en el agua ni tocarla.

La motivación forzada de la tripulación era reclutar a todas las personas que pudieran encontrar. A medida que continuaba la guerra con el general Santos y el equipo Iron Horse, se producían bajas, por lo que era necesario reclutar nuevos efectivos.

Los soldados sabían que cada gramo de miedo que infundían en este reino se sumaría a la leyenda del Príncipe Oscuro, el elegido, que había entrado en el «Reino Innombrado» y había salido victorioso.

El Príncipe Oscuro tenía el poder de gobernar dentro de su ser, descendiendo en su fortaleza voladora que parecía una pesadilla hecha realidad.

A medida que se adentraban en las tierras pantanosas, las casas de los aldeanos locales se hacían más visibles. Los aldeanos locales, la tripulación y todas las criaturas podían sentir la presencia del Príncipe Oscuro, su inquebrantable poder oscuro que se movía dispuesto a reclamar todo lo que consideraba suyo.

A medida que la tripulación se acercaba a las casas a través de la niebla que se disipaba, Lord Catodus emergió con cerca de 50 hombres y mujeres fuertes, incluidos sus dos hijos adultos. Con sus lanzas en mano, formaron un semicírculo en la abertura pantanosa frente a las casas.

Se podía ver a otros hombres de Amphibtius, con capas colgando y lanzas también en mano, de pie en los porches de madera que adornaban las fachadas de las casas y los puestos del mercado, como una pequeña plataforma de castillo que les daba una ligera ventaja.

La tripulación del Príncipe Oscuro avanzaba con dificultad por el agua turbia que les llegaba hasta las rodillas, acercándose cada vez más. Lord Catodus miró a su alrededor, haciendo pequeños chirridos y chasquidos a sus seguidores. Estos lo miraron, cada uno en su posición, y asintieron con la cabeza en señal de confirmación.

—Vaya, vaya, ¿a quién tenemos aquí? Lord Catodus, ¿cómo está en esta hermosa tarde? —preguntó el sargento.

—¿Qué necesita, señor? —preguntó Catodus.

—Hemos venido a solicitar sus servicios, una vez más. El Príncipe Oscuro convoca a su leal reino para que envíe guerreros a luchar junto a nosotros como soldados. ¡Convocamos una vez más a los más fuertes para que ayuden al Príncipe Oscuro a poner fin a esta guerra! —gritó el sargento para que todos pudieran oírlo.

—¡Desea tener más hombres para enviarlos al matadero! —exclamó Catodus.

—Esta vez digo que no. Ya no enviaremos a nuestra gente a servir al Príncipe Oscuro. Mi última respuesta es no —dijo Lord Catodus con firmeza.

—¿No? Hemos tenido una gran relación durante los últimos diez años. Se han perdido muchas vidas, de todos los reinos, no solo del suyo. Es el sacrificio que estamos dispuestos a hacer para traer la paz y el orden una vez más —persuadió el sargento.

—No, ya basta. No hemos visto ninguno de los beneficios que nos prometieron. Solo ha habido dolor y pérdidas —respondió Catodus, erguido con su lanza en una mano mientras se bajaba la capucha con la otra.

El sargento miró a los que se habían reunido a su alrededor, su propia tripulación estaba detrás de él, relajada pero armada.

Sonrió levemente y luego se rió entre dientes mientras movía la mirada hacia la izquierda y luego hacia la derecha.

—Mi señor, con el debido respeto, necesitamos hombres y mujeres leales y fuertes que se unan a nosotros. De lo contrario, esta guerra se prolongará aún más. Nadie quiere eso. Sería una pena perder a sus hombres más fuertes aquí y ahora. Si alguien tiene que morir, que no sea en vano, ¡que sea por un bien mayor! —dijo el sargento con expresión severa, mientras fijaba la mirada en el bajito Kingmen—. No te lo estoy pidiendo, te lo estoy diciendo. Necesitamos más combatientes —dijo el sargento mientras apuntaba con su pistola bláster a Catodus.

Con un silbido y un rápido chirrido, chirrido, varias lanzas volaron, una de ellas atravesó la pierna del sargento, derribándolo de rodillas y haciendo que disparara su bláster al agua fangosa.

Otros Amphibtius saltaron de pequeñas ramas ocultas sobre la tripulación y aterrizaron sobre los hombres del Príncipe Oscuro. Usaron su peso para tirarlos al suelo, mientras el agua salpicaba por todas partes.

Uno de los hermanos de Sir Cysilian sacó su pistola bláster, apuntó a los guerreros con aspecto de sapo y disparó a uno en la pierna y luego a otro en la cabeza con precisión milimétrica.

De repente, una lanza cayó desde arriba, cortándole la cara justo debajo del ojo. El soldado con aspecto de grifo miró rápidamente hacia arriba y allí, en una rama de los árboles, había otro guerrero Amphibtius. Con un salto suave, sus alas lo elevaron rápidamente en el aire y sus garras afiladas como cuchillas agarraron a la amenaza, cortándole la piel con facilidad, atravesándole el corazón y dejando caer su cuerpo inmóvil al suelo.

—¡Alto el fuego, deténganse! —gritó el sargento mientras se ponía de pie y se sacaba la lanza de la pierna—. ¡Estamos aquí para reclutarlos, no para matarlos! —gritó.

Los Amphibtius chirriaron y silbaron entre ellos, luego corrieron y saltaron a través de las aguas turbias hacia la niebla entre los árboles.

El sargento con aspecto de caballo suspiró y luego gritó frustrado. De inmediato, la tripulación se separó y corrió tras ellos a través de las aguas que llegaban hasta las rodillas en direcciones opuestas.

—¿Te crees muy listo, pequeño saltador de charcos? —gritó el sargento.

Catodus sonrió cuando uno de sus hijos le entregó otra lanza.

La humedad del pantano flotaba en el aire, espesa y pesada. Se podía oír el chapoteo del agua y el susurro del follaje mientras los soldados corrían tras los guerreros con aspecto de sapo.

Un grupo más pequeño de la tripulación del sargento se reunió en formación mientras avanzaban con dificultad por el lodo, con el rostro decidido mientras perseguían a los aldeanos que corrían y saltaban entre los árboles y los pantanos, desesperados por escapar.

El pueblo Amphibtius, aunque más pequeño y corpulento, era mucho más ágil y estaba acostumbrado al terreno pantanoso. Se movían como sombras y se deslizaban con destreza entre la espesa vegetación. De vez en cuando, un soldado veía un destecho de movimiento, un atisbo de una capa, un par de piernas saltando sobre un árbol caído o una sombra deslizándose detrás de un retorcido arbusto del pantano.

Se oían algunos gritos en la distancia, rompiendo el silencio, mientras el otro grupo de soldados perseguía a los Amphibtius que huían al otro lado del pantano.

Lo que la tripulación no sabía era que el pantano tenía sus propios planes. A medida que avanzaban, sus pasos se hacían más pesados y sus botas se llenaban de lodo y barro. La primera tripulación continuó, entrecerrando los ojos para intentar ver por dónde iban a través de la espesa niebla. Un soldado, impulsado por la adrenalina, dio un paso audaz y se lanzó hacia adelante sobre un tocón de árbol podrido, pero rápidamente se encontró con que su pie se hundía en un agujero y, en un instante, estaba sumergido hasta la cintura en el lodo.

—¡Ayúdenme! —gritó el soldado.

Dos de sus compañeros se apresuraron a tenderle la mano, uno por cada brazo, para sacarlo. Al hacerlo, el suelo cedió y los tres se hundieron en el lodo. El pánico se apoderó de todos ellos, que empujaban y tiraban frenéticamente de los arbustos que los rodeaban, mientras se hundían cada vez más rápido. Otro miembro de la tripulación agarró una rama cercana y se la tendió.

—¡Vamos, agarren! ¡Agarren! —les gritó a sus compañeros que se hundían.

No sirvió de nada, ya que continuaron luchando y se hundieron cada vez más en las aguas fangosas, hasta que desaparecieron y solo quedaron unas pocas burbujas de aire que brotaban y burbujeaban en la superficie.

Los miembros restantes del grupo se miraron entre sí con incredulidad, sorprendidos al darse cuenta de que no solo eran cazadores, sino ahora prisioneros en este laberinto de lodo y misterio.

En el lado opuesto de los pantanos, el otro grupo de soldados avanzaba por las aguas turbias, igualmente mojados y embarrados, con las botas llenas de lodo. Seguían adelante tras las personas con aspecto de sapo que tenían delante. Mientras caminaban por las aguas turbias que les llegaban hasta las rodillas, algo cambió.

—Oye, ¿sentiste eso? —le preguntó un compañero a otro.

—¿Sentir qué? —preguntó el otro.

—Sentí algo moviéndose alrededor de mis piernas —respondió.

A lo lejos, se oían chirridos, uno de los lenguajes secretos del pueblo Amphibtius. Los chirridos se hicieron cada vez más fuertes a medida que la tripulación avanzaba por el terreno brumoso. Entonces, de repente, se hizo un silencio sepulcral.

Alarmados, los 10 miembros de la tripulación se detuvieron, sacaron sus pistolas bláster, y se miraron unos a otros mientras observaban. Entonces, uno de los tripulantes, en el extremo más alejado del grupo, lanzó un grito espeluznante y desapareció instantáneamente en las aguas.

Los demás ajustaron nerviosamente su posición, al darse cuenta de que ya no estaban cazando, sino que eran ellos los cazados. Mientras se acercaban unos a otros, otro compañero, en el extremo opuesto del grupo, gritó al desaparecer también en las aguas sin dejar rastro.

—¡Cuidado, cuiden sus espaldas! ¡Traigan eso! —gritó el líder de la tripulación a los demás.

De repente, apareció una forma grotesca, con sus escamas brillando en la tenue luz y sus ojos delgados reluciendo con malicia. Era un dragón del pantano.

Estas criaturas solo habían sido objeto de rumores en la tradición local, pero ahora se veían en carne y hueso. Se abalanzó sobre el soldado más cercano con una velocidad tremenda y aterradora. El soldado apenas tuvo tiempo de reaccionar, su grito se vio ahogado por el aire sofocante mientras unas delgadas garras arañaban el follaje húmedo. El caos se desató cuando los soldados restantes se apresuraron a huir.

(Mientras tanto, dentro del barco del Príncipe Oscuro)

—¿Me recibe? Hola, sargento. ¿Me recibe? —llamó uno de los miembros del equipo por los comunicadores de la tripulación.

El capitán Amin cruzó la cubierta principal y se dirigió hacia él.

—¿Cuál es el problema? —siseó.

—Los lugareños huyeron y nuestra tripulación los persiguió. Pero ahora, uno a uno, sus iconos de rastreo están desapareciendo del radar —explicó mientras señalaba la pantalla—. Ahí lo ve. Ha desaparecido otro. Tampoco hemos podido contactar con el sargento.

—Esos malditos... Estoy en el canal cuatro —dijo el capitán Amin mientras tomó un bláster del estante de la pared y se lo enfundaba.

El capitán Amin se ajustó la visera y probó su comunicador mientras caminaba por el pasillo tenuemente iluminado. Un resplandor rojo se reflejaba en su máscara metálica debido a las tenues luces parpadeantes del pasillo. La ira invadió su corazón mientras se ponía los guantes. Se oyó el silbido de una puerta al entrar en la bahía de las cápsulas flotantes. Las estanterías de las cápsulas de los veloci-pods estaban alineadas en las paredes, cada una en su propia cápsula cilíndrica. Todas ellas parecían torpedos listos para ser lanzados.

Amin se acercó a una gran cápsula que se encontraba en una robusta rejilla de hierro, a la altura de la cintura, justo delante de él. Pasó la pierna por encima y se sentó a horcajadas con destreza. Extendió la mano delante de él y colocó los dedos a ambos lados de la cápsula de forma ovalada. Un rayo láser azul salió de la base y escaneó sus dedos. En un abrir y cerrar de ojos, se oyó un sonido robótico cuando la máquina se encendió. Un ligero zumbido se escuchó procediendo del núcleo de la máquina.

Al instante, la base de hierro cayó al suelo, pero la máquina se mantuvo en la misma posición, flotando sobre el suelo. Los brazos de la cápsula veloci-pod se plegaron hacia atrás con un clic, convirtiéndose en manijas para maniobrar el transporte veloz. El Capitán Amin levantó las piernas, agarró las manijas, las movió, una hacia adelante y la otra hacia atrás, colocando el veloci-pod en posición de despegue.

Entonces, en un instante, se abrió una puerta en la parte trasera de la nave y Amin salió disparado como un misil, con la cola perfectamente alineada con la cola del veloci-pod, ahora en modo speeder, flotando y corriendo sobre el terreno pantanoso directamente hacia Lord Catodus.

—Basta ya de estos estúpidos juegos —pensó Amin para sí mismo mientras conducía el speeder.

Se deslizaba con facilidad entre los árboles y la maleza. Su máscara estaba equipada con una visera interna y un escáner de visión que le ayudaba a medir la velocidad y las distancias, e incluso tenía un ajuste térmico que le permitía ver la posición de su tripulación u otros seres.

A lo lejos podía ver gente de pie, pulsó el lateral de su máscara y esta se acercó, mostrando que se trataba del Kingmen, de pie en el porche, con una lanza en la mano, rodeado de su familia y varias personas más.

En pocos minutos se encontró cara a cara con Lord Catodus.

Los soldados, que antes realizaban una persecución ordenada, ahora se encontraban en una caza frenética. Era una batalla desesperada contra los aldeanos que huían y los horrores del pantano. Una luz roja parpadeante y un pitido resonaron en sus comunicadores.

—¡Reagrupémonos! ¡Retrocedamos! ¡Dejémoslos ir! —gritó uno de los soldados a sus compañeros.

Uno por uno, de dos en dos, comenzaron a regresar al lugar donde se habían separado originalmente, pero esta vez el capitán Amin estaba allí, esperando, sentado en su speeder-pod.

Amin miró a su alrededor, asegurándose de que los supervivientes restantes estaban allí, detrás de él. Uno de sus sargentos sostenía su pierna y se apoyaba contra un árbol cercano, por lo que centró su atención en los Kingmen.

—Vinimos y les pedimos muy amablemente su ayuda. A cambio, nos lanzaron lanzas, llevaron a mis hombres a los pantanos para que los mataran y, sin embargo, siguen ahí, firmes en su orgullo. A mí no me parece bien, ¿y a ustedes? —preguntó el capitán Amin con sarcasmo mientras bajaba de su veloci-pod, que lo había llevado justo delante del porche del Señor.

El Lord Catodus respondió:

—Como dije antes, no vamos a...

Con un silbido mecánico, el speeder-pod se transformó y, en un solo movimiento, la cabeza del veloci-pod salió y, con sus dientes afilados como cuchillos, le arrancó la cabeza al rey en mitad de la frase, mientras la esposa y los hijos del señor lanzaban un grito de terror.

—¡Ustedes lo han traído esto sobre sí mismos! ¡Miren lo que han hecho! —les gritó el capitán Amin mientras extendía los brazos y hacía señas al resto de los espectadores—. ¡Llamen a todos sus hombres para que regresen aquí, ahora mismo! —gritó.

—Debemos ponernos en marcha, hemos pasado demasiado tiempo en este lugar —dijo Amin mientras se recompuso—. Qué métodos tan bárbaros e incivilizados —se dijo a sí mismo mientras pulsaba un par de botones en su guante, tomando el control de la cápsula.

En un instante, había dos cápsulas más flotando detrás de él. Hizo un gesto a su sargento para que se subiera a la más cercana.

Uno de los hijos de Catodus estaba a punto de decir algo en contra de esta situación injusta cuando su madre lo agarró del brazo y le dijo algo que solo él podía oír.

El joven bajó la cabeza, habló con los que lo rodeaban y comenzó a emitir fuertes chirridos.

En pocos minutos, los árboles y los tejados se llenaron de guerreros Amphibtius, que llegaban saltando desde diferentes zonas del pantano.

Los guerreros reaccionaron de la misma manera que el hijo del Kingmen, con la cabeza agachada y alineados en formación, listos para seguir al capitán del Príncipe Oscuro. Amin sonrió y se rió en voz alta para que todos pudieran oírlo.

—¡Gracias por su cooperación, buena gente! —exclamó.

—¡Que todos nos regocijemos en la gloria de nuestro gran Príncipe! —anunció mientras pulsaba un par de botones en su guante, enviando las cápsulas de vuelta a la nave y obligando a las nuevas tropas de Amphibtius a seguirlas.

Mientras eran conducidos de vuelta a la nave y subían por la rampa de carga, llegaron a una gran sala con filas de asientos. Un oficial al mando muy extraño, procedente del reino oceánico de Mareviteaus, dio un paso al frente y habló con una voz casi gorgoteante.

—Todos ustedes han sido elegidos. Todos servirán a una causa mayor. No se tolerará la resistencia. Su lealtad decidirá su futuro —advirtió.

Los cautivos comprendieron que no había salida y que su destino era formar parte de esta poderosa fuerza.

Algunos se aferraron a la esperanza de volver algún día a casa, mientras que otros se sintieron desesperados. Su destino estaba sellado y, como muchos antes que ellos, ahora estaba en manos y a merced del Príncipe Oscuro.

Mientras la nave se preparaba para el despegue, su oscura silueta se fundió con las sombras brumosas. Se oyó un leve rugido en el interior, señalando el poder que estaba a punto de desatarse. Las puertas y rampas se cerraron y se elevaron lentamente, y de repente los motores rugieron, brillando con llamas azules. El suelo tembló cuando la oscura silueta se elevó hacia el cielo, dejando un rastro de humo y fuego mientras se alejaba en la distancia.

CAPÍTULO 18

(402 DDGLR – REINO BISONTEUS)

Bajo los vastos cielos abiertos del Reino Bisonteus, Santos y sus hombres ajustaron las riendas de su quantum y se prepararon para partir hacia las llanuras nómadas, bastante seguros de que allí encontrarían a su hermano entre el clan nómada.

—Bueno, amigo mío, me alegro mucho de que hayas podido venir a visitarnos, aunque haya sido una visita inesperada —dijo Kiowa con una sonrisa mientras le daba una palmada en el hombro a Santos.

—No sé qué habríamos hecho si tú y tus valientes hombres no hubieran llegado. Te estoy profundamente agradecido. Y, por favor, dale mi más sincero agradecimiento a tu padre, sé que es un hombre muy ocupado —dijo Santos.

—Sí, lo es. Al igual que lo era tu padre. Ambos son hombres respetuosos. Sus sabias palabras y su gran liderazgo nos recuerdan continuamente que nunca lo olvidaremos —dijo Kiowa mientras sujetaba el estribo de la silla de montar de Santos, que ahora estaba relajado, alimentado y descansado.

—Ah, ya que hablamos de nuestros padres. Nunca te lo dije aquel día, pero tu presencia en el funeral de mi padre fue muy necesaria, te lo agradezco profundamente y lo apreciaré para siempre —dijo Santos.

Kiowa asintió y sonrió.

—Nos vemos entonces —dijo Santos, levantando la mano con la palma hacia Kiowa, como era tradición entre el pueblo Bisonteaus para saludarse y despedirse.

Con un rápido golpecito de talones y una mirada a sus hombres, estos hicieron girar a sus behemoth y partieron hacia las llanuras nómadas.

(La misma mañana; tierras de los pies - pálidos)

Mientras los soles brillaban con más intensidad, Namid permanecía allí, con la mirada penetrante y las lágrimas corriendo por su rostro. Dos de las mujeres la consolaron y la invitaron a sentarse de nuevo junto a la fogata matutina. Tala se levantó y se colocó delante de Namid, lo que obligó a Dantias a dirigir su mirada perpleja hacia ella.

—¿Por qué tienes que avergonzarla aún más a ella y a nuestro clan, exigiéndole que te cuente todas esas cosas? Ya ha sufrido bastante. Déjala en paz, vete ahora. Déjanos curar sus heridas —dijo Tala con un tono directo, pero compasivo.

Dantias, con la mente llena de pensamientos, se quedó casi estupefacto, incapaz de comprender lo que acababa de oír. Una oleada de emociones inundó su ser: ira, tristeza, desesperación, impotencia total.

Recobró el sentido y se volvió para mirar a Tala a los ojos.

—¿No vas a hacer nada? ¿No vas a exigir una explicación por esta injusticia? —preguntó Dantias con tono enérgico.

Namid y las demás mujeres, sentadas junto al fuego matutino, alzaron la vista hacia los dos hombres que se enfrentaban. Dantias se volvió y se dirigió al resto de hombres y mujeres nómadas que se habían reunido en un gran círculo debido al alboroto de la mañana.

—¿Qué van a hacer? ¿Van a permitir que continúe esta injusticia, esta degradación de nuestro pueblo? ¡Esto no se puede tolerar! —dijo Dantias.

El clan comenzó a acercarse y a hablar entre ellos, asintiendo con la cabeza en señal de acuerdo. Tala, viendo adónde podía llevar esto a su pueblo, tomó la palabra.

—Esto solo nos llevará a más dolor, más vergüenza. Es una gran injusticia la que ha caído hoy sobre mi casa, estamos llenos de tristeza, pero no debemos tomarnos la justicia por nuestra mano. Porque, como dicen las Grandes Enseñanzas, la verdadera justicia es solo del gran Creador, Él pondrá todas las cosas bajo su mano. No nosotros, hermanos míos, debemos perdonar y buscar la paz —dijo Tala con pasión.

—¡Pero acaso los pergaminos no nos enseñan también que hay un tiempo para la alegría, un tiempo para el amor, un tiempo para la tristeza, un tiempo para la paz, un tiempo para hacer justicia e incluso para la guerra! —dijo Dantias, ahora movido por la ira, mientras caminaba alrededor del círculo de los allí reunidos, agitando los puños—. ¿Se van a quedar ahí parados sin hacer nada? ¿Van a permanecer callados mientras uno de los suyos lucha contra el dolor? ¡Vamos, vengan conmigo! ¡Llevemos esto a los clanes, preguntemos a la gente qué se debe hacer! ¡Alguien debe dar testimonio de este crimen atroz! ¿No está escrito que si uno sufre, todos comparten el mismo dolor y la misma vergüenza?

Dantias parecía hablar ahora desde su propio dolor y no desde el de Namid, mientras señalaba la zona donde se encontraba el palacio, muy lejos en la distancia.

La multitud comenzó a hablar, asintiendo con la cabeza en señal de acuerdo. Sus voces pasaron de ser voces normales a una ola que crecía lentamente, ganando fuerza cada vez que llegaba al mar, y regresando con mayor y mayor fuerza. La reacción de la gente fue así, a medida que aumentaban los comentarios, la historia se extendió por toda la multitud. Se podía ver a la gente volviéndose unos hacia otros para compartir brevemente la historia y la vergüenza que había caído sobre Namid y la familia de Tala. Se veían caras de confusión entre la multitud cuando los recién llegados se acercaban, preguntando y preguntando de qué se trataba todo esto. Esas mismas caras se convirtieron rápidamente en ceños fruncidos y disgusto, asintiendo con la cabeza en señal de acuerdo de que había que hacer algo para corregir este error.

Tala miró a su alrededor y vio que todo el campamento estaba reunido y que otros se acercaban. Parecía haber una cierta energía que iba creciendo, una ira contagiosa. Las voces comenzaron a pasar de comentarios severos a gritos abiertos de que había que hacer algo. Namid, al ver aparecer a su abuelo, se puso de pie y se acercó rápidamente a Dantias, empujándolo en el pecho y agarrándolo por los hombros.

—¡Basta! ¡Basta ya! ¡Mira lo que estás haciendo, somos un pueblo pacífico! —gritó Namid con voz temblorosa.

—Debo hablar; ¡te han hecho daño! No puedo detener esto, te amo, ¡debo defenderte a ti y a tu casa! —exclamó Dantias.

—¿Me amas? —exclamó Namid.

Luego se acercó a él, quedando cara a cara, mirándolo a los ojos.

—Si me amas. Si te importa mi pueblo, incluso tu propia dinastía, ¡detente! —dijo Namid con firmeza mientras lo miraba severamente a los ojos.

Dantias se detuvo un momento, sus ojos se conectaron con los de Namid, considerando por un instante un futuro lejano, solo con ella. Luego, tomando ambas manos y sosteniéndolas, respiró profundamente y dijo:

—Un día, muy pronto, lo entenderás. ¿Recuerdas que una vez me dijiste que con mi influencia, con mi herencia, podría marcar la diferencia?

—Sí, pero no así —interrumpió Namid.

—Mira a tu alrededor, esto es solo el comienzo. ¡Lo hago por ti, por nosotros! —Dantias terminó de decir esto, le bajó las manos a los lados, se dio la vuelta rápidamente y gritó a la multitud—: ¡Vengan, cabalguen conmigo! ¡Llevemos la justicia a su gente, a nuestro pueblo!

De inmediato, la multitud comenzó a vitorear en un alboroto, y un grupo de personas montó en los quantum. Gritaban y vitoreaban, mientras levantaban los puños en el aire, listos para cabalgar con Dantias dondequiera que fuera.

Dantias se volvió y vio a uno de los primos de Namid, un hombre fuerte con un rostro severo y concentrado, y le hizo un gesto para que le entregara las riendas de uno de los quantum que ahora estaba cerca. Mientras le entregaba las riendas a Dantias, este le habló al oído.

—¿Estás conmigo, tú y tus hermanos? —preguntó.

Él asintió con la cabeza.

—Entonces difundamos la noticia, unámonos también al clan vecino, pues son muchos —dijo Dantias con gran confianza.

El clan de los pies-ligeros era un fuerte pueblo árabe nómada que vivía al otro lado de las montañas, donde las llanuras de la sabana terminan y se encuentran con las colinas del desierto, justo antes de llegar a las playas que conducen a los grandes océanos del Reino Mareviteaus. Este clan era en su mayoría reservado, pero también era conocido por su temperamento irascible y su disposición a discutir e incluso pelear. Estaban a menos de un día de viaje. Si enviaban algunos exploradores por delante, podrían avisarles pronto.

—Estarán dispuestos, lo sé —le dijo el primo de Namid a Dantias.

Dantias saltó y subió al quantum, levantó el puño en el aire, miró brevemente a Namid con decepción, pero rápidamente se dio la vuelta mientras gritaba:

—¡Vamos! ¡Síganme!

En ese momento, Namid miró a su abuelo, sabiendo ambos que las acciones que se habían puesto en marcha los llevarían a ellos, a su pueblo e incluso posiblemente al reino a un punto sin retorno.

Dantias se alejó cabalgando con cien jinetes, hombres y mujeres que lo vitoreaban y estaban dispuestos a seguirlo para hacer justicia. Se podían ver nubes de polvo a medida que se alejaban.

(Mientras tanto, entrando en el Reino Equiantus)

Santos y sus hombres cabalgaban a un ritmo constante y rápido. Necesitaba encontrar a su hermano antes de que las cosas se le fueran de las manos.

Santos no sabía todo lo que había sucedido, ni en las llanuras nómadas ni en el palacio, pero sabía que debía encontrar a su hermano.

—¿Adónde vamos, mi señor? —preguntó uno de los guardias que cabalgaba junto a Santos.

—Estamos cruzando hacia las tierras del clan nómada. Creo que allí encontraremos a Dantias —respondió Santos.

—¡Eso es lo que dijiste el otro día, y nos atacaron esos demonios negros! —dijo el guardia sin rodeos.

—Lo sé, por eso estamos cruzando las tierras de cultivo del clan Pinto. Aquí es menos probable que nos pillen desprevenidos —respondió Santos.

—Sí, supongo que es un plan mejor —respondió el guardia.

El clan Pinto es una comunidad agrícola leal. Gran parte de los productos que se venden en Market Street provienen de sus granjas. También son muy conocidos por su entrenamiento de los behemoths, especialmente los cuánticos. Durante décadas, el clan Pinto ha domesticado, criado y entrenado a estas criaturas especiales.

A medida que los jinetes pasaban por los grandes postes que marcaban el reino de los Bisonteaus, las altas praderas dieron paso poco a poco a la hierba más suave y corta que se encuentra en las afueras de la dinastía Houlton.

Podían oler el aroma de la tierra labrada de la granja con la dulce fragancia de las flores silvestres que crecían allí. Al acercarse a un camino llano, era como si el camino hubiera sido cortado en la hierba, hecho por el continuo tránsito entre granjas.

Siguiendo este camino, doblaron una curva y los jinetes se encontraron con la amplia vista de campos de cultivos que se extendían como un tapiz de mosaico, cada parcela vibrante de vida.

El verde y exuberante trigo se mecía con la suave brisa que soplaba. Al otro lado del camino, hileras de maíz se erigían fuertes y rectas, llegando a la altura de los hombros de los jinetes, y las borlas doradas parecían rebotar sobre las largas hojas.

Santos y sus hombres sintieron una sensación de paz invadirles mientras cabalgaban, sabiendo que en estas tierras eran bienvenidos y no tenían adversarios.

A lo lejos se veía a los granjeros del clan Pinto, algunos inclinados y concentrados, cuidando con esmero las hileras de delicadas plántulas, mientras otros reían al levantar cestas con productos recién cosechados.

Siguiendo su tradición, el clan Pinto seguía haciendo todo a mano, a pesar de que existía la tecnología para hacer su trabajo menos tedioso, insistían y creían que trabajar a mano aportaba un producto más limpio y puro al mercado, además de fortalecer las relaciones familiares, uniéndolos por un bien común.

Mientras los jinetes intercambiaban sonrisas y saludos con varios de los agricultores, se oían canciones mientras trabajaban y, de vez en cuando, silbidos y gritos de «¡Arriba, vamos, eh!», cuando se veía a uno de los hombres del clan Pinto guiando a un 'behemoth de roca' que tiraba de un arado, labrando la tierra detrás de él. Aquí se percibía una cierta unidad que se sentía con el latido de la vida rural.

Mientras Santos cabalgaba, oyó que alguien le llamaba por su nombre desde atrás. No era difícil darse cuenta de que un príncipe Houlton pasaba por allí, sobre todo sin avisar. Llamaba la atención.

—¡Príncipe Houlton! ¡Señor! ¡Un momento, por favor! —gritó la voz.

Un jinete de quantum del clan Pinto se acercó a Santos y a sus hombres. Santos se volvió para ver quién se acercaba, sin perder el ritmo mientras seguían trotando por el camino.

—Bueno, hola. ¿A qué se debe tanto alboroto? —preguntó Santos, que reconoció al jinete de inmediato: era Aryan, el conocido entrenador de quantum.

Él y su familia habían ayudado a entrenar a todos los quantum de la guardia del palacio desde tiempos inmemoriales. El padre de Aryan era conocido por los Houlton desde antes de que ninguno de los dos hubiera nacido.

—¿Cómo te ha estado? ¿Qué tal fue su presentación en la Feria del Mercado este año? —preguntó Santos.

—Bien, como era de esperar, señor —respondió Aryan—. Disculpe que sea tan indiscreto, pero tengo una inquietud —continuó.

Santos se volvió y lo miró, dándole permiso para continuar.

—En la última noche oficial de la feria, algunos de nosotros siempre salimos a los juegos para ver qué podemos ganar. Ya sabes, como anoche, por ejemplo —explicó Aryan.

—Sí, continúa —dijo Santos, ahora intrigado.

—Bueno, nos encontramos con su hermano, el príncipe Dantias, que lo estaba haciendo bastante bien en uno de los juegos. No nos vio, ya que lo observábamos desde la distancia —dijo Aryan.

—¿Ganó algún premio? —dijo Santos con sarcasmo.

—Eso no lo sé, pero lo que quiero contarte es lo que pasó después —dijo Aryan con tono nervioso.

Santos levantó la mano para indicar a los demás que se detuvieran, tiró de las riendas para detener a su bestia y se apartó a un lado del camino.

Los demás siguieron trotando un poco más para darles privacidad a los dos. La expresión de Santos se volvió sombría al mirar a Aryan, sintiendo el cambio en la atmósfera que los rodeaba.

—¿Qué pasó? ¿Sabes dónde está? —preguntó Santos.

Aryan hizo una breve pausa, ordenando sus pensamientos y contemplando lo que diría a continuación. Santos lo miró con la sensación de que algo andaba mal.

—En realidad, puede que tenga alguna información que podría ayudar. Esa noche, yo, nosotros, oímos gritos y alaridos —explicó Aryan.

Santos abrió mucho los ojos:

—¿En serio? ¿Qué escuchaste, de qué se trataba?

Esto supuso un punto de inflexión para Santos, que pasó de no saber nada, basándose solo en una corazonada, a tener algunos detalles reales sobre el paradero de su hermano.

—Por favor, dime lo que sabes —dijo Santos.

—Bueno, solo puedo decir lo que oí y vi desde la distancia. Nos dimos cuenta de que Dantias regresó a una de las estaciones de descanso en la parte trasera del Domo del Teatro. No le di mucha importancia hasta que oímos a una mujer gritarle que no podía estar allí y luego un gran alboroto. Dantias gritaba y empujaba a la gente como si hubiera perdido algo —explicó Aryan.

—Namid —susurró Santos para sí mismo.

Era lo único que se le ocurría a Santos que pudiera haber provocado esa reacción en su hermano. «¿Estaba Dantias allí con ella? ¿Le ha pasado algo a Namid?». Parecía que ahora había más preguntas que respuestas.

—¿Eso es todo? ¿Qué más viste? —preguntó Santos.

—Todo lo que pudimos ver después de eso fue que los guardias del palacio se acercaron a él, le dijeron algo y lo sacaron de allí —dijo Aryan—. Solo pensé que debías saberlo. Ojalá pudiera contarte más.

—Gracias, te agradezco que me lo hayas contado —respondió Santos.

Santos se quedó sentado un momento y reflexionó sobre lo que acababa de oír. Se convenció de que debían seguir por la ruta actual. Conociendo su cultura y sus migraciones, calculó que a esas alturas debían de estar cerca de su árbol de celebración. Entonces, se enderezó en la silla con confianza, dio una palmada a su bestia para que se pusiera al trote y luego al galope, saludó con la mano a los demás y les indicó que siguieran adelante. Aryan se mantuvo justo detrás.

—Me gustaría acompañarlo, señor, si no le molesta. Podría ser de alguna utilidad —dijo Aryan mientras se acomodaba en la silla y se ataba un pañuelo azul al cuello, con el nudo por delante.

Lo hacía cada vez que se preparaba para montar y cabalgar rápido, como si su bestia pudiera sentir el cambio de energía de su jinete.

Aryan conocía a su bestia y ella lo conocía a él, las horas y horas que habían pasado juntos, cabalgando, entrenando y viviendo la vida, habían sido casi inseparables desde que él era un niño.

—Está bien, vamos. No quiero perder más tiempo —dijo Santos.

—Podemos atravesar los campos traseros. Aún no han sido arados, así que no tendremos que preocuparnos por las hileras de cultivos o el terreno irregular —explicó Aryan.

—Muéstranos el camino —ordenó Santos mientras levantaba la cabeza y reconocía ante los demás que Aryan iba a liderar el grupo.

Mientras cabalgaban, su ritmo aumentó de un galope a una buena carrera constante. Impulsaron a sus gigantescos animales hacia adelante, con el sonido de sus cascos golpeando el suelo de forma rítmica. El camino parecía desplegarse ante ellos mientras atravesaban los campos con Aryan a la cabeza. Los exuberantes campos de maíz, cebada, avena, trigo y flores silvestres se mecían, llenando el aire con dulces fragancias.

El polvo se levantaba a su alrededor y se arremolinaba en la luz del sol matutino mientras cabalgaban. Pasaron por campos bien organizados con diseños inmaculados.

Los trabajadores detuvieron su labor y entrecerraron los ojos ante la luz del sol mientras observaban pasar a los jinetes con expresiones de preocupación y curiosidad en sus rostros. Los susurros parecían propagarse por los campos, las preguntas flotaban en la boca de todos mientras agarraban con fuerza sus herramientas y cestas.

Los compañeros, con uno más ahora añadido al grupo, se inclinaron más sobre sus bestias y corrieron por los caminos que parecían difuminarse bajo ellos. Avanzaron y corrieron contra el tiempo para encontrar respuestas.

Capítulo 19

(Mientras tanto, cruzando las llanuras desérticas del clan árabe)

Una pequeña cordillera se extendía ante Dantias y el grupo que ahora lo seguía. Las montañas eran más grandes que las colinas onduladas de las minas del clan Asnos, pero bastante más pequeñas que las grandes montañas del suroeste, donde, incluso desde una gran distancia, se podía ver la brillante y futurista ciudad del reino de Terrartius.

Las montañas que tenían ante ellos separaban las llanuras del desierto y conectaban con las playas de arena y los portales que conducían al reino de Mareviteaus. Si se seguían los caminos marcados, se podían atravesar estos pequeños acantilados en solo unas horas.

Al acercarse a la base de la montaña, Dantias se dirigió a sus seguidores, levantando la mano.

—Camaradas y aliados, les pido que solo unos pocos continúen conmigo desde aquí. Acampen aquí y descansen un rato. Yo seguiré cabalgando para reunirme con el clan, y aquellos de ellos que deseen unirse a nosotros volverán y se reunirán con ustedes aquí. No hay necesidad de que todos nos cansemos —dijo Dantias.

La multitud asintió con la cabeza, mientras unos veinte jinetes se acercaban a Dantias y aceptaban seguir con él. Una expresión severa se apoderó de su rostro mientras miraba a cada uno a los ojos, viendo la misma mirada en ellos, y sin decir una palabra emprendieron un camino suave y angulado que subía y cruzaba las verdes colinas de la montaña.

No tardarían mucho en coronar la cima y descender por la otra ladera, pasando al terreno arenoso de las tierras de los clanes de pies ligeros.

(El grupo de Santos se acerca a las llanuras nómadas)

Era mediodía, ambos soles estaban en su punto más alto en el cielo cuando Santos y su grupo se acercaron al campamento de los nómadas. A medida que se acercaban, los vibrantes colores de las tiendas de campaña se hicieron visibles. Sin embargo, una escena inquietante comenzó a desarrollarse ante ellos.

El aire estaba cargado de tensión, lo que contrastaba enormemente con el habitual sonido alegre del clan.

El grupo entró en el campamento sin ser visto y sin ser bienvenido por los ancianos, como era costumbre en los clanes nómadas.

Santos se dio cuenta de que un grupo se había reunido cerca del centro del campamento; sus voces se alzaban agitadas.

Algunos de los grupos gesticulaban animadamente, con el rostro marcado por la preocupación y una gran frustración. Algunas de las mujeres del grupo abrazaban a sus hijos y caminaban ansiosas.

Mientras Santos y su grupo desmontaban y comenzaban a caminar hacia el círculo, se percató de que algunos de los ancianos, entre ellos Tala, uno de los más sabios y abuelo de Namid, discutían acaloradamente.

Estaba claro que algo había salido mal. Incluso el behemoth se movía inquieto, sintiendo la agitación. Santos intercambió miradas preocupadas con Aryan y los demás mientras se acercaban.

—Debemos mantener la calma, hermanos míos —oyó decir a Tala a medida que se acercaban.

—¡Cómo puedes mantener la calma ahora, debemos actuar! ¡O defiendes a tu nieta o cabalgas con el príncipe! Es así de simple. ¡Elige! —gritó uno de los hombres.

De repente, el grupo que discutía se volvió y se percató de la presencia de los invitados no deseados. Rápidamente, dos de los nómadas se acercaron a Santos, sin siquiera saludarlo, y sin perder el ritmo, exigieron una respuesta al hijo de Houlton.

—¡Díselo, dile que debemos hacer algo, que debemos actuar! ¡No podemos quedarnos aquí sin hacer nada! ¡Díselo, mi señor príncipe! —gritó uno de los nómadas mientras señalaba a Santos y luego a Tala.

—Saludos, hermanos míos —dijo Santos mientras levantaba la mano en señal de saludo.

Aryan y los demás guardias del palacio se quedaron justo detrás de él, esperando a ver qué sucedía a continuación.

Tala se giró, aliviada, y rápidamente saludó a Santos con los brazos abiertos, abrazándolo e invitándolo a acercarse al círculo.

—Bendito sea al Creador por haber venido, empezaba a pensar que mi petición no había sido escuchada. Bienvenido, mi señor príncipe, ¡gracias por venir! —dijo Tala.

—¿Su petición, mi buen señor? No he recibido ni he oído hablar de ninguna petición —dijo Santos.

Tala lo miró desconcertado, casi confundido.

—Envié un jinete esta mañana temprano al palacio, pidiendo seguridad y consejo —dijo Santos mirándolo con curiosidad.

—Consejo y ayuda, debido a la agitación que hemos soportado por parte de la dinastía Houlton y al alboroto creado por su hermano —dijo Tala de forma clara y directa.

—Lo siento, pero no sé nada de su petición. Hemos venido porque... —dijo Santos.

Tala lo interrumpió:

—Entonces, ¿por qué están aquí, si no es para ayudar a traer paz a esta situación tan terrible? —preguntó con frustración.

Santos mantuvo la calma mientras miraba a su alrededor e intentaba discernir lo que había sucedido.

—Mis compañeros y yo hemos venido en busca de respuestas y para preguntar por el paradero de mi hermano, Dantias —dijo Santos con claridad.

—¿Paradero? ¿Quieres decir que no sabes lo que ha sucedido aquí? ¿A mi nieta, a nuestro pueblo? —preguntó Tala con voz quebrada.

Mientras hablaba, contuvo las lágrimas. Namid se acercó y le tomó del brazo mientras se colocaba detrás de su abuelo.

—Lo siento, querido señor, no lo sé. Llevamos desde ayer cabalgando en busca de Dantias. No sabemos qué ha sido de él —explicó Santos.

El clan nómada comenzó a hablar en voz alta, en medio de un gran alboroto. Santos miró a su alrededor y comprendió que la situación era mucho peor de lo que había imaginado.

Tala se volvió hacia la gente y gritó tres palabras cortas en su lengua nativa, y entonces un gran silencio se apoderó del clan.

—Ven, debemos hablar, han pasado muchas cosas en estos dos últimos días —Tala le indicó a Santos que lo siguiera y se sentara frente a su tienda.

Santos lo siguió, esperando lo peor.

(Llanuras desérticas)

Sentado con los líderes del clan, el sol brillaba alto en el cielo, resplandeciendo sobre el horizonte arenoso y el tranquilo oasis, donde el sonido del agua fluía suavemente sobre unas piedras lisas, que se habían apilado para crear un pequeño estanque. Había unos cuantos arbustos frondosos cerca y cuatro palmeras altas y delgadas que, junto con las tiendas, proporcionaban la sombra suficiente para escapar del calor del sol.

Dantias se sentó con las piernas cruzadas sobre una alfombra tejida a mano, rodeado por los líderes. El aroma de las hierbas fragantes se podía oler en el aire cálido. Unas cuantas pequeñas fogatas crepitaban cerca, mientras que las tiendas del clan, con sus intrincados diseños, formaban un colorido telón de fondo contra las arenas claras del desierto. Dantias, con determinación en sus ojos, se dirigió al grupo con una voz tranquila y precisa.

—Entiendo sus tradiciones, su forma de vida —comenzó, mientras miraba a cada anciano a los ojos, mostrándoles un profundo respeto por su autonomía—. He venido a pedirles su ayuda. Una gran y trágica desgracia ha caído sobre nuestros hermanos del clan de los pies pálidos —explicó Dantias, y luego contó lo que había sucedido.

Los ancianos del clan se sentaron en círculo, con expresiones que mezclaban escepticismo, curiosidad y frustración. Aunque los dos clanes tenían tradiciones similares a las suyas, eran menos francos, menos emocionales y estaban profundamente arraigados en sus costumbres solitarias.

Desconfiaban de los forasteros que trataban de alterar el delicado equilibrio de su forma de vida. Aunque estaban de acuerdo en que se trataba de terribles agravios, estos le habían sucedido a Tala y a su familia, no a ellos. Sentían poca empatía por los demás.

El líder más anciano, un hombre canoso con arrugas profundamente marcadas en su rostro experimentado y curtido, cruzó los brazos y habló.

—Hemos prosperado solos durante generaciones, sin buscar la ayuda de nadie ni molestar a nadie en nuestro reino —dijo con firmeza.

—¿Por qué deberíamos apoyarles a ustedes o a cualquier otra persona? ¿Qué nos ofrecen que no nos hayamos proporcionado ya nosotros mismos? —preguntó directamente un anciano.

Dantias se tomó un momento para percibir el ambiente. Rápidamente percibió su obstinación, el clan era gente amable, pero muy arraigada en sus costumbres.

Sin embargo, había un destello de apertura en su confianza mientras se sentaban junto a la piscina brillantemente iluminada, un símbolo de vida en medio de la dureza del desierto.

—Mayor fuerza —dijo Dantias con confianza.

Los líderes intercambiaron miradas vacilantes, aferrándose aún a su mentalidad individualista.

Dantias continuó, insistiendo:

—Juntos, podemos forjar alianzas no solo para sobrevivir, sino también para asegurar un futuro próspero. Las cosas han cambiado, desde la muerte de mi padre, nuestro reino no ha sido el mismo. Yo, como miembro de la familia Houlton, puedo asegurarles que todo nuestro pueblo estará protegido. Gracias a nuestras fuerzas combinadas y a la colaboración de conocimientos, con cada uno fiel a la herencia de su propio clan, todos mejoraremos nuestras costumbres y tendremos un lugar seguro como miembros de la nueva y renovada dinastía Houlton.

Los líderes escucharon atentamente cada palabra y observaron mientras Dantias continuaba explicando su visión del futuro.

La tensión en el aire comenzó a disiparse. El mayor descruzó los brazos, ahora intrigado por la visión de Dantias. Para ellos, lo más importante era la preservación de su herencia.

—Esto suena muy bien, pero ¿qué hay de tu madre, la duquesa? ¿O de tu hermano? ¿Están ellos también de acuerdo? —preguntó uno de los otros líderes.

—Les aseguro que no hay de qué preocuparse. Yo hablo en nombre de la dinastía Houlton. Solo a mí se me ha encomendado la tarea de unificar cada clan y asegurar el futuro de nuestro reino —dijo Dantias con carisma.

Los ancianos comenzaron a asentir con la cabeza. Fue en ese momento, mientras hablaba, cuando se dio cuenta de que dentro de sí mismo tenía la confianza necesaria para liderar y traer la unidad al reino.

—Si puedo influir en la opinión de uno de los clanes más obstinados de la dinastía Houlton, también podría hacer lo mismo con los demás. Esto podría ir mucho más allá del reino de Equiantus —pensó Dantias para sí mismo.

Entonces, al unísono, los líderes hablaron juntos:

—¡Por la justicia de nuestro pueblo!

Levantaron sus copas llenas de agua fresca del oasis. Con una sensación de triunfo, Dantias levantó su copa también, mientras todos sonreían y bebían juntos.

Entonces, Dantias oyó un crujido, seguido de un gruñido y un chasquido procedentes de una de las tiendas detrás de él. Al girar la cabeza, vio un animal enjaulado sentado en las sombras del interior de la vivienda envuelta en tela.

—¿Es lo que creo que es? —preguntó Dantias.

—Oh, sí —dijo uno de los líderes con una sonrisa.

—¿Has entrenado a uno de esos demonios negros, ¿cómo? —preguntó Dantias sorprendido.

—Podemos mostrártelo —dijo el anciano con una sonrisa burlona.

(Llanuras nómadas)

Tala miró a Santos mientras este reaccionaba a esta devastadora y preocupante noticia. Santos bajó la cabeza avergonzado, frustrado y triste.

—¿Cómo es posible que los miembros de su guardia, entrenados para proteger a los clanes, participaran o pudieran participar en actos tan horrendos? —pensó Santos para sí mismo mientras apretaba los puños.

Era temprano por la tarde; los dos soles pintaban el cielo con vívidos trazos de púrpura y oro. El grupo sentado frente a la tienda de Tala se miró entre sí y esperó respuestas a esta gran confusión. Unas pocas brasas ardían en la pequeña hoguera frente a ellos. Mientras Santos seguía reflexionando sobre la situación, no pudo evitar sentirse abrumado por ella.

—¿Cómo pudo su hermano levantarse de esa manera, tomando todo en sus propias manos? ¿Qué deseaba lograr con esto? ¿Y ahora involucrando a otro clan, que no tenía nada que ver con todo esto?

El corazón de Santos se hundió al pensar en lo que podría pasar con todo esto.

Uno de los nómadas dio un codazo a Tala en el brazo para persuadirlo de que abordara otro tema. Tala asintió.

—Mi señor, no deseo molestarle más con mis problemas, pero tenemos otra pregunta —dijo Tala.

—¿Sí? —Santos lo miró.

—Dantias también habló del destierro de nuestro pueblo. Que su madre, la duquesa, nos había expulsado a todos y que ya no formamos parte de este reino, ni se nos considera miembros de la dinastía de su familia. ¿Eso es cierto? —preguntó Tala.

Santos lo miró a los ojos, pensando que las cosas no podían ir peor, luego se enderezó y le habló directamente a Tala.

—No sé nada del destierro de tu pueblo. He asistido a todas las reuniones del consejo con la duquesa y nunca se ha hablado de tal cosa. Que estén tranquilos, hermanos míos, son de nuestro pueblo como cualquier otro clan de nuestro reino. Tienen mi palabra —dijo Santos con certeza.

Lo que dijo Santos era cierto, no se había hablado de tal tema durante las sesiones del consejo con los Kingmen.

La duquesa solo se lo había dicho a Dantias. Claramente provocándolo para que revelara su secreto, lo que lo llevó a mostrar dónde y con quién pasaba su tiempo.

Justo cuando las brasas del fuego se apagaban, su discusión se vio interrumpida por el sonido de pasos apresurados. Un explorador nómada, el mismo que Tala había enviado a buscar ayuda al palacio, irrumpió en su círculo. Su ropa estaba cubierta del polvo de las llanuras y sus ojos estaban muy abiertos por el pánico, y respiraba con dificultad mientras hablaba.

—¡Mis señores, mi señor! —jadeó.

La sorpresa y el alivio se apoderaron de él cuando Santos se dio la vuelta junto con los demás.

—¡Oh, mi señor príncipe Santos! —jadeó, con desesperación en su voz—. ¡Debemos regresar al palacio de inmediato!

Todos los corazones alrededor del fuego menguante se detuvieron, y la tristeza compartida fue sustituida por una urgencia palpable. La expresión del explorador transmitía un mensaje serio, que trascendía incluso las palabras, una sensación de terrible fatalidad.

Continuó recuperando el aliento:

—El palacio está consternado y se necesita a los príncipes Houlton.

—¿Qué pasa, qué sabes? ¡Habla! —gritó Santos mientras se ponía rápidamente de pie.

—No se me permitió entrar en el palacio, pero observé el caótico movimiento en los terrenos del palacio —dijo el explorador.

—¿Y? —preguntó Santos.

—Una gran tragedia ha caído sobre la duquesa. Vi, desde la distancia, cómo la llevaban al salón —dijo el explorador nómada mientras bajaba la cabeza.

—¿Muerta? —preguntó Santos.

—Eso no lo sé, pero creo que hay una gran necesidad de ti allí —explicó el explorador.

Se oía el crepitar de las últimas brasas mientras una brisa soplaba las cenizas blancas al suelo. El ceño fruncido de Santos reflejaba su angustia al sentir el peso de las palabras del explorador, que le obligaban a enfrentarse a una agonizante elección entre los profundos lazos de dolor compartido con el clan nómada y la llamada de la responsabilidad que le empujaba de vuelta al palacio. Uno no sabe de lo que es realmente capaz hasta que se presenta la situación.

Fue en ese momento, en lo más profundo de su ser, mientras las brasas del fuego se apagaban, cuando se encendió en su alma una chispa que le llevó a creer en la justicia y el orden. Santos no se sintió motivado por la presión de todo lo que había descubierto ese día, sino por su profundo sentido del bien y del mal, de la justicia y la equidad. Levantó la cabeza y respiró hondo, con todas las miradas puestas en él, a la espera de sus próximas palabras.

—Descubriré quién te ha hecho daño, seré un instrumento de paz para todo nuestro pueblo —le dijo a Tala de forma clara y directa, mientras Namid se situaba justo detrás de su abuelo.

—¿Y tu hermano? Él dijo lo mismo, y ahora está levantando a otros clanes para ejercer la justicia en nombre de nuestro pueblo —dijo Tala.

—No puedo hablar por las acciones de Dantias, ni apoyo acciones que promuevan la discordia entre los clanes. Puedo decir que la dinastía Houlton es y será un apoyo para todo nuestro pueblo, defendiendo la justicia y la paz. Como dije antes, yo personalmente encontraré respuestas a estos crímenes y ayudaré a restablecer el orden. Estoy convencido de que todas estas situaciones no son una coincidencia, sino que están relacionadas con un plan mayor. Todo lo que puedo pedirles, ahora, en este momento, es su paciencia y comprensión mientras avanzo para descubrir la verdad —explicó Santos con mayor confianza.

Cuando Tala extendió su mano en señal de aprobación, ambos se dieron un apretón de manos. Luego, el anciano curtido se volvió hacia algunos de sus hombres leales y les ordenó que acompañaran a Santos.

Se podía ver a Tala y Namid observándolos alejarse montados en sus quantum, mientras los soles brillaban intensamente sobre ellos. Una brisa fresca soplaba en la misma dirección que Santos y su creciente grupo de jinetes, como si los vientos que los acompañaban los empujaran en su camino, como si el Creador les enviara una señal de aprobación.

Capítulo 20

Dantias ahora estaba acompañado por un grupo mucho más grande que cruzaba las llanuras, algunos de los cuales iban armados con sus propias espadas, lazos y lanzas cortas. Cabalgaban con confianza y una sensación de poder. Cerca de 100 almas montaban sus behemoth detrás de Dantias.

El príncipe sonrió, sintiéndose orgulloso de sí mismo, de que él, y solo él, hubiera sido elegido por el Creador para liderar al pueblo del Reino Equiantus. Estaba seguro de que ahora todos los clanes lo seguirían.

Mientras el grupo cabalgaba más allá de la cordillera, bajando hacia la región montañosa, su número llamó la atención del clan Asno y de muchos de los mestizos que salían de las minas. Se podía ver a varios hombres agarrando picos y palas mientras comenzaban a trotar junto a los jinetes a su paso. La energía del ejército en crecimiento comenzó a contagiarse a los que les rodeaban. Muchos comenzaron a unirse aunque realmente no sabían por qué.

—¿A qué viene tanto alboroto? —preguntó uno de los mineros Asno a un jinete mientras bajaban por las colinas.

—¡Nuestro señor, el príncipe Dantias, nos ha llamado para que cabalgáramos con él! ¡Va a traer el orden y acabar con toda la corrupción del reino! —gritó un jinete.

Mientras el grupo avanzaba, Dantias comenzó a pensar, su plan se iba desarrollando sobre la marcha. Se volvió hacia uno de los líderes de los clanes que cabalgaba más cerca de él.

—¡Llamaremos a otros para que se unan a nuestra cause! ¡Es hora de traer la verdadera unidad a los reinos! Síganme al recinto ferial. ¡Hay muchos que aún estarán allí! —gritó Dantias.

—¡Vamos! ¡Estamos contigo! —gritó el líder.

Entonces comenzaron a gritar y vitorear, uno por uno los jinetes se volvieron y se miraron entre sí, y luego se unieron. Los gritos y vítores se contagiaron entre la multitud hasta que todos vitoreaban, algunos sin saber siquiera por qué.

(Mientras tanto, Santos regresa al palacio)

Santos también cabalgaba con un grupo de seguidores. Aunque no sabía el paradero exacto de su hermano, lo único que sabía era que tenía que volver al palacio lo antes posible para descifrar lo que había sucedido y qué había sido de su madre, la duquesa.

Cuando llegaron al palacio, Santos desmontó rápidamente y fue en busca del profesor. Si alguien sabía lo que estaba pasando, era él.

El patio, antes tranquilo y rebosante de vida, ahora estaba lleno de una tensión palpable que flotaba en el aire. Las banderas de la dinastía, que lucían el escudo de la familia, parecían casi apagadas por las terribles circunstancias.

Mientras Santos caminaba rápidamente por los pasillos del palacio, buscaba desesperadamente al Profesor. Entonces lo vio al otro lado del pasillo. La duquesa yacía sobre una de las largas mesas, rodeada por varios médicos de la dinastía, el ministro de la capilla y unos cuantos guardias. El Profesor se giró al oír los pasos de Santos, con un aire inusualmente sombrío y los ojos nublados por la preocupación, lo que dejaba entrever la grave revelación que estaba a punto de compartir.

Cuando Santos se acercó, el Profesor lo interceptó y lo apartó, alejándolo de los susurros ansiosos de los demás.

El peso de sus palabras lo abrumó mientras trataba de explicarle a Santos la horrible situación que había tenido lugar dentro de los muros del palacio.

—La duquesa, tu madre —comenzó, con voz baja y firme—, ha sido envenenada.

Santos sintió un escalofrío al escuchar la noticia. La sola idea era inconcebible.

—¿Cómo pudo haber sucedido esto? ¿Quién pudo haberlo hecho? —pensó, con la mente acelerada.

El Profesor continuó, detallando cómo la había encontrado esa misma mañana cuando llevaba las flores cortadas habituales al palacio. Cómo había pedido a los guardias que la llevaran de vuelta al palacio y la colocaran sobre la mesa, y cómo durante las últimas horas él y los médicos habían realizado varias pruebas para encontrar respuestas. Se encontraron rastros de una toxina en su torrente sanguíneo, lo que llevó a acusaciones de juego sucio.

—Era muy delicado, mi señor príncipe. Era casi imperceptible. Como usted sabe, me gusta la horticultura...

—La situación actual, Profesor, señor —interrumpió Santos.

—Oh, sí, lo siento mucho, mi señor —continuó el Profesor—. Bueno, verá, tengo un gran historial de plantas y hierbas naturales y, bueno, no pudimos encontrar nada fuera de lo normal, así que le hice un análisis de sangre y lo comparé con mi base de datos personal de flores y plantas, y había rastros de hierba serpiente en su organismo. Y, como saben, la hierba serpiente, si se ingiere, se convierte en veneno —explicó el Profesor.

Cada palabra reforzaba la creciente decisión de Santos. Entendió que no se trataba de un incidente aislado, sino de un ataque calculado dirigido al corazón mismo de su sociedad. Esta situación, la situación familiar de Tala, todo ello orquestado para provocar la desunión y la discordia.

(Recinto ferial justo a las afueras del Domo de Teatro)

A medida que la multitud disminuía y los trabajadores recogían sus puestos, artesanías y cargaban sus behemoth para regresar a sus clanes y reinos.

Dantias y su creciente multitud de seguidores se acercaron a una de las plataformas que se habían utilizado para representaciones musicales y teatrales al aire libre, saltaron al escenario y comenzaron a llamar a todos los que podían oírlos para que se acercaran.

—¡Atención todos, por favor, acérquense! —gritó Dantias desde la plataforma.

Había un número considerable de personas que ya lo seguían, lo que llamó la atención de muchos otros.

Debido a que la Feria del Mercado era una reunión de talentos y culturas, había personas presentes de cada reino. Mientras la gente se reunía alrededor del escenario, Dantias continuó.

—Hoy me presento ante ustedes no solo como ciudadano de Equiantus. No solo como hijo de la dinastía Houlton, sino como hombre. ¡Un hombre que busca justicia para su pueblo! —gritó y respiró hondo antes de continuar—. He descubierto un crimen horrible. ¡Un crimen no solo contra uno de los míos, sino contra alguien a quien se ha hecho daño en nombre de la paz! ¡Los reinos hablan de paz y unidad, mientras que los crímenes más terribles han sido cometidos por las mismas personas que han jurado protegernos! —dijo Dantias con autoridad y seguridad.

—¿Qué te hace diferente? ¿No eres parte de ello? ¿No es el palacio tu hogar? ¿No eres un príncipe? —gritó alguien entre la multitud que no dejaba de crecer.

—Sí, yo formaba parte de esta supuesta dinastía de paz, hasta que descubrí la verdad. ¡La verdad que se esconde tras sus mentiras y su corrupción! Durante demasiado tiempo hemos hecho la vista gorda, creyendo en lo que nos decían nuestras autoridades, soportando el peso de la corrupción que se filtraba lentamente en nuestra sociedad, convirtiéndose en un veneno que contamina nuestra propia esencia —gritó Dantias—. Nuestro amado reino ha sido explotado por aquellos en el poder, que solo se mueven por sus propios deseos. En realidad, no les importa el bienestar del pueblo, sino que están cegados por la ambición, creando un mundo en el que el engaño puede prosperar abiertamente. Si ha estado presente en la ciudad de Houlton y en el Reino Equiantus, es solo cuestión de tiempo que los demás reinos empiecen a seguir su ejemplo.

Dantias continuó con su llamamiento a la acción:

—El Consejo de los Kingmen juró proteger a todos nosotros de tal tiranía, ¡solo para permitir la injusticia dentro de sí mismos y permitir que se robara la inocencia de una joven! ¡Les pido que vengan conmigo, a mi propia casa, al palacio y salón de Kingmen, para exigir que se haga justicia! La justicia no es solo un ideal. ¡Es la base sobre la que debemos construir nuestro futuro! Todos debemos permanecer unidos. Imagina un reino, un planeta, donde todos los ciudadanos se sientan valorados, donde los gritos de los inocentes no sean silenciados por las clases altas o por aquellos que solo buscan tener poder sobre los demás. ¡Imagina un mundo donde la integridad y el honor lideren y se opongan al engaño y la opresión!

Entiendo la desilusión que muchos de ustedes sienten. Conozco los rumores que manchan nuestras tierras, rumores de duda. Las cicatrices de la traición son profundas; yo también las llevo. No olvidemos que incluso la noche más larga cederá ante la primera luz del amanecer. Dantias hablaba con tal carisma y confianza que la multitud estaba pendiente de cada una de sus palabras.

La multitud murmuraba y susurraba entre sí, asintiendo con la cabeza en señal de acuerdo. Dantias observó cómo su influencia se extendía sobre la multitud como una pequeña ola que fluye desde la orilla hacia el océano.

Continuó hablando:

—Juntos, podemos construir un sistema en el que se respeten las verdaderas leyes y se defienda la justicia. ¡Un sistema en el que los fuertes se levanten para proteger a los vulnerables y las decisiones que se tomen beneficien al bien común en lugar de a unos pocos privilegiados!

Dantias observó a la multitud para ver su reacción antes de continuar:

—¡Les hago un llamado a ustedes, ciudadanos fieles y leales, a aquellos que sienten que su voz no ha sido realmente escuchada! Necesito sus voces, su fervor, su compromiso mientras trabajamos juntos para tomar una postura y embarcarnos en esta gran aventura para transformar nuestros reinos en una realidad honesta! ¡Marchemos con un propósito y un espíritu unidos, juntos no solo resistiremos, sino que triunfaremos! ¿Están conmigo? ¡Los guiaré, los llevaré a mi hogar, al palacio, y juntos lograremos un cambio!

Dantias levantó los puños en el aire mientras gritaba.

La multitud convencida vitoreó y aplaudió mientras Dantias montaba su quantum. Uno de los líderes del clan sonrió y asintió con la cabeza mientras miraba a su alrededor. Estaban asombrados por la respuesta de toda la gente, incluidos aquellos que ni siquiera eran del reino de Equiantus.

Dantias se dio la vuelta y cabalgó entre la multitud, otros jinetes le siguieron mientras la multitud se apartaba, animándoles. Una vez que los últimos jinetes pasaron entre la multitud, todos los que se habían reunido marcharon y les siguieron a pie por las calles, dirigiéndose hacia el palacio.

CAPÍTULO 21

Era media tarde y los soles gemelos proyectaban sus rayos dorados y púrpura sobre la ciudad, tranquilos pero contundentes, iluminando las calles.

La ciudad Houlton estaba llena de ciudadanos de Equiantus esa tarde, todos ajenos a los acontecimientos que habían tenido lugar en ese dramático día.

Cada persona se ocupaba de sus propios asuntos. La Feria del Mercado estaba terminando, por lo que quienes visitaban el reino aprovechaban el tiempo extra para visitar las tiendas y comercios locales. Los visitantes admiraban y compraban prendas de vestir, joyas y otros artículos artesanales que normalmente no encontraban en su propio reino.

En el extremo más alejado de la calle principal, una procesión dobló la esquina y comenzó su camino hacia el palacio.

Dantias cabalgaba al frente del decidido desfile, sentado sobre un quantum, cuyos músculos se ondulaban a la luz del sol mientras trotaba. Sus patas marcaban un ritmo distintivo mientras avanzaban por la calle, cautivando la atención de los compradores y ciudadanos cercanos.

A medida que la procesión avanzaba, más gente salía de la sombra de sus puertas y tiendas atraída por el espectáculo. Algunos de sus rostros se iluminaban con entusiasmo al suponer que se trataba de un desfile para celebrar el final de la Feria del Mercado, y se unían a él, alineándose a ambos lados de las calles, hombres y mujeres, jóvenes y ancianos.

Más adelante, en una de las calles laterales, Hlok se encontraba en el taller de su familia junto con su padre y uno de sus hermanos menores, dando los últimos retoques a la pata de una mesa de hierro hecha a medida. Como era costumbre, el clan Clydesdale siempre aprovechaba la temporada de la Feria del Mercado para fabricar y vender sus muebles y adornos hechos a mano.

El taller tenía una enorme fragua en el centro, con feroces llamas naranjas y azuladas alimentadas por una mezcla de carbón de alta calidad y aire que se bombeaba a través de un tubo conectado a una palanca situada en el lado derecho. El calor que irradiaba calentaba el aire y proyectaba sombras parpadeantes en todas las paredes. Aunque la sala era bastante grande, tenía un ambiente acogedor, debido al tamaño físico de Hlok, su padre y su hermano, pero también porque cada pared estaba cubierta de herramientas y baratijas. A pesar de que el taller estaba lleno, de arriba abajo, estaba sorprendentemente limpio y cada pieza estaba en su sitio.

Alrededor de la fragua había una colección de yunques. Había yunques bajos y planos para trabajos delicados, y otros altos y robustos para dar forma a proyectos más grandes. Todos estaban muy gastados y su superficie estaba decorada con las marcas de expertos artesanos. La fragua se había utilizado durante generaciones para calentar y fundir los metales con los que creaban increíbles obras de artesanía.

Contra una pared había un banco de trabajo fuerte y resistente, cuya superficie albergaba multitud de herramientas. Cinceles de varios tamaños, limas para suavizar los bordes y un juego de calibres, una reliquia familiar que se había transmitido de padres a hijos durante generaciones y que se utilizaba para realizar mediciones delicadas y precisas, estaban cuidadosamente ordenados, acompañados de bocetos y planos arrugados.

El hermano menor de Hlok solía estar allí, garabateando diseños innovadores para muebles intrincados, puertas con motivos en espiral o mesas robustas que contaban una historia a través de su forma. Hlok estaba terminando una mesa de ese tipo cuando oyó el alboroto que se producía en el exterior.

—¿Qué está pasando ahí fuera? —preguntó por encima del ruido de su padre martillando una pieza para una puerta de hierro.

—¿Qué dices? —preguntó su padre mientras dejaba de martillar.

—Parece que está pasando algo en la calle. Todos los vecinos están fuera —dijo Hlok mientras dejaba su soplete láser.

La antorcha láser era algo que él había inventado, podía soportar el calor y el fuego de la forja y, con la succión que pasaba por un tubo donde se mezclaba en una pequeña cámara de gases específicos, se calentaba aún más, y luego, a medida que la presión aumentaba, empujaba el fuego a través del mango de un martillo, convirtiendo el martillo en una mini forja que podía utilizarse para calentar, fundir y trabajar cualquier material que Hlok estuviera trabajando. Era una herramienta bastante innovadora. Sus hermanos menores le dieron el nombre de antorcha láser porque, si se presionaba el martillo en el punto justo y se movía con la muñeca, salía una llamarada por la cabeza del martillo, simulando el láser de un bláster, por lo que había que tener mucho cuidado al usarla.

Hlok se quitó el delantal de cuero y lo colgó de un gancho mientras salía al exterior. Había una multitud de personas caminando, algunas incluso trotando, pasando por delante de su tienda hacia la calle principal. Mientras miraba hacia la calle, su padre salió y se puso a su lado, ambos de tamaño enorme y musculoso, sus sombras alcanzaban el ancho de la calle y tocaban las otras tiendas de enfrente.

—¿Qué pasa? —preguntó su padre.

—Parece que hay algún tipo de desfile o marcha —respondió Hlok.

—No recuerdo haber oído nada sobre ningún desfile. Si hubiera habido alguno, habría sido ayer. Fue entonces cuando terminó oficialmente la Feria del Mercado —explicó su padre.

—Voy a ir a ver qué es todo ese alboroto —dijo Hlok mientras se dirigía hacia la calle principal.

—De acuerdo, pero no tardes mucho. Tenemos que sacar esta mesa antes de que anochezca. Vendrán más tarde a recogerla —le indicó su padre.

Hlok asintió y le hizo un gesto de aprobación con el pulgar a su padre para confirmar que había entendido sus instrucciones, pero su atención se centró en el alboroto que se producía a solo tres cuadras de distancia.

A medida que se acercaba, Hlok se abrió paso entre la multitud hasta llegar a la calle principal, por donde pasaba el desfile. Miró a su alrededor con curiosidad. Algunos niños Equiantianos señalaban con los ojos muy abiertos por la sorpresa, mientras los mayores saludaban con la mano.

Dantias estaba más adelante, por delante de todos los demás. Saludó con la mano y luego levantó el puño en el aire.

La multitud que marchaba gritó:

—¡Justicia para todos!

El ambiente crepitaba de energía; un latido casi colectivo de esperanza trascendía las actividades mundanas del día. Con cada paso, más personas se unían al movimiento.

El zumbido de la unidad se extendió por cada persona mientras marchaban detrás de Dantias y sus jinetes. Aunque todos los reinos se mezclaban mientras el desfile continuaba hacia el palacio, la mayoría de los participantes eran del reino de Equiantus.

Cuando la multitud se acercó a las puertas del palacio, Dantias no pudo evitar fijarse en lo hermoso y grandioso que era, un claro recordatorio de las generaciones de autoridad que representaba. Aun así, siguió adelante con su plan, su misión de enfrentarse.

Cuando Dantias levantó la mano en alto, como un símbolo de fuerza y resistencia, su voz se elevó por encima de la multitud, llevándolos a todos a un coro ferviente.

—¡Justicia! —rugió la multitud, con sus voces mezclándose con el viento.

Dantias se paró frente a la puerta principal, mirando hacia el palacio, el único hogar que había conocido, contemplando su próximo movimiento. Relajó los hombros por un momento mientras se sentaba en su quantum, con el murmullo de la multitud detrás de él, pero nadie decía una palabra, incluso los gigantes parecían comprender la gravedad de la escena que se desarrollaba ante ellos, porque también estaban quietos.

Mientras Dantias respiraba profundamente por la nariz, levantó la cabeza hacia el cielo y miró cada una de las grandes estatuas que se alzaban a ambos lados de la enorme puerta, sus ojos de mármol tallado, casi como si estuviera desafiando a su padre y a todos los Houlton que le habían precedido. Fue este momento imborrable el que se extendería por todo el tejido de su reino, su forma de vida, preparándose para desafiar este símbolo de poder y autoridad que se alzaba ante ellos.

A lo lejos, Hlok se abrió paso entre la multitud y se acercó cada vez más al frente, elevándose por encima del resto de los ciudadanos. Estaba a unos 50 metros cuando se dio cuenta de lo que estaba sucediendo a los pies de las puertas principales del palacio de la dinastía Houlton.

Los pasos apresurados al otro lado de la puerta rompieron el silencio cuando los guardias del palacio corrieron a sus posiciones, alineándose en el lado opuesto de las puertas del palacio. Entonces, en la terraza superior, frente a la calle principal, el lugar donde los antiguos Kingsmen daban sus discursos, palabras de aliento e instrucciones al pueblo del reino, apareció Santos acompañado por el Profesor.

La mirada de Dantias se desvió de las estatuas talladas a mano que se erigían como gigantes inmóviles a ambos lados de las puertas de madera con marco de hierro hacia la terraza superior, donde su hermano ahora se encontraba mirándolo.

Sus miradas se cruzaron por un instante en el silencio de aquella tarde decisiva. El viento soplaba en sus rostros y se oía el resoplido de uno de los caballos cuánticos justo detrás de Dantias, entre la multitud. Santos levantó las cejas e inclinó ligeramente la cabeza hacia un lado mientras miraba a su hermano desde la distancia, casi indicando una pregunta silenciosa: «¿Qué vas a hacer ahora, hermano mío?».

Aunque Santos se sintió aliviado al saber por fin el paradero de su hermano, ahora se enfrentaba a una circunstancia muy diferente.

Entonces, mientras Dantias respiraba profundamente y exhalaba una vez más, rompió el contacto visual con su hermano y se volvió hacia los numerosos seguidores que tenía detrás, levantando la mano en el aire.

Hlok se encontraba a cierta distancia, pero a la misma altura que Dantias, sentado a lomos de su behemoth, y se dijo en voz alta, sacudiendo la cabeza:

—No, así no...

La mano de Dantias bajó como un hacha cortando el aire, indicando a todos los que estaban con él que atacaran las puertas y asaltaran las murallas del palacio. Entonces, de repente, como pequeños insectos sobre un dulce caramelo, todos, sin razonar, gritaron:

—¡Justicia!

Mientras corrían hacia las puertas y comenzaban a empujar y golpear con todas sus fuerzas.

Con duda en sus ojos, Santos se volvió y miró al rostro del profesor, buscando orientación mientras navegaban por este camino desafiante que se extendía ante él. Estaba claro que debían encontrar al responsable de la muerte de su madre, revelando a los traidores que se encontraban entre ellos, pero primero se vio obligado a poner orden en esta multitud que se levantaba contra todo lo que su padre representaba.

—Santos, querido muchacho, el liderazgo no consiste en tener todas las respuestas —dijo el Profesor mientras le ponía una mano tranquilizadora en el hombro a Santos—, consiste en afrontar la incertidumbre. Incluso los árboles más fuertes se doblan con la tormenta, pero no se rompen.

Ahora se podían oír con fuerza los golpes y los gritos pidiendo justicia justo al otro lado de las puertas del patio, cientos de personas parecían haberse unido a esta emboscada al palacio.

Santos respiró hondo:

—Quiero guiar al pueblo, pero esto... ¿cómo se responde a esto? Es mi hermano.

—Tu deseo de servir al reino te convierte en un verdadero líder. No rehúyas los momentos que te hacen grande; aprovéchalos. El valor para enfrentarte, no a tu hermano, sino a tu miedo, puede revelar tus mayores fortalezas. Estuve al lado de tu padre durante muchos años y antes de él, al lado de su padre, así que créeme cuando te digo que te estás convirtiendo en uno de los grandes —dijo el Profesor con seguridad.

En ese momento, Santos supo lo que tenía que hacer: juntos se enfrentarían a las fuerzas oscuras que buscaban perturbar la paz que habían mantenido durante generaciones, empezando aquí mismo, en las puertas del palacio.

—Recuerda, es el corazón que hay dentro de ti lo que te convierte en líder. Ahora, enfrentémonos juntos a esta tormenta —dijo el Profesor.

Las puertas del palacio temblaron y comenzaron a crujir bajo la presión implacable de la multitud que se agolpaba. Se oían gritos al otro lado de los grandes muros del palacio, cada vez más fuertes, dando instrucciones para empujar esto y tirar de aquello. Se podía ver a gigantes de roca, con sus enormes cuerpos, tirando de cuerdas grandes y gruesas, con un extremo envuelto alrededor de sus gruesos torsos y el otro atado a las fuertes puertas del palacio. Los metales chirriaban, se retorcían y se contorsionaban lentamente mientras las bestias tiraban.

—¡Tiren, ya casi está! —gritó alguien mientras la gente saltaba, colgándose de las cuerdas y tirando con los gigantes.

Entonces, de repente, con un estruendo ensordecedor, las puertas cayeron al suelo. La multitud, convertida en un caótico mar de rostros de todos los reinos, se abalanzó sobre los terrenos del palacio como una ola embravecida.

Los guardias del palacio defendieron valientemente sus puestos, pero fueron rápidamente abrumados. Los guardias, por supuesto, no estaban acostumbrados a tales cosas. Aunque se habían entrenado y preparado como guardias, sabían cómo luchar en combate cuerpo a cuerpo y usar una lanza eléctrica, nunca se les había ordenado usar tales habilidades contra otros porque los reinos se habían convertido en una utopía de paz, con varios cientos de años sin guerras ni violencia. Algunos fueron pisoteados, otros rechazados por la fuerza bruta de la multitud.

Se podía ver a mucha gente lanzando lazos alrededor de las estatuas que se encontraban en el jardín, derribándolas al suelo, sus cuerpos de mármol destrozándose al caer.

Entonces, al frente del caos, se sentó Dantias en su quantum, con los ojos brillantes de malévolo triunfo. Su energía oscura crecía y parecía alimentar el frenesí de la multitud, impulsándola a seguir adelante en esta búsqueda ahora destructiva.

Los guardias, ahora maltrechos, retrocedieron tambaleándose mientras la multitud avanzaba. Justo cuando parecía que el palacio iba a ser tomado, un estruendo repentino y ensordecedor sacudió el aire. Santos, desde su posición elevada, se puso de pie junto al Profesor y desplegó medidas de defensa de emergencia, una tormenta de bombas similares al gas lacrimógeno que llovieron sobre la multitud. El efecto fue inmediato. Todos, incluidos los guardias, quedaron momentáneamente conmocionados, aturdidos y desorientados.

La bestia de Dantias lanzó un chillido de terror, se encabritó y lo tiró al suelo, y todos los gigantes patearon y corrieron frenéticamente en busca de protección.

Sin que lo supieran ni siquiera los guardias del palacio, unos cuatro años antes se habían instalado lanzadores de cañones especiales justo encima de las tejas del palacio, imperceptibles para los transeúntes, creando un sistema de defensa para los terrenos de la dinastía Houlton.

Los guardias, con sus bastones luminosos en ristre, aprovecharon la oportunidad y se reunieron de nuevo. Comenzaron a avanzar, recuperando poco a poco el control del patio del palacio. A medida que el caos empezaba a remitir, se hizo evidente el verdadero alcance de los daños. Los jardines, antes tan cuidados, estaban ahora destrozados y pisoteados, las estatuas yacían destrozadas y las puertas del palacio estaban torcidas y rotas.

Los soles colgaban bajos en el cielo de la tarde, proyectando un cálido tono dorado y ligeramente púrpura sobre los terrenos del palacio. El polvo y el humo se arremolinaban en el aire y se mezclaban con el olor a sudor y miedo, mientras la gente se reagrupaba poniéndose de pie y limpiándose los ojos llorosos y las narices mocosas.

A medida que comenzaban a restablecer una apariencia de orden, muchos de sus rostros, manchados de suciedad y miedo, se transformaron en expresiones de determinación, alimentadas por la desesperación del momento. Se oían toses rebotando entre el grupo mientras recuperaban el aliento, tratando de calmar tanto sus cuerpos como sus mentes. Santos, ahora un pilar de compostura en medio de la confusión, su presencia llamaba la atención de quienes estaban ante él.

De pie en el borde de la terraza superior, levantó los brazos lentamente, un gesto que hizo que la desanimada multitud prestara atención. Cuando habló, su voz resonó con claridad, haciendo eco desde el mismo lugar desde el que sus antepasados habían dado instrucciones en tiempos pasados.

—¡Gente de los reinos, por favor, escúchenme!

Su voz llenó el aire, rica y poderosa, resonando en todos los rincones de la terraza.

—¡Han venido con una misión, una misión de justicia, pero han sido engañados! La justicia que buscas no se puede encontrar de esta manera. ¡Todos buscamos la verdad hoy! ¡Yo también! —resonó la voz de Santos—. La paz, la verdadera paz, no se puede lograr a través de la división. Es nuestra unidad la que forjará el futuro que vosotros y yo deseamos. ¡No nos separemos por la confusión y la ira, sino mantengámonos unidos!

El Profesor sonrió al ver nacer a un nuevo líder.

—¡¿Unidad?! ¿Así es como lo llamas, Santos? —La voz de Dantias cortó el aire con una fuerza llena de odio, atrayendo la atención de la multitud—. ¡Mira a su alrededor! ¡Llevamos demasiado tiempo en silencio! ¡Esta supuesta unidad no es más que una cadena que os ata a cada uno de ustedes y se impide ver la verdad a la que debemos enfrentarnos!

Sus palabras provocaron una tensión palpable, reflejada en los rostros de quienes lo rodeaban. Una mezcla de miedo y una estimulante sensación de rebelión flotaba en el aire. Dantias dio un paso adelante, levantando el puño en alto, decidido a reunir una vez más los ánimos de aquellos que aún se aferraban a la confusión y la duda.

—¿Te vas a arrodillar ante este sistema corrupto? ¡Ya no somos marionetas en tu juego, Santos! —gritó mientras se dirigía a su hermano—. ¡Únanse a mí si desean un cambio, exijan que la verdad y la justicia reinen abiertamente en cada reino! —gritó Dantias, recibiendo ahora gestos de asentimiento de sus seguidores.

Santos sintió el cambio en la multitud y, decidido a no perder el impulso que había creado, apretó con fuerza el borde del balcón, frunciendo el ceño con determinación.

—¡Escucha a la razón, Dantias! ¡Hablas de buscar la verdad, pero lo único que difundes son mentiras!

En ese momento, un numeroso grupo del clan nómada apareció caminando por la esquina más alejada del palacio. Tala, Namid y otros miembros de su grupo se unieron a los que habían llegado antes con Santos. Entraron por la puerta trasera del palacio. Aryan y Kiowa también estaban con ellos.

—¿Verdad? ¿Qué verdad? ¡Mira lo que has hecho! —Namid se abrió paso entre sus compañeros y se enfrentó a Dantias con el palacio a sus espaldas.

—¡Busco justicia para ti, para tu pueblo, para todo mi pueblo! —Dantias habló en voz alta para que todos lo oyeran.

—¿Tu pueblo? —le preguntó Namid, cuestionando sus motivos.

—¡Te han hecho daño, han mancillado tu honor, y yo voy a sacar a la luz todo lo que se ha ocultado! ¡Es hora de que el pueblo sepa qué tipo de unidad nos han dado nuestros Kingmen! —exclamó Dantias—. ¡Fueron los guardias del palacio, con la bendición del consejo, quienes le quitaron la inocencia a mi único y verdadero amor! ¡Mancillaron el honor de su pueblo! ¡Todo porque no seguí las reglas de la casa Houlton! ¿Es esto justo? ¿Es justo? Se volvieron contra su propio pueblo, en nombre de la unidad. ¡Exijo justicia por estos crímenes! —gritó Dantias a su hermano con odio en su voz.

—¡Hablas de la verdad! ¡Pues hablemos de la verdad, hermano mío! —le respondió Santos, con voz atronadora por encima de la multitud.

Entonces, de entre las sombras detrás de Santos, emergió un guardia del palacio. Era el mismo guardia que había matado a dos de sus compañeros para liberar a Namid aquella horrible noche.

Dantias miró, con los ojos fijos en la terraza, que exigía la atención de todos los presentes. Namid no lo reconoció hasta que habló.

—Aquí tenemos un testigo de tu verdad —dijo Santos con claridad mientras hacía un gesto al guardia para que se acercara—. Cuéntales a todos lo que sabes.

—A mí y a otros dos se nos ordenó encontrar y capturar a la joven nómada llamada Namid en la Feria del Mercado. Se nos ordenó llevarla discretamente a un lugar apartado —dijo el guardia.

—¿Y cómo sabías que era ella? —preguntó Santos.

—Se nos dijo que estaría acompañada por el príncipe Dantias —explicó el guardia.

—¿Y luego qué pasó? —preguntó Santos.

El guardia, avergonzado, bajó la cabeza en silencio.

—¿Y luego qué pasó, señor? —exigió una respuesta Santos.

—Hicimos lo que nos ordenaron. Seguimos a la pareja hasta la feria, esperamos a que se presentara la oportunidad y luego la invitamos a venir con nosotros, haciéndole creer que la íbamos a llevar con Dantias —explicó mientras su voz resonaba en la terraza.

—¿Eso es todo? —preguntó Santos.

—No. Luego la llevamos a un lugar apartado y... —el guardia hizo una pausa.

—¡Dilo! ¡Dinos lo que hiciste! —gritó Dantias, empujando a un avergonzado Namid a un lado, ya que su ira se impuso a su empatía por su amada.

El guardia suspiró, sacudiendo la cabeza, y comenzó a hablar.

—Luego... luego la atamos de las manos, la colgamos de una viga y la castigamos por estar con el príncipe —dijo.

—Deshonras tu linaje... ¡TE VOY A MATAR! —gritó Dantias enfurecido mientras daba un paso adelante y gesticulaba con las manos.

En ese momento, todos los horrendos acontecimientos de aquella noche volvieron a la mente de Namid, y ella estalló en llanto, al reconocer la voz del guardia.

Dantias se detuvo y se volvió hacia ella, con todas las miradas ahora fijas en ella.

—Fue él —susurró.

—¿Qué? ¿Fue él quien te hizo esto? —le preguntó Dantias a Namid con enojo.

Ella se secó los ojos, se recompuso y lo miró directamente a los ojos.

—¡Fue él! —dijo en voz alta.

Mirando al guardia que estaba junto a Santos en la terraza, Namid dijo:

—¡Fue él! ¡Él fue quien me salvó! ¡Me defendió y mató a los otros dos guardias! ¡Gracias a él, estoy con mi familia! ¡Gracias a él, hoy estoy viva! ¡Este hombre me liberó y me dejó marchar! —dijo Namid con autoridad.

—¡Debe ser castigado, se debe hacer justicia! ¡Él es el culpable! —exclamó Dantias buscando el apoyo de la multitud.

—¿Justicia? ¿Justicia, hermano mío? ¡Hablemos de justicia! —dijo Santos a la multitud.

Ahora todas las almas dirigieron su atención a Santos. Para entonces, Hlok estaba de pie a un lado, cerca del frente, al igual que los clanes que habían viajado con Dantias y los demás que se habían unido en el camino.

El guardia que testificó en secreto sobre aquella horrible noche también había revelado la identidad de quienes habían envenenado a la duquesa. Aunque uno de ellos ya había encontrado la muerte a manos de su espada la noche en que liberó a Namid, el otro guardia seguía allí, entre las filas.

Santos se preparó para hablar. Volvió a mirar al profesor en busca de apoyo, y su leal amigo asintió con la cabeza en señal de aprobación.

Santos relajó el puño, respiró hondo y habló con voz de líder. No era momento para un hijo afligido.

—¡La duquesa ha muerto! —declaró.

La multitud se quedó sin aliento y miró a su alrededor con incredulidad. Tala se adelantó hacia Namid y la tomó bajo su brazo.

—¡Después de mucha investigación, hemos descubierto que la duquesa fue asesinada! ¡La envenenaron! —anunció Santos.

Mientras Santos hablaba, el guardia acusado permanecía de pie junto a sus compañeros soldados, sin que ninguno de ellos supiera que él era el culpable. Su corazón comenzó a acelerarse y su ansiedad empezó a aumentar. Quería escapar del castigo que era seguro, pero sabía que tenía que tener cuidado. Mientras los soles se ponían lentamente, vio en el borde del patio, donde las sombras de los árboles se proyectaban a través del jardín, un lugar por donde escapar.

La multitud comenzó a murmurar, las voces se alzaron, se produjo una conmoción y cada persona hablaba con su vecino sobre lo que creía que se debía hacer, cuestionando y dando opiniones sobre quién creían que había cometido un acto tan horrible.

Cuando la multitud comenzó a prestar atención unos a otros, el guardia decidió actuar. Dio unos pequeños pasos hacia atrás, tratando de mantener el cuerpo quieto y la mirada al frente. Cada paso le parecía muy arriesgado, pero el miedo al castigo lo empujaba a continuar. Retrocedió con cuidado hasta que chocó con otra persona.

—¿Vas a algún lado, amigo? —preguntó Aryan mientras estaba de pie con otros dos hombres de confianza.

—Eh, solo tengo que ir al cuartel a buscar mi barra luminosa, debo haberla dejado allí —respondió el guardia.

—¿Quizás podríamos ayudarte a encontrarla? —dijo Aryan con sarcasmo.

—¡Eh, tenemos aquí a un desertor, Santos! —gritó Aryan en voz alta, lo que atrajo toda la atención hacia el guardia que tenía delante.

Entonces, varios hombres, junto con los guardias del palacio que estaban cerca y que habían sido alertados, agarraron al guardia acusado por los hombros y lo empujaron hacia el centro del grupo, que ahora se encontraba justo delante de la terraza.

—¿Quién es este? —preguntó Santos para que todos lo oyeran.

Aryan, que estaba justo detrás de él, respondió:

—¡Mientras hablabas, vimos que rompió filas e intentó escapar! Es un poco curioso, ¿no crees?

El guardia en cuestión comenzó a ponerse muy nervioso y a balbucear:

—¡No he hecho nada! ¡No pueden culparme de nada! Además, ¡ni siquiera fue idea mía!

—¿Qué no fue idea tuya? —preguntó Santos.

—¡Yo no envenené a la duquesa, le dije que no quería participar en eso, tengo familia!

El guardia comenzó a reaccionar nerviosamente, revelando el secreto delante de todos.

—¿Quién la envenenó entonces? ¿Fue otra persona? —preguntó Santos en un tono no amenazante.

—¡Él mató al guardia que la envenenó, la noche en que todo sucedió!

El guardia gritó señalando la terraza:

—¡Además, solo hacíamos lo que Dantias nos ordenaba!

Entonces, de repente, como un rayo, Dantias sacó su daga de la funda que llevaba en la espalda y, con un solo movimiento, degolló a su acusador. Su sangre salpicó las caras de Namid y Tala, que retrocedieron horrorizados.

—¡¿Qué estás haciendo?! —gritó Namid.

—¡Justicia! ¡Cómo se atreve a culparme de la muerte de mi propia madre! —exclamó Dantias.

Hlok extendió sus enormes brazos, sometió a Dantias y lo empujó hasta ponerlo de rodillas. Le quitó fácilmente el cuchillo de la mano y lo lanzó hacia el edificio.

La multitud estaba ahora desconcertada y atónita, tratando de entender todo lo que estaba sucediendo. Muchos, aún convencidos de las palabras de Dantias, comenzaron a gritar y a clamar justicia.

—¡Exigimos justicia! ¡Dantias, Dantias! —coreaba la multitud.

Namid se secó la cara, pasó por encima del cuerpo del guardia, sin vida y se arrodilló junto a Dantias. Le susurró al oído y le preguntó:

—¿Por qué has hecho esto?

Dantias giró la cabeza, la miró y, con sinceridad en los ojos, respondió al instante:

—Por amor. Nadie nos separará.

Horrorizada, Namid dio un paso atrás, extendiendo los brazos hacia atrás, buscando a alguien que la sostuviera antes de caer al suelo. Rápidamente encontró la mano de Tala y la agarró con fuerza mientras permanecía completamente conmocionada.

—¿Cómo es posible que la persona a la que había amado durante tanto tiempo pudiera hacer algo tan inimaginable? —pensó para sí misma mientras intentaba controlar sus emociones.

—Él lo hizo. ¡Él es el responsable! —dijo Namid mientras señalaba a Dantias y las lágrimas le corrían silenciosamente por las mejillas.

Con un fuerte silbido, un anciano del clan del desierto hizo una señal a sus hombres, que seguían sentados en sus quantum, moviendo el dedo y señalando las calles, indicando que su participación actual había terminado. Con una rápida patada a sus bestias, estas se pusieron inmediatamente en marcha y, en su camino, regresaron a su hogar en el desierto.

Santos se quedó de pie con una mirada de decepción e incredulidad en su rostro. El toque de la mano del Profesor en su brazo lo devolvió a la realidad y a la difícil decisión que ahora debía tomar. Habló solemnemente en voz alta para que todos lo oyeran.

—A la luz de estas pruebas incriminatorias, me veo obligado a tomar medidas. Medidas que nadie en el reino desearía tomar, pero que deben tomarse —dijo Santos con tristeza en su voz.

A continuación, hizo un gesto a los guardias para que se hicieran cargo de su hermano. En un instante, la multitud rugió, desviando la atención de los guardias del palacio hacia ellos en lugar de hacia Dantias. La multitud comenzó a empujar a las filas de los guardias del palacio mientras clamaban por justicia.

—¡Libéralo! ¡Exigimos justicia!

Era como si sus mentes hubieran sido lavadas por el oscuro carisma de su líder, Dantias.

—¡El destierro! —gritó Santos desde la terraza.

Su voz resonó y rebotó en las paredes, llegando incluso a oírse en las calles.

Todo el mundo se detuvo en seco. Incluso el Profesor se giró rápidamente, demasiado sorprendido por tal declaración. El destierro nunca era algo que se tomara a la ligera, si alguien era desterrado, no había vuelta atrás. Era permanente. Sería para siempre.

—¡El destierro es lo que les espera a todos aquellos que se pongan del lado de este criminal del reino! ¡Elijan ahora, den un paso al frente aquellos que deseen seguir su camino! —dijo Santos en voz alta y clara para que todos lo oyeran—. O... —hizo una pausa para pensar en sus siguientes palabras—, váyanse ahora y no se les acusará de ningún delito. Decidan ahora. ¿Qué van a hacer, conciudadanos? —dijo Santos de forma persuasiva.

Los presentes que eran de otros reinos se marcharon primero, convirtiendo esta situación en un asunto del reino de Equiantus.

Luego, poco a poco, uno, luego dos, luego cinco, luego veinte, grupos de ciudadanos de la ciudad Houlton comenzaron a bajar la guardia y a marcharse, en su mayoría de acuerdo, pero hubo otros, incluidos los clanes Asno, que se marcharon con puro resentimiento en sus corazones. La idea de la injusticia permanecía en sus mentes.

—Algún día recibirá su merecido. Toda su manipulación y su arrogancia —le dijo una persona a otra mientras salían por las puertas derruidas del palacio.

Kiowa se quedó en una zona abierta del patio con tristeza en su corazón, viendo cómo ahora los hermanos se veían obligados a enfrentarse entre sí. Aunque entendía las circunstancias, no estaba de acuerdo.

El pueblo Bisonteaus creía y enseñaba a cada generación que «pase lo que pase, bueno o malo, la familia se mantiene fiel a la familia».

Mientras bajaba la cabeza en señal de desaprobación y se daba la vuelta lentamente, él también se alejó, seguido por otros de su reino que también habían venido con él.

Santos, al darse cuenta de la reacción de Kiowa, se sintió abrumado, pensando que tal vez había ido demasiado lejos.

Algunos de los guardias comenzaron a retirar el cadáver, mientras que otros se acercaron a Hlok para indicarle que ahora tenían el control de la situación. Tres de ellos tomaron a Dantias por los brazos y le inmovilizaron las manos a la espalda mientras se lo llevaban.

—¡Namid! ¡Era por ti! Ella iba a desterrarte a ti y a tu clan; ¡no podía permitirlo! ¡Era por ti, por nosotros! —dijo Dantias desesperadamente.

Namid lo miró a los ojos, bajó la mirada al suelo y le dio la espalda, lo que provocó que Tala y el resto de los miembros de su clan hicieran lo mismo, lo que significaba un rechazo. En su clan, era una demostración que significaba: «Ya no te reconozco. No te veo». Expulsar al individuo para siempre.

Dantias, devastado y confundido, comenzó a gritar de forma ilógica a todos los que lo rodeaban:

—¡Ya ven, esto es lo que hacen! ¡Crean división! ¡O se hace a su manera o no se hace nada! ¡TE ODIO, SANTOS!

Hicieron falta varios guardias para sujetarlo mientras gritaba y empujaba mientras lo llevaban para inmovilizarlo.

Más tarde esa noche, guardias adicionales estaban en alerta en la entrada, con las puertas derribadas. El Profesor yacía en su cama, ahora de vuelta en su propia casa, junto a los jardineros. Agradecido de que la turba no hubiera llegado tan lejos en los terrenos del palacio.

Santos estaba en su cama, completamente despierto, pensando en todo lo que había sucedido. Los sonidos y las voces retumbaban como un terremoto en su mente. Respiró hondo y comenzó a recitar en voz alta las antiguas leyes, con el mismo tono y ritmo que su padre utilizaba cuando los acostaba a él y a Dantias por la noche.

Dantias estaba sentado en el frío banco de una celda aún más fría en el sótano del palacio. Con las manos esposadas, temblaba de ira y frustración mientras las lágrimas le corrían por el rostro. Se inclinó, cubriéndose la cara con las manos, y sus gritos se convirtieron en sollozos y luego en ira mientras esperaba lo inevitable.

Una ceremonia de destierro, de la que no habría vuelta atrás. El resplandor de una antorcha al final del largo pasillo bailaba sobre la pared de su celda. Se quedó quieto en el frío y desesperanzado espacio.

CAPÍTULO 22

(TIEMPO PRESENTE — GUERRA ÉPICA)

Era última hora de la tarde, y una brisa fresca silbaba entre los espacios del hangar con techo metálico donde se habían reunido Santos y su equipo Iron Horse.

—Bien, ¿todos recordamos el plan? —preguntó Santos mientras miraba a su alrededor.

El aire a su alrededor parecía electrificado, con una gran sensación de expectación y determinación. Todos los miembros estaban apiñados en un centro de mando improvisado y poco iluminado. Con sus trajes y equipos atados al cuerpo, armaduras blindadas con blásters y aparatos, uniformes color gris claro salpicados con la suciedad de sus anteriores enfrentamientos, todos los rostros brillaban con determinación. Cada uno de ellos reflejaba una mezcla de miedo, esperanza y preparación.

Santos proyectaba una presencia imponente mientras se movía entre la multitud. Hammer con su equipo de peso pesado. Ace con su gran grupo de jinetes de quantum del clan

Pinto y un número excepcionalmente considerable de soldados nómadas dispuestos a seguir a Santos a cualquier parte. Mientras sus ojos agudos y concentrados escaneaban la sala, fijándose en los de sus compañeros de equipo, que intercambiaban silenciosas miradas, continuó informándoles a todos sobre los detalles del próximo ataque.

Esta no era una misión más. Era un momento crucial que podía cambiar el destino de la guerra que todos habían estado librando incansablemente.

Cada soldado, cada jinete, podía sentir el peso de la responsabilidad sobre sus hombros, mientras los pensamientos sobre lo que les esperaba resonaban en sus mentes. Todos los ojos de la sala estaban puestos en su general mientras caminaba, sin perder ni una sola palabra de sus instrucciones.

A un lado de la sala, el Profesor, junto con su equipo de hackers expertos en informática, permanecía de pie con la mirada fija en las pantallas parpadeantes que tenía delante. Líneas de códigos complejos se sucedían como un río de símbolos indescifrables. El resplandor iluminaba los rostros de su equipo, sentados apresuradamente frente a sus computadoras, con los dedos moviéndose rápidamente sobre los teclados, trabajando febrilmente para descifrar el mensaje encriptado antes de que volviera a cambiar. Solo les quedaban un par de horas para ganar ventaja sobre sus enemigos.

—Profundicen más, piensen más rápido —dijo el Profesor con un tono inusual.

Frunció el ceño en profunda concentración mientras gritaba sus órdenes. Con cada momento que pasaba, la expectación en la sala se hacía más intensa. El general Santos terminó sus instrucciones y, mientras se dirigía hacia las computadoras, el Profesor soltó un grito de alabanza, sorprendiendo a los que lo rodeaban.

—¿Lo tenemos? ¿Han descifrado el código? —preguntó Santos con cierto entusiasmo en su voz.

—¡Sí! —anunció el Profesor—. Bueno...

—¡Bueno, qué! —respondió Santos.

—Sí y no. Verán, lo hemos dividido en tres partes, impidiendo que cambie en el código interno —explicó el profesor mientras señalaba uno de los monitores, llamando la atención sobre unas líneas de código:

flghj ffuifqwuvi rzjnp; mlgvl btwqv /ztumh btarf hltqu jtyfv vshtk doqea wmzolerrsl plknj nmgtv çrelhp qmbcc fpstw erwqk çkiiqa zleyl cjppr ayedceg -

—Explícalo con claridad, por favor —dijo el general Santos.

—Por supuesto, querido muchacho —respondió el Profesor dirigiéndose directamente a Santos—. Hemos impedido que el código cambie, pero aún quedan dos o tres giros más para dar con la resolución.

Los ojos de Santos se abrieron, lo que indicaba una mayor claridad. El Profesor continuó:

—Lo que quiero decir es que solo quedan dos bucles más por descodificar y lo tendremos descifrado por completo, lo que nos dará el control.

Santos asintió con la cabeza, reconociendo la explicación del Profesor. Inmediatamente se volvió hacia su equipo y los soldados que tenía detrás gritaron con voz atronadora:

—¡Vamos! ¡Suben! —ordenó Santos.

—Quizás no me he explicado con suficiente claridad. Aún no lo hemos descifrado —dijo el Profesor nervioso.

Sin siquiera mirar atrás, Santos respondió:

—Lo harán. Llámenme por el canal tres cuando lo hagan.

Santos y su equipo se pusieron en marcha, unidos bajo una profunda verdad. Estaban listos para afrontar la lucha que les esperaba.

(402 DDGLR- Palacio de la Dinastía Houlton)

Dantias se sentó con calambres en la espalda debido a la dura losa de acero grueso y frío que sobresalía de la pared, que era una pésima excusa para una cama. En lo profundo del húmedo sótano del palacio, las frías paredes de piedra lo rodeaban y el aire estaba cargado con el hedor del moho. Una tenue luz caía desde la alta ventana enrejada, proyectando sombras empinadas y espeluznantes en el suelo. Se sentó en silencio mientras, sobre él, se gestaba una tormenta en el reino.

En la bulliciosa capital, la gente intentaba seguir con su vida como antes, pero nadie podía olvidar los acontecimientos del día anterior. Los comerciantes abrieron sus tiendas temprano por la mañana, como todos los días, pero hoy era diferente. Mientras intercambiaban miradas preocupadas y susurros, muchos ciudadanos se preguntaban cuáles eran las verdaderas intenciones de la dinastía, aunque estaban más preocupados por su propia supervivencia. Mientras tanto, los agricultores rurales expresaban su descontento por las presiones de la época y finalmente se sinceraban sobre sus sentimientos de abandono por parte del consejo de los Kingmen.

—¿Puede el consejo realmente guiarnos? ¿Se puede confiar en los Houlton? —le dijo un comerciante a otro mientras preparaba su carrito de frutas en Market Street a la primera luz de la mañana.

—Nos han traído hasta aquí, ¿no? —le dijo un agricultor a otro mientras sacaban sus carritos del granero.

Mientras las primeras luces de la mañana brillaban a través de las ventanas del palacio, Santos se arrodilló junto a la cama de su padre, temiendo lo que traerían las próximas horas.

—Oh, poderoso Creador, me presento ante Ti con el corazón apesadumbrado —las lágrimas caían de los ojos de Santos, salpicando la gran almohada que abrazaba mientras se arrodillaba y comenzaba a orar—. Busco Tu guía. Aquí estoy, en una encrucijada, enfrentándome a una decisión que alterará el curso del reino para siempre. Por favor, dame el valor para hacer lo correcto y ayúdame a discernir Tu voluntad, confiando en tu bondad a pesar de la incertidumbre a la que me enfrento. Concédeme fuerzas para la jornada que tengo por delante y recuérdame que estás conmigo. En tu nombre, te lo pido. Amén —concluyó mientras apoyaba la cabeza entre las manos.

(Horas más tarde, en el patio delantero del palacio)

Cuando el estruendo de la trompeta resonó en todo el reino, su audaz llamada atravesó el aire del mediodía, convocando a todos al corazón del palacio. El gran patio, aún en desorden desde el día anterior, estaba cargado con el peso de una sombría expectación. Los soles derramaban su luz, iluminando los detalles de las paredes desconchadas y las estatuas rotas.

Santos volvió a aparecer en la terraza superior, vestido con su atuendo oficial. Al igual que su padre antes que él, parecía a la vez majestuoso y agobiado, un hombre dividido entre los deberes del liderazgo y el dolor de la traición familiar.

La multitud comenzó a llenar el patio, un mar de rostros ansiosos, que murmuraban nerviosamente entre sí, con voces que comenzaban a subir y bajar como la marea de la noche. El ambiente bullía de energía; todos contenían la respiración en anticipación de la ceremonia que estaba por comenzar. Todos los clanes estaban representados entre la multitud, una suave brisa soplaba sobre ellos, creando un marcado contraste con el sombrío telón de fondo de la ocasión.

En ese momento, una pesada puerta de madera se abrió con un crujido desde el costado del palacio, los guardias salieron, su presencia tan dura como las cuerdas y las restricciones metálicas en las muñecas de Dantias.

Vestidos con armaduras pulidas que reflejaban la luz del sol, tres de los guardias escoltaron al prisionero hasta el centro del patio, frente a la terraza principal, donde su líder permanecía estoico. Los guardias condujeron a Dantias con sombría determinación. Esposado y sometido, fue llevado hacia la luz, con las comisuras de los labios temblando con un toque de rebeldía, pero mantuvo la cabeza gacha y la mirada fija en el suelo bajo sus pies. Entonces, desde el otro lado del patio, otro grupo de guardias empujó a otro a través de la multitud. Los espectadores se apartaron a su paso y se oyeron sonidos de desaprobación cuando pasaron con otro culpable.

Sorprendido al descubrir que no estaba solo, Dantias se giró ligeramente para ver quién era el que provocaba tal reacción entre la multitud. Era el otro guardia, el testigo que había declarado el día anterior. Dantias se rió para sus adentros por la ironía de la situación mientras los guardias lo traían y lo colocaban junto al joven príncipe.

—Qué sorpresa verte aquí —le dijo Dantias al guardia encadenado con tono sarcástico—. Pensé que te dejarían ir por haber confesado.

—Lo hecho, hecho está, me uní al grupo equivocado —dijo el guardia con un suspiro.

El ambiente en el patio cambió de forma palpable; la tensión se hizo más densa en el aire, como una niebla, cuando Dantias y el guardia se arrodillaron ante la terraza donde se encontraba Santos. Los latidos de los espectadores parecían latir al unísono, con un ritmo que pulsaba con incertidumbre.

A medida que cada clan se acercaba, se podían ver rostros reconocibles entre la multitud. Aryan estaba de pie con sus compañeros. Hlok se veía al fondo, de pie junto a su padre, sobresaliendo por encima del resto de los allí reunidos. Tala estaba con varias personas del clan nómada.

Namid no estaba presente, le resultaba demasiado doloroso verlo. Se quedó atrás para llorar su pérdida en soledad.

Había ancianos del clan Asno y otros clanes mezclados entre la multitud. Los representantes de cada reino, el consejo de Kingmen, estaban de pie al frente esperando el resultado de la ceremonia.

Dando un paso adelante, Santos carraspeó y levantó la mano, pidiendo silencio. Dantias se mantuvo desafiante, con los ojos ardientes de odio. La voz de Santos resonó en el patio, clara e inquebrantable, mientras articulaba los cargos contra el guardia y su hermano. Cada palabra estaba envuelta en una dolorosa precisión, traición, rebelión, traición a los lazos familiares.

Mientras hablaba, la multitud escuchaba atentamente cada sílaba, y la gravedad de las acusaciones cubría a la multitud como un espeso velo.

—Buenas gentes, según las antiguas leyes de nuestro reino, que ahora me veo obligado a hacer cumplir, declaro por la presente que Dantias Houlton y su leal sirviente, antiguos miembros de nuestra comunidad, ciudadanos del Reino Equiantus e hijo de la dinastía Houlton, quedan desterrados de aquí en adelante. ¡Sus crímenes contra inocentes, su engaño y su traición a nuestra confianza han provocado este destino!

Mientras Santos hablaba, el aire se volvió más denso, el viento arreció y los árboles que rodeaban el claro parecieron inclinarse, como para enfatizar la gravedad de la sentencia.

Los guardias se pusieron firmes, saludaron a los hombres del rey y procedieron a escoltar a los dos criminales hasta el límite de la propiedad del palacio. Mientras caminaban entre la multitud, los ojos llenos de lágrimas y las miradas evasivas marcaban la asamblea, ya que podían sentir el filo del destino cortando los lazos que los unían a todos. Cada declaración de Santos parecía definitiva, resonando en los corazones de quienes presenciaban el decreto que se desarrollaba ante ellos.

Santos levantó un pergamino y lo desenrolló mientras leía:

—¡Que el nombre de Dantias Houlton sea borrado de todos los libros y pergaminos!

Con cada declaración, los pasos de Dantias se hacían más y más pesados.

—Borrado de toda documentación e historia escrita, borrado de todos los monumentos de la dinastía Houlton. Que el nombre de Dantias sea desconocido y no se pronuncie, borrado de la memoria de todas las personas, para siempre.

Santos colocó entonces el pergamino sobre una pequeña lámpara que ardía junto a él en el balcón de la terraza, y el pergamino se incendió mientras una llama más intensa ardía. Cuando terminó, un profundo silencio se apoderó de todos los presentes. Las implicaciones de sus palabras, de juicio y separación, se posaron sobre la multitud como una nube oscura, proyectando una sombra en una brillante tarde.

Este momento no se trataba simplemente de un destierro; era un momento crucial, que ponía de relieve la fragilidad de la lealtad y las dolorosas decisiones que nacen del amor y el deber. Los soles brillaban con fervor en lo alto, indiferentes a la agitación que se producía abajo, mientras el reino se preparaba para el giro inalterable de los acontecimientos que estaban por venir y los esperaban a todos.

—Adiós, mi antiguo hermano —susurró Santos en voz baja, conteniendo sus emociones.

Varios guardias, montados en su quantum, llevaron a Dantias hasta los confines del reino, donde le desataron las manos y le quitaron la capucha que le cubría la cabeza. Sin decir una palabra, levantaron sus lanzas eléctricas en el aire, indicando que Dantias y su nuevo compañero debían ponerse en marcha.

Con un movimiento rápido, Dantias se giró, agarró una de las largas lanzas, tiró al guardia de su quantum y lo derribó al suelo. Rápidamente, otros dos guardias respondieron y contraatacaron, pero Dantias fue demasiado rápido, ya que giró sobre sí mismo y se subió al behemoth, bloqueando cada movimiento de los guardias, más rápido de lo que ellos podían reaccionar.

Derribó fácilmente a cada uno de ellos al suelo junto a su compañero.

Al instante, Dantias había tomado la delantera. No perdió ni un momento, golpeó con los talones los costados del animal y cabalgó rápidamente hacia la distancia. El guardia desterrado se subió a otro behemoth y lo siguió de cerca. Desconcertados, los guardias se pusieron de pie, aturdidos por lo que acababa de ocurrir, e hicieron un pacto jurado de que nunca mencionarían esto a otra alma viviente.

Los soles ardían con más fuerza mientras Dantias cabalgaba sin saber dónde acabaría, pero se prometió a sí mismo que, algún día, se haría justicia con todos aquellos que se habían interpuesto en su camino.

CAPÍTULO 23

(TIEMPO PRESENTE – GUERRA ÉPICA; CERCA DEL BOSQUE, SOBRE LA CORDILLERA)

La mirada del sol iluminaba las cimas de las montañas, proyectando un resplandor sobre el accidentado paisaje mientras el equipo de Santos se preparaba para lanzar su ataque contra la nave del Príncipe Oscuro.

El aire era ligero, pero estaba lleno de tensión. El único sonido era la suave respiración del gigante mientras Ace y sus jinetes yacían tumbados en el suelo, acariciando a sus bestias.

Cada equipo secundario estaba en su posición. Ace se encontraba en el extremo más alejado del pequeño valle. Hammer y su grupo se habían refugiado entre los árboles al pie de la colina de la montaña. Bliss, junto con otros cinco, se había posado en la cresta más cercana. Mientras tanto, Santos y sus soldados de a pie se agazapaban en el suelo a un paso de Hammer y la imponente baliza.

Se oía un suave zumbido que resonaba silenciosamente en el pequeño valle donde la nave aterrizaría y comenzaría el proceso de recarga y reabastecimiento. Ahí era donde el equipo Iron Horse atacaría. Se podía ver a un pequeño grupo de tropas Amphibtius caminando, sacando hiperconductores, preparándose para el descenso de su señor sobre su posición.

—¿Me reciben? Cambio —dijo la voz de Santos a través de las comunicaciones.

—Aquí —respondió el equipo uno por uno.

—Bien, escuchen. Hammer, tú vendrás conmigo a la distracción. Una vez que la nave aterrice, me desviaré hacia la torre para hackear el sistema y cargar el código. Ace, tú te dirigirás directamente al valle con tus jinetes. Bliss, tú serás nuestros ojos en el cielo. Proporciona fuego de cobertura y elimina a cualquier enemigo que se acerque demasiado —ordenó Santos.

Aunque habían repasado el plan casi cien veces, el general lo repitió una vez más.

—No te preocupes, jefe, lo tenemos controlado. Eres como un dragón de los pantanos con un nudo en la cola. Todo va a salir bien —respondió Ace en tono jocoso, tratando de aliviar la tensión.

—Sí, mantente alerta. Debería llegar en cualquier momento —respondió el general Santos—. Profesor, ¿cómo vamos con ese código?

—Alto y claro, señor. Nos queda una vuelta más, en cualquier momento lo tendremos —respondió el Profesor a través de sus comunicaciones desde el hangar.

De repente, una gran sombra se proyectó sobre el estrecho valle. La enorme nave descendió, ocultando el cielo. El rugido de sus motores ahogó el tranquilo sonido del viento soplando entre los árboles. Las ráfagas de aire levantaron pequeñas piedras y polvo, que golpearon a Hammer en la cara y el pecho mientras se protegía los ojos. La fortaleza del Príncipe Oscuro se alzaba sobre los árboles, irradiando una oscuridad opresiva. De cerca, su tamaño era asombroso: fácilmente se podía confundir con una pequeña montaña.

El peso del momento presionaba la mente de Santos, magnificando su inquietud. La silueta de la nave fue engullida por la luz, gritando dudas en su interior. Podía sentir cómo su corazón comenzaba a acelerarse, la enormidad de la amenaza poniendo a prueba su valor. En el fondo, cuestionaba su capacidad para liderar a su equipo contra un adversario tan monumental.

—¿Estaban preparados? ¿Tendrían alguna oportunidad? ¿Quizás debería cancelar el ataque? —pensó Santos para sí mismo.

De repente, el suelo tembló a su alrededor cuando una gran corriente de aire y humo brotó de la parte inferior de la nave, devolviendo a Santos a la tarea que tenía ante sí. Se oyeron fuertes chirridos y silbidos justo delante de él, mientras los hombres con aspecto de sapo se comunicaban entre sí, corriendo de un lado a otro, tirando de mangueras y clavando pilones mientras sus luces parpadeaban.

Mientras Santos y su equipo se preparaban para el enfrentamiento, Santos miró hacia arriba, a la colosal silueta, cuyos armamento oculto y feroz insignia insinuaban un poder casi invencible. Sintió un escalofrío recorriendo su espina dorsal: ¿era su determinación lo suficientemente fuerte como para reunirlos contra tanta oscuridad? El aire crepitaba de tensión mientras la oscura nave descendía hasta su posición. En ese momento, tomó una decisión:

—Ahora o nunca —se dijo en voz alta, y sus palabras se desvanecieron como lágrimas en el océano.

—¡En marcha! —gritó por el comunicador mientras él y su equipo entraban en acción, con el corazón unánime, dispuestos a demostrar su fuerza contra la oscuridad.

(402 DDGLR - Cementerio del Palacio Houlton)

En el extremo más alejado de la propiedad del palacio, había un pequeño cementerio privado donde se podían encontrar monumentos de tamaño mediano. Cada uno era un pilar con los grabados de los antiguos reyes, sus esposas e hijos, en honor al legado de la familia.

El cementerio era un oasis de tristeza, enclavado bajo los árboles que se habían plantado allí hace ahora 200 años. Los árboles solían ofrecer sombra del sol abrasador. Hoy, sin embargo, el cielo estaba gris y tormentoso, una vista inusual en las llanuras de la sabana de la dinastía Houlton.

Las lluvias habían llegado y ahora caían sin cesar, convirtiendo la tierra en un lienzo empapado, cada gota una nota solemne en la sinfonía del duelo. El vibrante jardín parecía ahora apagado, como si el color se hubiera desvanecido en respuesta a la desagradable ocasión.

Santos se mantenía ligeramente apartado del pequeño grupo de personas que se había reunido allí, sintiendo como si una espesa niebla envolviera su corazón y su mente. El aroma agridulce de la tierra húmeda se mezclaba con el delicado aroma de las flores marchitas que yacían al pie del pilar de la duquesa, limpio, blanco y elegante, que se erigía como un monumento a su madre con su nombre grabado en la parte delantera, junto al idéntico pilar de su padre, el gran maestro Houlton.

Mientras la voz del oficiante se desvanecía en el silencio opresivo, resonando en el aire pesado, Santos apenas escuchó algunas palabras. En cambio, su mente daba vueltas con preocupaciones, recuerdos y pensamientos sobre lo que estaba por venir. Sus ojos escudriñaban el suelo mientras meditaba, levantándolos lentamente para ver los rostros solemnes de los presentes. Sus amigos, aliados y ciudadanos se reunieron bajo la lluvia opresiva, con los hombros encorvados y los ojos brillantes en la tenue luz de ese día lluvioso. Cada gota de lluvia simbolizaba lágrimas no derramadas.

Cuando terminó el servicio y se pronunciaron las últimas palabras, Tala comenzó a cantar la canción de duelo en su lengua materna, iniciando una lenta procesión de personas que pasaban frente a Santos para compartir sus condolencias.

Hlok se acercó detrás de él sin decir una palabra y le puso su enorme mano sobre el hombro, en un gesto de lealtad hacia él y hacia el reino.

Cuando todo terminó, pasaron uno por uno, sin decir muchas palabras, y Santos sintió que la realidad se derrumbaba a su alrededor, pesada como las nubes de tormenta que se cernían sobre él. Iba a convertirse en el nuevo Kingmen y el heredero de un reino ahora agobiado por el dolor, el engaño y la desesperación.

Cuando terminó la canción de Tala, él, Namid y algunos de los otros ancianos se despidieron. Santos sintió cómo la lluvia empapaba su ropa, enfriándolo hasta los huesos.

Con el público ya marchado, de regreso a sus tierras y hogares, el profesor se quedó a pocos metros de distancia. Santos vio a tres de los Kingmen junto a un árbol cercano, como si estuvieran esperando para hablar con él en privado. Pudo ver a Catodus, del Reino Amphibtius; a Aylo Kuang, del Reino Terrartius, y al Lord Systrico, del Reino Marvevitieaus, vestido con su traje de tierra, todos ellos ataviados formalmente con trajes tradicionales. Curiosamente, los demás Kingmen estaban ausentes en ese día sombrío.

Santos miró al Profesor, buscando una respuesta a por qué lo esperaban en silencio, pero lo único que obtuvo fue un encogimiento de hombros, lo que indicaba que él tampoco estaba informado. Santos caminó hacia ellos, esperando recibir unas palabras de condolencia o una cálida bienvenida. En cambio, dejaron de hablar abruptamente cuando se acercó.

—Gracias por venir hoy, mis buenos señores —dijo Santos, fingiendo no darse cuenta de su extraño comportamiento.

—Oh, sí, sí. Nuestras condolencias, Santos, mi joven príncipe —respondió el Kingmen Aylo Kuang, hablando en nombre de los tres.

—¿Qué puedo hacer para servirles hoy? —les preguntó Santos.

Los tres se volvieron e intercambiaron miradas antes de que Catodus asintiera con la cabeza, animando a Aylo a dirigirse al joven príncipe Houlton.

—Bueno, en primer lugar, debo decir que lamentamos las circunstancias en las que te encuentras en este día tan sombrío —dijo Aylo mientras sostenía su garra y atrapaba algunas gotas que caían de las ramas de los árboles—. Debemos informarte de la decisión que ha tomado el consejo —continuó.

—¿Qué decisión? —preguntó Santos mientras sus ojos saltaban entre los tres.

Catodus y Lord Systrico inclinaron ligeramente la cabeza mientras Aylo Kuang continuaba.

—Verán, como es costumbre, cada vez que fallece un miembro del consejo, los demás están obligados, si se quiere, a nominar y luego votar quién será el próximo Kingman —explicó.

—Supongo que para ustedes será fácil, ya que soy el único Houlton que queda —dijo Santos tratando de aliviar la incómoda tensión.

—Oh, sí —Aylo se rió ligeramente—, ves, ahí radica el problema. Hemos decidido, eh, no nominarlo —dijo Aylo mientras su lengua se deslizaba ligeramente dentro y fuera de su boca.

—Bueno, si no soy yo, ¿quién ocupará mi lugar? —preguntó Santos desesperadamente.

—Bueno, como sabes, últimamente ha habido algunas circunstancias, digamos, indiferentes en tu reino y, sinceramente —Aylo hizo una pausa—, nosotros, bueno, simplemente no podemos estar relacionados con esas cosas. Los otros reinos corren el riesgo de verse contaminados por lo mismo. Debemos mantener el orden si queremos prosperar —dijo el Kingmen con aire de suficiencia.

—¿Qué? ¿Dónde están Lord Hyram y Sir Cysilian? ¿Están de acuerdo? —preguntó Santos, cuestionando ahora incluso la integridad del consejo.

—Han decidido abandonar el consejo, dejándonos a nosotros la difícil tarea de tomar las decisiones por nuestra cuenta —respondió Aylo Kuang mientras los tres se enderezaban un poco más.

—Oh, lo entiendo. No querríamos que la reputación del consejo se viera empañada —respondió Santos con sarcasmo.

—Por favor, comprenda que no es nada personal. Solo tenemos que pensar siempre en lo que es mejor para todos a largo plazo —dijo Aylo, reafirmando su postura—. Bueno, nos retiramos, mi joven príncipe.

Mientras los tres hacían una ligera reverencia en señal de respeto y condolencia, el Profesor se apresuró a refugiarse bajo las ramas de los árboles, que colgaban bajas bajo el peso de la lluvia, reflejando la pesadez del corazón de Santos.

—¿Qué pasa? ¿Qué han dicho? —preguntó el Profesor.

—Que... estoy solo, mi querido amigo —respondió Santos.

—Oh, cielos...

El Profesor bajó la cabeza mientras las gotas de lluvia resbalaban por las lentes de sus gafas. Tras reflexionar un momento sobre la situación, se volvió y, con una leve sonrisa, dijo:

—¿Qué hacemos ahora? —haciendo hincapié en el «hacemos».

El Profesor continuó:

—¿Vamos al palacio a tomar algo caliente?

Santos lo miró con asombro:

—¿Aún no ha perdido la esperanza en mí?

—Nunca —respondió el Profesor, poniendo su mano sobre el hombro de Santos—. Además, ¿quién se va a asegurar de que mantengas todo en orden?

Santos sonrió mientras ambos caminaban juntos hacia el palacio.

CAPÍTULO 24

A los límites de las tierras de Houlton, Santos se encontraba contemplando las llanuras, un ritual casi diario en el que meditaba y oraba al Creador. Una vez más, el aire se volvió denso y sintió el peso y el destino del reino sobre sus hombros. La luz del sol se asomaba por las lejanas cimas de las montañas del reino de Terrartius, proyectando sombras etéreas que se extendían a lo largo del suelo indómito.

Era difícil creer que hubieran pasado cinco meses desde que se disolvió el consejo de los Kingmen. El anuncio resonaba en su mente, un recordatorio inquietante de que la esperanza de unidad se había extinguido y que ahora el pueblo tenía que capear la tormenta solo.

Aún no había tenido noticias del Lord Hyram II, por lo que concluyó que prefería no seguir manteniendo la amistad con él ni con el reino.

El corazón de Santos parecía una piedra en su pecho, cada latido un recordatorio de la inmensa responsabilidad que ahora descansaba sobre sus hombros. El último informe que le había dado uno de los exploradores era que Dantias estaba a unos cuatro o cinco días de distancia, lo que lo situaba en algún lugar de las densas selvas del Reino Aporsmarteaus. Esa podría ser la razón por la que no había recibido noticias de Sir Cysilian. Su mente se llenó de pensamientos desafiantes.

—¿Y si nunca vuelven a hablar? ¿Y si se alían con Dantias e intentan quitarme el reino? Sería mejor que lo hicieran. ¿Qué estoy haciendo aquí? Quizás debería irme y dejar que otra persona lidere —reflexionó Santos, con la mente confusa y llena de dudas.

Más tarde ese mismo día, Santos se encontró caminando por Market Street, sintiendo el peso de las miradas inquietas que se posaban sobre él. El mercado, que en otro tiempo había sido un lugar lleno de vida y risas, ahora bullía de susurros y miradas furtivas. Los comerciantes y vendedores exhibían sus mercancías, pero ni siquiera los vivos colores de las telas y los ricos aromas de las especias lograban levantar el ánimo. En cambio, los rumores se propagaban como la pólvora con historias de fatalidad inminente y la caída del reino.

—¿Es cierto? ¿Lo hemos perdido todo? —susurró una anciana Pinto justo detrás del puesto de verduras.

Santos captó fragmentos de su conversación, y cada palabra fue como una puñalada en el corazón.

—Ya es suficiente, no puedo permitir que tal desesperación se arraigue en las almas de mi pueblo —pensó—. Debemos reconstruir, incluso empezar de nuevo si es necesario.

Apretando los puños, sintió el frío metal del anillo de la dinastía Houlton que le había dejado su padre. El escudo familiar adornaba la parte superior, un símbolo de valentía y liderazgo transmitido de generación en generación. Al mirar el anillo, recordó la fuerza que había en su interior. La voz de su padre resonaba en su mente, recitando las antiguas leyes cada noche mientras se quedaba dormido. En ese mismo momento, le vino a la mente un versículo tranquilizador:

—No tengas miedo, que yo estoy contigo; no te desanimes; yo, el Creador, te guiaré; te ayudaré, siempre te sostendré con mi justiciera mano derecha.

En ese mismo instante, en medio de la calle empedrada, Santos juró reunir a los fieles, a todas las facciones diversas del reino. Imaginó una nueva reunión, una que surgiría de las cenizas de la duda y uniría a cada clan en una sola fuerza, en lugar de dividirlos. Mientras caminaba por la calle, vio un puesto que vendía hermosos tapices, como los que cuelgan en los salones del palacio y representan la historia y la riqueza del Reino Equiantus.

—¡Tejamos un nuevo tapiz de unidad, uno que se base en todos los que nos han precedido, pero que sea distinto, como ninguno que se haya visto antes! —dijo en voz alta, casi gritando.

Varios comerciantes, sorprendidos, levantaron la vista de sus tareas, algunos sonriendo al ver la satisfacción del joven príncipe, otros simplemente pusieron los ojos en blanco y fingieron no haber oído nada.

Era temprano por la tarde, justo después de que la mayoría de los ciudadanos hubieran comido con sus familias, cuando Santos regresó al palacio.

Santos no había comido, tenía demasiadas cosas que hacer. Tenía tareas, organización, planificación y anuncios que enviar. Estaba inundado de ideas y motivación.

El Profesor llamó a la puerta de la sala del consejo, que ahora era el estudio personal de Santos. Santos estaba sentado al otro extremo de la mesa escribiendo frenéticamente, borrando, rompiendo y arrugando papeles y tirándolos al suelo.

—¿Mi señor? Disculpe, mi príncipe, ¿puedo entrar? —preguntó el Profesor mientras empujaba lentamente la gran puerta de madera tallada.

Santos no prestó la más mínima atención a lo que se había dicho, ni siquiera se dio cuenta de que el profesor estaba de pie justo a su lado. Estaba tan absorto en lo que hacía que casi no veía nada más.

—Disculpe, señor —dijo el Profesor, sin obtener respuesta de Santos—. ¡Santos!

Extendió la mano, que sostenía una bandeja de cristal, y mostró un trozo de panú con una deliciosa fruta de color azulado colocada cuidadosamente sobre él.

Santos se incorporó rápidamente, casi sorprendido por el anuncio directo del Profesor:

—Oh, lo siento. Estaba concentrado en el plan de misión para el reino —explicó.

—Llevas aquí horas, los soles se están poniendo y no has comido nada en casi todo el día —dijo el Profesor mientras colocaba el plato y una pequeña copa con una bebida dulce de limón sobre la mesa frente a él.

—Ah, sí. Gracias, mi querido amigo. Es solo que estoy tan metido en esto que no podía pensar en nada más. Pero parece que no consigo hacerlo bien —dijo Santos mientras se recostaba en su silla y bebía a sorbos de la copa de plata.

—¿Qué está haciendo, mi señor? —preguntó el Profesor mientras miraba a su alrededor y levantaba las cejas ante el pequeño desastre de papeles rotos y arrugados que había alrededor de la mesa y en el suelo.

—Bueno, antes estaba caminando por Market Street y me vino una idea que parece ser más que una simple idea —explicó Santos.

—¿Quizás una visión, mi príncipe? —dijo el Profesor para aclarar.

—¿Una visión? —susurró Santos, pensándolo—. Sí... sí. Eso es exactamente lo que fue. Una visión del futuro, del reino, de cómo reconstruirlo. Una visión de cómo traer paz, equilibrio y protección a nuestro pueblo. Vi un tapiz tejido con los hilos de cada clan, casi como un estandarte —explicó.

—¿Como los del salón, mi señor? —preguntó el Profesor.

Santos lo miró y sonrió:

—Sí, pero no exactamente igual —continuó—, el tapiz se parecía a los del salón, que representan nuestra rica herencia, pero estaba tejido de una manera única. Una forma nueva, pero con los mismos colores que los antiguos. ¿Tiene sentido?

El Profesor señaló la silla junto a él mientras comenzaba a sentarse:

—¿Me permite?

Santos asintió con la cabeza.

—¿Puedo leer lo que está escribiendo? —preguntó el Profesor.

Santos le mostró el pergamino en el que estaba escribiendo.

En el papel tradicional había una gran cantidad de ideas, palabras y bocetos dispersos. En el centro de la página había un boceto de un símbolo, muy parecido al escudo familiar, pero modificado de tal manera que representaba un poder militar que denotaba autoridad.

—Esto es muy intrigante, mi señor —dijo el Profesor—. ¿Qué piensa hacer con todo esto? —preguntó.

—Voy a reorganizar el reino —respondió Santos.

—Bueno, eso implicaría una gran cantidad de planificación y trabajo, lo que explica por qué no ha salido de esta habitación desde que entró esta mañana —dijo el Profesor con una sonrisa—. ¿Qué más hay que planificar entonces?

—¿No cree que es un plan descabellado? —preguntó Santos.

—¿Descabellado? Por supuesto que lo es. Probablemente sea una de las ideas más desafiantes que he escuchado de un Houlton. Por eso me gusta. El reino necesita renovar su esperanza, ha habido demasiadas tragedias últimamente —dijo el Profesor en un tono tranquilizador y alentador.

—Es que no consigo dar el toque final, ya sabes, como los últimos detalles que lo unen todo y completan el plan —dijo Santos mientras daba un mordisco a la fruta y se comía el último trozo de panú.

—Sé justo lo que puede ayudarte a inspirarte, mi joven príncipe. Es hora de que te lo muestre —dijo el Profesor.

—¿Mostrarme qué? —preguntó Santos.

—¿Qué es lo que hace que un Kingmen sea un verdadero Kingmen? No es solo un título, ya lo sabes. Cualquiera puede llamar a cualquiera como quiera, pero es el conocimiento que se comparte entre los señores y los reinos lo que realmente hace que uno sea un "Kingmen" —explicó el Profesor—. Y como tú eres el líder del reino y el único Houlton honorable que queda, supongo que puedo compartir el secreto contigo.

—¿Qué secreto? ¿De qué está hablando? —preguntó Santos con una sonrisa.

—He servido a tres generaciones de Grandes Maestros que formaron parte del consejo; tú eres ahora el cuarto. Aunque yo no soy un Houlton, se me han confiado los secretos de la dinastía y ahora los compartiré contigo —hizo una pausa—. Por favor, sígueme —dijo el Profesor mientras se ponía de pie con una sonrisa y salía de la sala.

Santos se levantó a su vez y, con una expresión de gran desconcierto en el rostro, siguió al profesor a través de las puertas de la sala del consejo, por el pasillo y hasta el comedor familiar. Mientras Santos bajaba por la escalera principal, pudo ver a su viejo amigo esperándolo frente a la chimenea apagada. Dentro de ella, sobre una rejilla de hierro, yacía un leño medio quemado. Santos se acercó.

—Bien, ¿este es el secreto? ¿Nuestra chimenea? Lo siento, amigo mío, pero he visto esto toda mi vida —dijo Santos con expresión de desconcierto.

—¿Qué hay sobre la repisa? —preguntó el Profesor, señalando las dos pequeñas estatuas, una a cada extremo.

—¿Qué, esas? Son solo estatuas de un par de jinetes del viento, como las que hay talladas en la cama principal. No hay ningún secreto en eso —dijo Santos.

—¿Ah, no? —respondió el Profesor ajustándose las gafas y subiéndolas un poco por la nariz—. ¿Y si te dijera que son reales? ¿Y si te dijera que guardan un secreto?

—¿Reales? Son solo cuentos para niños, fábulas —dijo Santos.

El rostro del profesor permaneció impasible y serio.

—Toma el ala izquierda con la mano izquierda —le indicó el Profesor.

Santos obedeció.

—Ahora gira el ala hacia ti, de modo que apunte casi hacia abajo, hacia tus pies —le indicó el Profesor.

Santos siguió cada orden que le daba el Profesor.

Se oyó un suave clic dentro de la pared. Santos miró al profesor con el rabillo del ojo.

—Bien. Ahora ve al otro y gíralo para que mire a su compañero —dijo.

El joven príncipe dio dos pasos hacia la derecha. Con una mezcla de curiosidad y recelo, extendió la mano y agarró la estatua, girándola deliberadamente para que quedara frente a la otra. La chimenea se movió con un fuerte estruendo, revelando un pasadizo oculto envuelto en la oscuridad. Una brisa fresca y viciada se precipitó a su encuentro, trayendo consigo el aroma de la tierra y susurrando ecos de secretos olvidados hace mucho tiempo.

—Verás, esto te inspirará, estoy seguro —dijo el Profesor con una sonrisa.

—Sí, pero ¿qué es? ¿Qué hay ahí dentro? —preguntó Santos.

El Profesor asintió con la cabeza mientras se adelantaba y accionaba un interruptor que había en la pared interior del pasadizo recién revelado. Al instante se vio una luz brillante, un tipo de iluminación que se encontraba habitualmente en el Reino Terrartius, que ahora mostraba una escalera que conducía más abajo.

—Tu padre y yo añadimos las luces —dijo el Profesor con una sonrisa mientras inclinaba ligeramente la cabeza y, con un movimiento fluido, tiraba del brazo de Santos para animarlo a seguirlo.

El pasillo era estrecho y estaba revestido de piedras antiguas. Al entrar en el pequeño pasadizo y comenzar a bajar los escalones, sus dedos rozaron la superficie fría y rugosa de los ladrillos envejecidos. Con cada paso que daba por la escalera de caracol, Santos se sorprendía más.

—¿Cómo ha podido estar esto aquí toda mi vida y yo no saberlo? —pensó.

A medida que descendían, el camino se adentraba ligeramente en las entrañas del palacio. Las paredes estaban grabadas con símbolos descoloridos de una civilización que había florecido siglos atrás, muchos de cuyos significados se habían oscurecido con el paso del tiempo, pero que aún conservaban un encanto innegable.

—¿Es esto el...? —comenzó a preguntar Santos, pero el Profesor lo interrumpió bruscamente, despejando su duda.

—¿La antigua bóveda? Sí, así es. Hace muchos años, los primeros Houlton que emigraron del clan árabe colaboraron con los otros reinos y construyeron el palacio sobre las ruinas del Gran Salón, ocultando la antigua bóveda debajo —explicó el Profesor—, convirtiéndola en el centro no oficial de los reinos.

Al seguir bajando, cada diez pasos más o menos se encendía automáticamente otra luz, iluminando más escalones hacia abajo. Luego, al acercarse al final del pasillo, Santos se detuvo ante la gran entrada de la bóveda. Un gran arco se alzaba sobre él, con una mampostería imponente y majestuosa, adornada con tallas que representaban escenas de valor y desolación. Podía sentir el peso de la historia presionándolo, como si la responsabilidad de sus antepasados se hubiera depositado sobre sus hombros. En dos grandes pilares de mármol a cada lado de la entrada había grabadas letras y palabras que no podía leer.

—¿Qué dice eso? No entiendo las palabras ni el idioma —preguntó Santos.

—Eso es porque ya son pocos los que pueden leerlo o interpretarlo. Es el idioma de los primeros ancianos, del Reino Cornua Cerviteaus. Se cree que solo quedan dos o tres vivos —respondió el profesor.

—¿Qué? ¿Dónde? Nunca he oído hablar de ellos. ¿En qué reino viven? —preguntó Santos.

—Los últimos son los guardianes del "Reino Innombrado" y nadie sabe dónde está. Se rumorea que se encontró una pequeña cabaña en lo profundo de los grandes bosques, pero eso fue hace casi 100 años. Nadie ha vuelto a hablar de ello desde entonces —explicó el Profesor mientras le indicaba a Santos que abriera la puerta.

Respirando hondo, empujó la gran puerta de hierro, adornada con cierres de plata y oro. Sorprendentemente, la puerta se abrió sin mucho esfuerzo: estaba perfectamente encajada y equilibrada. La bóveda se extendía amplia y cavernosa ante ellos, con sus paredes de piedra revestidas de cajas antiguas y artefactos antiguos.

Después de adentrarse casi tres metros en la gran sala, Santos oyó un leve pitido. De repente, las luces de barras que rodeaban el perímetro de la cámara se encendieron, proyectando un resplandor frío y uniforme por todo el espacio. En el extremo más alejado de la sala había una mesa de madera, parcialmente rota en un extremo, lo que sugería que en otro tiempo había sido mucho más larga.

Sobre la mesa, en la pared, había un enorme cubículo de madera lleno de filas de pergaminos, cada uno de ellos cuidadosamente colocado en un pequeño compartimento. A lo largo de las paredes exteriores colgaban tapices y pinturas increíblemente antiguos, intercalados con estantes que sostenían bustos esculpidos, uno en representación de cada raza y clan.

Mientras Santos miraba a su alrededor, se dio cuenta de que varias de las esculturas tenían piezas rotas en la base, otras parecían haber sido restauradas recientemente, con orejas o manos agrietadas, reparadas con las piezas rotas cuidadosamente colocadas de nuevo en el espacio donde habían sido retiradas o rotas. En el extremo más alejado de la habitación, colgando justo encima de una gran escultura de la cabeza de un Equiantus, había un viejo cuadro enmarcado en oro. Iluminado con una luz especial, el cuadro representaba a un personaje similar a los de las estatuas de la repisa de la chimenea. El Profesor sonrió mientras observaba a Santos descubrir la sala por primera vez.

—¿Qué es esto? ¿Por qué se da tanta importancia a estos jinetes del viento? —preguntó Santos con una sonrisa.

—Ya te lo he dicho, eran reales. Este es un cuadro de uno de los generales de la antigüedad —respondió el Profesor directamente.

—Lo siento, pero me cuesta imaginarlo —dijo Santos.

—Ven aquí —insistió el Profesor caminando hacia la mesa y alcanzando una caja de madera en la parte superior izquierda del «arca», el nombre del largo armario con estantes que contenía los pergaminos.

La tomó con cuidado entre sus manos y la colocó sobre la mesa.

La caja era de un verde intenso. En la parte superior se podían ver pinturas doradas muy detalladas e insignias, descoloridas por los años, por siglos de uso. En un lado se veía un pequeño pestillo con un diminuto palo de madera insertado en él, que impedía que la caja se abriera por casualidad.

A continuación, el Profesor tomó un par de guantes blancos de cuero fino que estaban sobre la mesa. Lo hizo con tanta naturalidad que daba la impresión de que había sido él quien había dejado los guantes en su sitio.

Cuando Santos se acercó, el Profesor encendió una pequeña lámpara que estaba colocada en el lugar perfecto para ver y leer los pergaminos que tenían encima.

Lenta y cuidadosamente, el Profesor abrió la caja de madera, revelando su contenido: un pergamino bien conservado. Cuando lo sacó y lo colocó sobre un paño suave sobre la mesa, Santos notó que las asas de bronce a cada extremo del pergamino estaban ligeramente deslustradas y tenían un tinte verdoso. El Profesor, con sumo cuidado, comenzó a desenrollarlo, revelando las palabras escritas y las delicadas ilustraciones dibujadas a mano que aparecían a medida que se desplegaba el pergamino. Una vez más, una de ellas era la imagen de un jinete del viento con las palabras escritas a mano con la caligrafía más elegante en vertical a lo largo del pergamino.

—Esta es la descripción más antigua que se tiene de nuestro pueblo. Data de más de 2000 años antes de La Guerra de Los Reinos —explicó el Profesor mientras seguía desenrollando y extendiendo el pergamino.

—¿Qué dice? —preguntó Santos con asombro mientras observaba el artefacto que tenía ante sí.

—Bueno, no soy lingüista. Sin embargo, basándonos en otros pergaminos traducidos, se ha determinado que se trata de una historia, un relato de acontecimientos antiguos y los orígenes del pueblo Equiantus —dijo el Profesor mientras miraba a Santos por encima de las gafas.

—Continúe, por favor —dijo Santos con entusiasmo en su voz.

—Bueno, según esto, las primeras generaciones que conocemos eran guerreros del clan Equiantus Pegasius, lo que ahora llamamos los "Jinetes del Viento". Eran hombres y mujeres poderosos, de gran estatura y fuerza. Podían elevarse sin esfuerzo hacia los cielos, y nadie podía igualar su grandeza.

El Profesor hizo una pausa mientras señalaba:

—Mira aquí: el escritor, Eclesstius, parece haber sido una especie de maestro. Escribe sobre El Grande, Elian Sanctius, uno de los nombres que inspiró a tu padre. Aquí se le describe como un fuerte general al servicio del rey, conocido por su valentía y sus grandes hazañas —continuó el Profesor—. Pero entonces ocurrió algo trágico.

—¿De verdad? ¿Qué pasó? —preguntó Santos, ahora totalmente absorto en la historia.

El Profesor siguió extendiendo el pergamino y enrollando la parte superior con mucho cuidado.

—Como puedes ver, esta imagen representa el derribo de un guerrero volador y, según lo que podemos entender, ya que no podemos traducirlo palabra por palabra, hubo un momento de grandeza. El guerrero alado anunció a todos los reinos que se convertiría en un dios, o en Dios, dependiendo de la traducción verbal que se elija. Aquí se describe la forma en que iba a hacerlo, volando tan alto como los soles y sometiendo a todos los demás a su dominio para que lo adoraran como a un dios, o como a Dios, el -no creado- —explicó.

—¿Cuál fue la tragedia en eso? —preguntó Santos.

—Bueno —continuó desplegando el pergamino—, parece que, al hacerdo, voló muy alto, más alto que nadie. Había un grupo reunido allí, observándolo desde el suelo, pero de repente, un relámpago salió del cielo, lanzándolo al suelo y cubriendo a todos los presentes con una ceguera parcial porque la luz era muy brillante. Aquí dice algo al respecto —el Profesor señaló un párrafo escrito—, entonces, cuando todos recuperaron el sentido, ya no tenían alas, ninguno de ellos, todos malditos y "El Grande" se quedó avergonzado, desnudo y expuesto.

—¿El Creador los maldijo? —preguntó Santos asombrado.

—Sí, porque creían que podían ser más grandes que Él —explicó el Profesor.

—¿Y luego qué pasó? —preguntó Santos.

—Ahí termina este, el resto está destrozado y roto al final —dijo el Profesor mientras mostraba los bordes rotos en la parte inferior del pergamino.

Lo enrolló con cuidado y lo volvió a colocar en la caja de donde lo había sacado.

—Pero... hay otro —dijo con tono curioso mientras tomaba otro pergamino de los estantes—. Este data de unos cientos de años más tarde y está escrito en un idioma más similar al nuestro.

Se lo entregó a Santos animándolo a leerlo mientras le indicaba una silla junto a la mesa invitándolo a sentarse.

—Siéntate aquí, ponte estos guantes y lee lo que puedas mientras voy a preparar el té de la tarde —le indicó el Profesor.

Santos se sentó y comenzó a leer. El idioma era similar al suyo, pero con algunas modificaciones o formas distintas de decir las palabras, aunque era capaz de entenderlo.

Después de aproximadamente una hora leyendo y desenrollando lentamente el pergamino, se volvió hacia el Profesor, que ahora estaba jugando con una vieja herramienta de metal al otro lado de la bóveda, y dijo con voz entusiasta:

—Esto habla de la construcción de una nueva generación. Los que fueron derribados reconstruyeron una sociedad desde cero.

El Profesor solo sonrió y, sin levantar la vista de su proyecto, respondió:

—Sigue, sigue leyendo.

Santos lo leyó para sí mismo en un susurro. Leyó:

"En nuestros días, cuando el mundo era indómito, construimos con nuestras manos, manchadas por la rica tierra, mientras trabajábamos bajo el sol. Trabajábamos "tan duro como un caballo", como dirían los ancianos. Pero entonces, bajo las rocas y el barro, desenterramos tesoros: metales relucientes, más resistentes que la madera. Este descubrimiento despertó nuestra imaginación y nos inspiró a crear cosas nuevas con nuestras manos y nuestras mentes. Diseñamos, bocetamos y creamos máquinas que podían hacer el trabajo de cien hombres, todas impulsadas por el vapor caliente del agua y el carbón en llamas. La innovación pronto echó raíces en nuestra sociedad en crecimiento" —explicó el escritor.

Santos siguió leyendo.

"De las mentes inventivas de nuestros líderes más diligentes surgió el legendario 'Caballo de Hierro', una máquina poderosa, una locomotora forjada por los clanes, que simbolizaba la unidad y la fuerza. Brillando durante el día y resplandeciendo al atardecer, encarnaba algo más que un simple medio de transporte. Representaba una profunda conexión entre las tribus. Cuando el Caballo de Hierro cobró vida, nos permitió extraer metales de las profundidades de las minas con mayor facilidad. Ayudó a

abrir caminos a través del paisaje, abriendo rutas comerciales y fomentando el intercambio de bienes e ideas más allá de nuestras fronteras. Desde entonces, las ciudades han crecido y florecido a lo largo de sus vías férreas, trayendo armonía entre la gente. Gracias a nuestro espíritu trabajador, nos hemos levantado de la pobreza y hemos construido un legado que ahora celebran las generaciones. El Caballo de Hierro es un testimonio de nuestra unidad y progreso, un símbolo de sueños compartidos y de una nueva era que hemos forjado juntos."

Cuando Santos dejó el pergamino, levantó la vista del papel y susurró para sí mismo: "Iron Horse".

—¡Eso es, el símbolo, la conexión! —dijo Santos mientras se volvía hacia el Profesor, que ahora estaba al otro lado de la habitación abriendo un gran armario en la pared.

—¿Qué está haciendo ahí? —preguntó Santos, ahora con más curiosidad.

El Profesor se rió entre dientes mientras abría una puerta larga y delgada que revelaba un compartimento empotrado en la pared.

Cuando Santos se levantó y se acercó a él, vio varias cajas en el interior y algunas armas distintivas colgadas en las paredes interiores, iluminadas por luces azules que permitían verlas con claridad.

—¿Qué es todo esto? —preguntó Santos al Profesor.

—Medidas defensivas —respondió este.

—¿Te refieres a armas? Creía que no estaban permitidas en los reinos, al menos desde que se estableció el consejo de Kingmen —preguntó Santos mientras tomaba una lanza corta del estante que había dentro del compartimento oculto.

—Cuando se estableció el consejo, los Kingmen acordaron compartir todas las tecnologías con los demás reinos. Así, cada reino renunció a su derecho a las armas, los avances, etc. Para que el consejo fuera transparente, por así decirlo —explicó el Profesor—. Tu tatarabuelo, creo, añadió estos artículos a la cámara acorazada —dijo el Profesor mientras le mostraba a Santos cada objeto, uno por uno—. Aquí están las pistolas bláster dobles del Reino Terrartius, que siempre han estado un poco adelantadas a su tiempo. Además, ¿sabías que fueron ellos quienes nos dieron los diseños para nuestros carruajes de viento, que son muy útiles, ¿no crees?

Le entregó una de las pistolas a Santos para que la inspeccionara.

—Luego tenemos aquí un hacha tomahawk del Reino Bisonteaus. Como puedes ver, esta ha sido ligeramente modificada, dotándola de un filo de luz (similar a los bastones luminosos de los guardias) que le permite cortar incluso el metal. Aquí hay un arpón junto con un respirador submarino del Reino Marevitaus, y ahí ya tienes la lanza tradicional de los guerreros Amphibtius. Cada uno representa respectivamente a su tribu, o, bueno, reino, como diríamos nosotros —dijo el Profesor.

—¿Y nosotros? ¿Qué hay del Reino Equiantus? ¿Qué tecnología compartimos con los otros reinos? —preguntó Santos.

—Nosotros, bueno, lo tenemos todo —dijo el Profesor con una sonrisa.

—¿Qué quiere decir? —preguntó Santos.

—Tenemos el arma más poderosa de todas... El conocimiento. Somos el único reino que ha conservado y guardado los pergaminos. A lo largo de los años se han entregado uno o dos a otros reinos, pero la mayoría y los más importantes los tenemos aquí. Incluidas las traducciones originales de... ¿cómo se llamaba? —dijo el profesor mientras se acercaba de nuevo a la mesa y sacaba otro pergamino—. Lord... Estracks, sí, así se llamaba. Él y sus colegas tradujeron un gran número de pergaminos al idioma moderno. Realmente notable —aseguró el Profesor mientras se ajustaba la sobrechaqueta.

—Bien, creo que sé por dónde empezar, mi querido amigo. Enviaremos un aviso a todos los reinos invitando a todos a venir aquí. ¡Un nuevo comienzo! —dijo Santos con gran confianza.

Mientras colocaban cada pergamino y objeto en su lugar, Santos y el Profesor volvieron a subir las escaleras, cerrando la cámara acorazada y sus preciosos secretos una vez más en su interior.

Encendieron un fuego y se sentaron hasta altas horas de la noche hablando, reflexionando y planeando el futuro de la dinastía Houlton. La era del Iron Horse estaba a punto de comenzar.

Capítulo 25

A primera hora de la mañana siguiente, los primeros rayos de sol iluminaron el amanecer. El aire estaba impregnado del aroma de las flores recién plantadas. El Profesor había protegido las plántulas en su patio trasero. Santos, el único Houlton que quedaba en el reino, salió por la gran puerta del palacio y convocó a todos los guardias para que se reunieran con él en el patio principal.

Vestido con su atuendo formal tradicional, un uniforme azul real con detalles, con el escudo de la familia Houlton bordado en el hombro izquierdo con hilo de plata que reflejaba la luz. Uno a uno, los guardias del palacio comenzaron a reunirse, formando una pared viviente frente a él. Cuando Santos dio un paso adelante, levantó la mano y un silencio instintivo se apoderó de los guardias reunidos.

—Valientes hombres y mujeres, guardianes de nuestro reino —comenzó, con voz clara y cálida—, hoy los he reunido aquí para hacerles un anuncio muy especial y prometedor.

El Profesor salió a la terraza superior, desde donde observaba a los reunidos.

—A partir de hoy —continuó Santos—, con efecto inmediato, disuelvo la guardia del palacio y a todos los que sirven en ella.

Al instante, los guardias comenzaron a mirarse entre sí con desesperación, con expresiones de confusión en sus rostros, y muchos de ellos incluso comenzaron a quejarse y a armar un escándalo.

—¿Qué quiere decir con disuelta? —gritó un guardia.

—¡Esto es indignante, mi familia ha servido aquí durante tres generaciones! ¡No puede hacer eso! —gritó otro.

Santos levantó la mano, exigiendo silencio. La multitud se inquietó cada vez más y comenzó a avanzar ligeramente, intentando intimidar a Santos.

Entonces, en un instante, Santos sacó una de las pistolas láser que había tomado de la bóveda, apuntó a la cabeza de una estatua recientemente erigida y apretó el gatillo. Un destello de luz azul salió y dio en el blanco, haciendo que la cabeza explotara en mil pedazos. Rápidamente, el grupo se puso firme, muerto de miedo, ¡nunca habían visto algo así!

—Bien, ahora que tengo su atención, me permitirán terminar —dijo Santos con firmeza mientras caminaba frente a los guardias.

Se detuvo justo delante de la primera línea de guardias.

—A partir de hoy, disuelvo la guardia del palacio —declaró Santos con voz autoritaria—. Ha habido actos de traición, crímenes cometidos dentro de sus filas y se ha extendido la duda entre los ciudadanos de nuestro reino. Por lo tanto, la guardia del palacio, tal y como ha sido hasta ahora, dejará de existir.

Hizo una pausa, mirando los rostros ahora humillados y abatidos, antes de continuar.

—En su lugar, se formará un nuevo equipo. Un equipo de los mejores. Un equipo compuesto no solo por los privilegiados, sino también por los mejores de todos los rincones de nuestro pueblo. Seleccionados por mí para formar parte de una fuerza de élite que no solo protegerá nuestro reino de futuras amenazas, sino que también fomentará la unidad entre los clanes. Si así lo desean, como espero que sea el caso, pueden presentarse aquí dentro de tres días. Despejen los barracones y llévense sus pertenencias personales. ¡Que los mejores de entre nosotros unan este reino en uno solo: un clan, una familia!

Santos se mantuvo firme frente al palacio, consolidando su lugar como nuevo líder del reino de Equiantus.

—Gracias, eso es todo.

(Tres días después, patio del palacio)

Una vez más, en el amplio patio, una atmósfera eléctrica llenaba el aire mientras los ciudadanos de todas las partes del reino se reunían. Los clanes y las tribus, cada uno con sus propios atuendos vibrantes, joyas intrincadas e insignias especiales, convergieron para formar un tapiz realista que representaba sus diversas culturas.

Los soles colgaban en lo alto, proyectando un cálido resplandor sobre la multitud. Este lugar, que apenas unas semanas antes había conocido la devastación, la vergüenza y el profundo dolor familiar, era ahora un lugar de curiosidad y entusiasmo. En medio de todos ellos, se encontraba Santos, una vez más representando el futuro y la nueva era del reino. Su pulida armadura brillaba intensamente bajo la luz del sol, un reflejo directo de la dedicación que requería la tarea que tenía entre manos. Con los ojos concentrados y brillantes de determinación, observó a la multitud, listo para encender sus espíritus.

Alzando la voz para acallar los murmullos de emoción, pidió atención:

—¡Acérquense todos! Gracias por venir y responder a mi anuncio convocándolos al palacio. ¡Hoy marca el amanecer de una nueva era, un nuevo capítulo para nuestro reino y todos sus clanes!

Sus palabras resonaron en el patio, haciendo eco y captando la atención de quienes lo rodeaban. Continuó:

—A partir de hoy, cada clan, cada persona, quienquiera que lo desee, puede poner su nombre en esta lista para enfrentarse a las pruebas y formar parte del ejército de la dinastía Houlton. Luego, se seleccionará a los mejores de cada categoría para someterse a nuevas pruebas y ver quiénes formarán parte de mi equipo de élite personal, ¡Iron Horse!

La multitud se emocionó con la expectación.

Los jóvenes hombres Pinto flexionaban sus músculos, mientras que los veteranos más mayores se reunían en grupos y comentaban cómo sus experiencias habían moldeado sus vidas, llenándolos de determinación. Los nómadas, expertos en el arte de la observación y en ser uno con la naturaleza, intercambiaban miradas cautelosas, evaluando a sus competidores con admiración y resolución.

Cerca de allí, se podía ver a las familias de pie, con una mezcla de orgullo y preocupación, susurrando palabras de aliento a sus aspirantes a protectores, con los rostros iluminados por una mezcla de esperanza y ansiedad. Santos habló apasionadamente sobre los valores que definirían al equipo Iron Horse. Habría lealtad inquebrantable, el valor para defender a los inocentes y la fuerza para unificar a los diversos pueblos bajo una misma bandera.

El patio del palacio parecía palpitar con la energía colectiva. El eco de sus palabras vibraba a través de las piedras, mezclándose con pequeñas carcajadas y susurros apagados, mientras soñadores y exguardias compartían sus pensamientos y deseos con quienes los rodeaban.

Cuando Santos terminó, se dio la vuelta y vio un rostro familiar entre la multitud. Cuando sus miradas se cruzaron, ambos asintieron con la cabeza y el hombre experimentado, Tala, se acercó a él con una sonrisa. Santos fue a su encuentro, lo saludó con el tradicional saludo de la mano levantada y lo abrazó cálidamente.

—Me alegro mucho de verte aquí, viejo amigo —dijo Santos.

—Hace dos días, uno de tus jinetes vino a nuestras tierras y me entregó esta invitación por escrito —explicó Tala mientras sacaba una carta doblada de una bolsa de cuero que llevaba a su lado—. Para este propósito hemos venido, yo, Namid y muchos de nuestro pueblo —dijo Tala mientras señalaba con la mano a un pequeño grupo de su pueblo que estaba detrás de él.

—Estoy muy agradecido por su presencia, gracias por venir —repitió Santos.

—Sí, pero aún no le he dicho el motivo por el que hemos venido —continuó Tala—. Hemos venido porque tengo una pregunta para usted, mi joven príncipe.

—¿Qué pregunta es esa? —preguntó Santos a su vez.

—Si somos un pueblo pacífico, ¿por qué entonces debe existir un ejército o un equipo? ¿Por qué debe llevarse a nuestra gente y someterla a estas pruebas, como usted las llama? ¿Cuál es su esperanza, qué espera lograr? —preguntó Tala con tono serio.

—Esa es una pregunta directa y muy importante, que merece una respuesta sincera —dijo Santos mientras se volvía hacia todo el grupo para responder a la pregunta de Tala—. Mi buen pueblo, nuestro hermano Tala ha planteado una pregunta muy interesante que, en mi opinión, merece una respuesta sincera —dijo Santos en voz alta, llamando la atención sobre sí mismo.

La multitud se quedó en silencio mientras hablaba, y todos le prestaron toda su atención.

Santos comenzó a hablar de los antiguos pergaminos, de la información que había descubierto últimamente, con cuidado de no revelar nada sobre la cámara secreta. Habló y les contó la historia de El Grande. Elian Sanctius y sus grandes hazañas, su caída y cómo el Creador maldijo al pueblo. Continuó contándoles cómo, siglos más tarde, el pueblo se unió y construyó la locomotora «Caballo de Hierro» y cómo esta levantó el reino desde cero.

Santos siguió hablando, compartiendo su visión con todos los que podían oírlo, y cada persona ahora estaba pendiente de cada una de sus palabras:

—Fue la gran máquina, la que llamaron el "Caballo de Hierro", la que unificó a los clanes y llevó al reino a nuevas alturas, ¡a una nueva era! Una vez más, el Caballo de Hierro, el Iron Horse, no es una máquina, sino un ideal, se formará un equipo que nos unirá a todos como en los viejos tiempos. ¡Haciéndonos uno con los demás! Si nos mantenemos unidos, podremos enfrentarnos a cualquier prueba, a cualquier opresión que se nos presente.

Santos habló con gran convicción, las cabezas comenzaron a asentir y las cejas comenzaron a levantarse.

—No quiero cargaros con más peso o preocupaciones, ¡pero debo deciros la verdad! Hay algo que me da miedo y lo medito a diario —Santos hizo una pausa y se volvió hacia el profesor, que ahora estaba de pie justo detrás de él en busca de apoyo.

—Adelante, díselo —le indicó el Profesor.

Tala, a su vez, respondió:

—¿Qué es lo que te preocupa, mi príncipe?

Santos se volvió, respiró hondo y habló con gran confianza, proyectando sus palabras con audacia.

—Desde el destierro de mi hermano —la gente estaba nerviosa ante la posible mención de su nombre, pero Santos tuvo mucho cuidado de no decirlo, para no contradecir la ley que él mismo había impuesto, y continuó—: ¡Temo que algún día regrese e intente tomar el reino por la fuerza! Si no estamos preparados, si no estamos unidos, ¡temo que pueda tener éxito!

Muchos en la multitud comenzaron a mostrar caras preocupadas y perplejas, murmurando entre ellos. Solo la idea preocupaba a la mayoría.

—Digamos que lo hiciera, ¿qué podría hacer contra todos nosotros? ¡No puede enfrentarse a toda la ciudad! ¡Y mucho menos a todos los clanes! —dijo un hombre entre la multitud.

—¡Si nos unimos, NO, no puede! —respondió Santos—. Pero tal y como estamos, cada uno viviendo su propia vida, preocupados solo por el día a día, sí, ¡podría destruirnos y lo haría! Lo conozco mejor que nadie, y si hay algo que sé de él, es que no se rendirá sin luchar. ¡Volverá exigiendo y tomando lo que cree que es su derecho de nacimiento!

Santos miró a la multitud antes de continuar:

—¡Así que les pido, buena gente, hombres y mujeres, jóvenes y viejos, que se unen a mí! ¡Reconstruyamos nuestro reino! ¡Volvamos a nuestras raíces, como en los viejos tiempos, unamos cada clan, saquemos lo mejor de cada uno y formemos el equipo de élite Iron Horse y el ejército de la dinastía Houlton!

Santos habló con honestidad, claridad y gran convicción.

Mientras hablaba, se podía sentir cómo las preocupaciones y el miedo comenzaban a desvanecerse. Al alzar la voz, empezó a levantarles el ánimo, forjando un sentido de camaradería entre los presentes. El día de hoy no solo marcaba el inicio de las pruebas para formar parte de la élite, sino que representaba el establecimiento de vínculos, el espíritu de unidad y la aspiración colectiva de contribuir a algo mucho más grandioso que ellos mismos.

Con los corazones latiendo al unísono y la determinación en sus ojos, todos se prepararon para dar el primer paso hacia esta monumental empresa, listos para abrazar la llamada del «Iron Horse» y su nuevo líder, el general Santos, Kingmen del Reino Equiantus.

Las personas, de todos los clanes presentes, comenzaron a formar filas indias frente a los largos pergaminos que colgaban extendidos en la pared del palacio frente a ellos. Cada pergamino, adornado con una letra elegantemente dibujada en la parte superior, esperaba que se inscribieran nombres en él. Se les indicó que escribieran su nombre de pila en el pergamino correspondiente a la primera letra de su nombre.

La brisa matinal agitaba los papeles, creando un suave sonido que se mezclaba con las voces emocionadas de la gente. Santos observaba ahora desde la distancia, con el corazón lleno de alegría, mientras uno a uno, los miembros de los clanes Pinto, Clydesdale y Asno, entre muchos otros, se acercaban a la pared con expresión firme, ansiosos por comprometerse a formar parte del ejército. Los rayos del sol iluminaban los numerosos rostros, y Santos quedó impresionado por la diversidad que lo rodeaba.

Tala se volvió entonces hacia su pueblo y, hablando en el dialecto de su clan, les ordenó que formaran filas y añadieran sus nombres a las listas que colgaban ante ellos, sumándose al número, ya que eran muy numerosos. Curiosamente, no había ni un solo miembro de la tribu del desierto.

Entonces, entre los nómadas, Namid dio un paso adelante con gracia y aplomo. Su cabello oscuro, de color marrón carbón, reflejaba la luz del sol, lo que le daba una presencia distintiva. Se acercó a la pared y decidió no firmar con su nombre bajo la letra «N». En su lugar, escribió la traducción y el significado de su nombre en su dialecto nativo: Bliss, una persona de paz. Cada trazo de la pluma era deliberado, encarnando la esencia de quién era y lo que representaba: un reflejo de su deseo de fomentar la armonía en un mundo sumido en el conflicto.

Santos la observó mientras firmaba su nombre en el pergamino, con una mirada de desconcierto en su rostro. Una vez que su nombre quedó inscrito en el pergamino, se dio la vuelta y se encontró con Santos, que ahora caminaba hacia ella y le sonrió con una sonrisa amable y cómplice. Mientras Namid pasaba junto a él para volver a su lugar entre la multitud, le dio una palmadita en el brazo. A él le pareció que el tiempo se ralentizaba y se detenía un poco. El bullicio de la multitud a su alrededor se desvaneció y la calidez de su tacto le provocó un escalofrío; era amistoso pero eléctrico, impregnado de capas de significado que se agitaban justo debajo de la superficie, despertando sentimientos que aún no había comprendido del todo. El tacto parecía más que un simple gesto amable; era una promesa, un silencioso reconocimiento de que sus caminos ahora estaban entrelazados, de formas que él solo podía empezar a comprender.

—Oye, ¿nos vas a cargar a nosotros, los quantum y todo? ¡Tú y tu hermano son lo suficientemente grandes! ¿No es así, Gran Martillo? —Aryan se volvió y le dijo en tono de broma a Hlok mientras miraba a través de las pocas filas de personas que había entre ellos.

Hlok, que se elevaba por encima de todos ellos con su martillo en la mano, resopló y se encogió de hombros. Varios comenzaron a reír mientras esperaban su turno.

—¡Ahí lo tienes, jefe! —dijo Aryan en voz alta, llamando la atención de Santos—. ¡Puedes elegirme ahora, así todos ahorrarán tiempo! —dijo con una gran sonrisa.

—Todos tendrán su oportunidad en las pruebas, amigo mío. Incluso tú serás puesto a prueba —dijo Santos.

Santos se volvió una vez más, buscando a Namid, pero ella había desaparecido entre la multitud, aunque su presencia seguía viva en su mente. Las filas seguían creciendo, cada persona añadía su nombre a los pergaminos, sus plumas se movían sobre el pergamino como el latido del propio reino.

Con cada nombre inscrito, Santos sintió una profunda sensación de esperanza surgir en su interior. Este era el comienzo de un viaje hacia la unidad. En ese momento, se dio cuenta de que lo que había comenzado como una visión, ahora se estaba convirtiendo en algo más grande, un tapiz tejido con los hilos de muchas vidas, un reino que se unía, impulsado por un sueño compartido de paz y verdadera justicia.

(Tiempo Presente – Guerra Épica)

La brisa fresca se convirtió en un viento cálido y árido que soplaba en los rostros del equipo Iron Horse. El sol de la tarde calentaba con fuerza el valle de la montaña. El general Santos salió de su escondite con el rostro serio y decidido. Con un rápido gesto, indicó a sus tropas que se colocaran en posición.

Bliss se instaló en su atalaya en lo alto de una colina cercana con algunos miembros más de su equipo de francotiradores, con su rifle láser listo.

—Allá vamos —se susurró lentamente a sí misma mientras miraba a través de la potente mira telescópica de su rifle largo.

La nave del Príncipe Oscuro, una fortaleza monstruosa, se encontraba vulnerable mientras recargaba suministros conectados a la torre de recarga.

El objetivo de Santos era llegar a la torre de recarga, conectarse al panel de datos y cargar el código. De este modo, el Profesor podría controlar a distancia los veloci-pods y apagar los enormes motores.

Santos vio su oportunidad y la aprovechó. Con un feroz grito de guerra, lanzaron un ataque total contra la nave.

El pesado bláster de Hammer rugió desde el borde del bosque, revelando la posición de su grupo y talando árboles enteros con la potencia de cada disparo. Bliss entrecerró los ojos mientras apuntaba, proporcionando cobertura a las tropas del general que avanzaban.

Los guardias de Amphibtius fueron tomados por sorpresa. Tropiezaron y se tambalearon mientras se apresuraban a defender la nave, pero no estaban solos. Los refuerzos salieron en tropel de las entrañas de la nave por la rampa de carga, un flujo interminable de soldados enemigos de todas las razas.

—¡Ace, los necesitamos a todos aquí abajo! ¿Dónde estás? —gritó Santos por el intercomunicador.

—¡Pensaba que nunca lo pedirías, jefe! ¡Bajamos por el valle, quiénes somos! —gritó Ace mientras él y su equipo de jinetes de quantum bajaban en tropel por el valle, disparando sus blásters mientras cabalgaban.

Santos se acercó, la torre estaba a su alcance, solo le quedaban unos 100 metros. Sus tropas lucharon valientemente, sus blásters y corindones (espadas de rayos) chocaron con el enemigo en un ruido mortal y ensordecedor. El rifle de Bliss disparaba a un ritmo constante, eliminando a los soldados enemigos con precisión letal.

A pesar de su valentía, el equipo de Santos se vio superado en número en un instante. Las tropas del Príncipe Oscuro parecían seguir llegando, oleada tras oleada. Los soldados de Santos comenzaron a flaquear, sus movimientos se ralentizaron a medida que el cansancio y las heridas les pasaban factura.

—¡Vamos, escoria! —gritó Hammer mientras él y su línea de tropas del clan Clydesdale, con pesadas armas láser, avanzaban unos pasos cada vez, disparando ráfagas rápidas a medida que avanzaban.

El aire estaba cargado del olor a humo y sudor mientras la batalla continuaba. Mientras Hammer blandía su pesada pistola láser, no se percató de la figura que emergía de la nube de polvo. De la nada, un poderoso guerrero Bisonteaus saltó por encima de un árbol caído y, con su hacha de doble hoja, realizó un amplio arco, cortando el aire con precisión letal. La hoja se clavó profundamente en el cañón del bláster de Hammer, cortando el extremo con una lluvia de chispas. La fuerza del golpe hizo que Hammer cayera al suelo, con su enorme cuerpo desplomándose. Con gran sorpresa, miró hacia arriba y vio que era Kiowa.

Kiowa no vestía su ropa tradicional, sino una armadura de estilo futurista, con una cresta rapada en la parte superior de la cabeza y una barba sin trenzas, y se erguía sobre él con el hacha en alto. Con un fuerte sonido de trompeta, gritó al aire, y más de 50 guerreros de su reino salieron corriendo del bosque, flanqueando al equipo Clydesdale y atacándolos con todas sus fuerzas.

Kiowa no se detuvo a saborear su victoria. Sus ojos se fijaron en una figura en la distancia. El general Santos, luchando por su vida contra una horda de soldados enemigos mientras se acercaba a la torre de energía. Con un grito feroz, Kiowa se lanzó hacia Santos, con su hacha lista.

—¡Santos! —gritó, con su voz por encima del bullicio de la batalla—, ¡Voy a por ti, hermano!

Mientras Kiowa cargaba hacia adelante, saltando sobre árboles caídos y escombros, el suelo parecía temblar bajo sus pies. Empujó fácilmente a las tropas atacantes, aplastándolas con su hombro. Su hacha brillaba bajo la luz del sol, dejando un rastro de destrucción a su paso. Muchos soldados cayeron a su derecha e izquierda mientras se abría paso a través del caos en su camino hacia Santos.

Entonces, en un instante, con un zap, Kiowa cayó, rodando por el suelo. Bliss disparó con precisión, alcanzándole en la pierna y haciendo que el guerrero diera una voltereta, dejándole sin aliento. Luchó por recuperar el aliento. Santos, desde lejos, sin ver a Bliss, pero sabiendo que ella estaba allí, asintió con gratitud, saludándola mientras bloqueaba una lanza con su corindón y su escudo.

Entonces, justo cuando todo parecía abrumarlos, una enorme explosión sacudió la nave, lanzando escombros en todas direcciones. La onda expansiva derribó a Santos, a sus tropas e incluso a muchos del ejército del Príncipe Oscuro, haciéndolos caer al suelo.

Cuando el polvo se asentó, Santos recuperó el equilibrio, luchando por ponerse en pie, con los ojos escudriñando el caos en busca de cualquier señal de su equipo, pero antes de que pudiera evaluar la situación, una voz siniestra y profunda atravesó el valle.

—General Santos —retumbó la voz—, lo estaba esperando. Llega justo a tiempo para presenciar el comienzo de la destrucción de su patético intento de ataque.

Desde la parte superior de la silueta de la cabeza de la nave, lo que sería la boca de un caballo de ajedrez, se abrió ligeramente, revelando una plataforma y un cañón bláster más grande que cualquiera que hubieran visto hasta ese momento. Los ojos de Santos se fijaron en quien hablaba, y su corazón se hundió al ver al Príncipe Oscuro en persona, de pie en la plataforma de la nave, como un trono sobre el pequeño valle, con una sonrisa triunfante en el rostro.

El caos reinaba alrededor de Santos. Su equipo y sus amigos estaban dispersos, con un destino desconocido. Algunos de sus soldados yacían inmóviles en el suelo, mientras que otros seguían luchando y otros más tropezaban entre los escombros, con la mirada perdida y movimientos mecánicos.

Santos se quedó paralizado y sintió un escalofrío recorrerle la espalda cuando la mirada del Príncipe Oscuro se clavó en la suya. Intentó hablar, gritar las preguntas que le quemaban en el corazón, pero la voz se le atascá en la garganta. Los ojos del Señor

Oscuro guardaban mil secretos, mil mentiras, y Santos supo que estaba mirando a la cara a su mayor enemigo.

Por un momento, el tiempo pareció ralentizarse y Santos sintió que una extraña claridad se apoderaba de él. Vio al Príncipe Oscuro, lo vio de verdad, por primera vez con sus propios ojos. Tocó un pequeño botón en el lateral de su telémetro, acercando la imagen del rostro de su enemigo. Vio el brillo calculador de sus ojos, la cruel curva de su sonrisa, la imponente postura con la que se erguía, engreído y seguro de sí mismo.

Fue en ese instante cuando Santos sintió que una inquietante determinación se apoderaba de él. Sabía, con una certeza fría e inquebrantable, que tendría que enfrentarse solo al Príncipe Oscuro. Sin equipo, sin refuerzos, sin ayuda. Solo ellos dos enzarzados en una lucha que acabaría determinando el destino de Terraqueous.

Santos se armó de valor y apretó la mandíbula con determinación. Sabía que no podría derrotar al Señor Oscuro solo con fuerza bruta, ya que era un experto en la manipulación, como un hábil jugador de ajedrez que siempre pensaba varios movimientos por delante.

No, tendría que usar su ingenio, su astucia y su disposición a correr riesgos. Tendría que estar preparado para enfrentarse a sus miedos, sus propias dudas y debilidades. Tendría que estar preparado para darlo todo, incluso si eso significaba su propia vida.

—Vamos, ¿a qué esperas? Aquí estoy —se dijo en voz alta el Príncipe Oscuro con una sonrisa cada vez más amplia, como si pudiera sentir la tensión que crecía en Santos.

Se miraron fijamente desde sus posiciones, y Santos supo que el juego había comenzado. Se enfrentaría al Príncipe Oscuro, uno contra uno, y solo uno de los dos saldría con vida.

-Fin de la Parte 1

GUÍA DE PRONUNCIACIÓN

Mundo/Planeta:

Teraqueos: /tɛrəˈkiːoʊs / Teh-rah-KEE-ohs

- **Equiantus-Realm:** /iːkwiˈæntəs reɪlm/Eh-KWEE-an-tus Rehlm

- **Bisonteaus-Realm:** /baɪˈsɒntiəs-reɪlm/Bee-sohn-TEE-ohs Rehlm

- **Amphibtius-Realm:** /æmˈfɪbtiəsreɪlm/ Am-FIB-tee-us Rehlm

- **Terrartius-Realm:** /tɛˈrɑːrtiəsreɪlm/ Teh-RAHR-tee-us Rehlm

- **Mareviteaus-Realm:** /mærəˈvaɪtiəsreɪlm/ Mah-reh-VEE-tee-ohs Rehlm

- **<u>Aprosmarteaus-Realm:</u>**/æprə'smɑːrtiəsreɪlm/ Ah-prohs-MAR-tee-ohs Rehlm

- **<u>Cornuea Cervieteaus Race:</u>** /ˌkɔːrnjuˈiːəˌsɜːrviˈtiəs reɪs/ KOR-nu-eh-ahSer-vee-TEE-ohs Rays

Personajes:

- **<u>Houlton</u>** /ˈhoʊltən/ HOHL-tuhn

- **<u>Lord Hyram II</u>** /lɔːrdˈhaɪrəm səˈkənd/ Lord HYE-ruhm II

- **<u>Catodus</u>** /ˈkætədəs/ Kah-TOH-duhs

- **<u>Aylo Kuang</u>** /ˈeɪloʊkwaːŋ/ AY-loh Kwahng

- **<u>Lord Systrico</u>** /lɔːrdˈsɪstrɪkoʊ/ Lord SISS-trih-koh

- **<u>Sir Cysilian</u>** /sɜːrsɪˈsɪliən/ Sir Sih-SILL-yuhn

- **<u>Lord Estracks</u>** /lɔːrdˈɛstræks/ Lord ESS-traks

- **<u>Santos</u>** /ˈsæntoʊs/ SAN-tohs

- **<u>Dantias</u>** /ˈdæntiəs/ DAN-tee-ahs

- **<u>Namid</u>** /ˈnæmēd/ Nah-MEED

- **<u>Kiowa</u>** /ˈkaɪoʊwə/ KYE-oh-wah

- **Hlok** /hlɒk/ Hloh-k

- **Aryan** /ˈɛəriən/ AH-ray-uhn

- **Captain Amin** /ˈkæptənəˈmēn/ Captain AH-meen

Fauna:

- **Behemoth** /bɪˈhiːməθ/ bih-HEE-muhth

- **Quantum** /ˈkwɒntəm/ KWAHN-toom

- **Tyrianciacol** /ˌtaɪriˈænsiəkɒl/ tye-ree-AN-see-uh-kohl

- **Sombru-Dragon** /ˈsɒmbruˈdrægən/ SOHM-broo DRAY-guhn

ACERCA DEL AUTOR

Nathan L. Cole es un esposo y padre devoto, autor e ilustrador de las series *La Saga de Los Houlton, El Pequeño Nibbin y La Historia de Jeffry*, relatos que exploran la aventura, la maravilla y las eternas cuestiones del valor, la esperanza y el destino. Admirador de toda la vida de la fantasía y la ciencia ficción, su imaginación ha sido moldeada por obras atemporales como *Star Wars, The Karate Kid, El Señor de Los Anillos, Narnia* y otras similares.

Criado en Iowa E.U. Nathan comenzó sus primeros años como artista y escritor, donde las historias de mundos lejanos y viajes heroicos echaron raíces por primera vez. Es licenciado en teología y ha dedicado gran parte de su vida a las misiones, experiencias que siguen influyendo en la profundidad, los temas y el corazón de su obra.

Ahora, inspirado por su vida familiar bilingüe, sus actividades creativas y su amor por las artes marciales, Nathan crea historias que invitan a los lectores a imaginar con audacia, reflexionar profundamente y mirar hacia el futuro con visión de futuro hacia los mundos que están por venir.